VOIR ROME ET MOURIR

VOIR ROME ET MOURIR

Deuxième édition revue et augmentée

Une enquête du capitaine Thomas Sturm

Tome 2

Viviane Serfaty

Ceci est une œuvre de fiction. A l'exception de Modigliani et d'autres personnages historiques, toute ressemblance avec des faits réels ou des personnages existants ou ayant existé ne saurait être que fortuite.

L'image de couverture comporte un fragment d'un portrait de Jeanne Hébuterne, réalisé par Modigliani en 1917.

This is a work of fiction. Except for Modigliani and other historical figures, the characters and events portrayed in this book are fictitious. Any similarity to real persons, living or dead, is coincidental and not intended by the author.

The cover image includes a fragment from one of Modigliani's portraits of Jeanne Hébuterne, dated 1917.

ISBN-13: 9798693400481

Du même auteur

Série *Une enquête du capitaine Thomas Sturm*

Viens avec moi loin d'ici – Vol. 1
Voir Rome et mourir – Vol. 2
Le sang a ses raison – Vol. 3
La diagonale du meurtre – Vol. 4
La fureur de tuer – Vol. 5

Quelques références à des événements survenus dans le tome précédent apparaissent dans ce volume.

Chacun de ces romans peut cependant être lu séparément.

Bonne lecture !

Romans en langue anglaise

Murders in December – Vol. 1
See Rome and Die – Vol. 2
Flesh and Blood – Vol 3

Ceux qui ne rougissent pas d'actions plus noires que la nuit ne négligeront rien pour les dérober à la lumière. Un crime, je le sais, en provoque un autre.

William Shakespeare, *Periclès*, Acte I, Sc. 1

Voir Rome et mourir

Prologue

La fille se recroqueville encore plus dans le coin de l'immense remise où elle a trouvé refuge. Ses longs cheveux bruns, mouillés de transpiration, lui collent à la joue et à la commissure des lèvres.

Elle a couru pour s'échapper. Sa respiration fait un petit bruit rauque. Elle essaie de retenir son souffle. Petit à petit les battements de son cœur s'apaisent. Son souffle ralentit. Il n'y a plus un bruit autour d'elle.

Elle pense avoir réussi à semer la personne qui la poursuit, elle n'entend plus le bruit de ses pas. Elle se blottit derrière un tonneau et regarde autour d'elle. Elle voit des étagères recouvertes d'outils, des pneus posés l'un sur l'autre, un vélo tout déglingué.

Rien qui puisse la protéger. Sa cheville droite lui fait très mal. Elle la tient serrée en regardant autour d'elle pour trouver une meilleure cachette.

Là, en face, de l'autre côté de la porte d'entrée, il y a un renfoncement. Elle pourrait se glisser dedans. Et une fois arrivée là, elle pourrait guetter le bon moment pour sortir. Mais pour y arriver il faut traverser toute la largeur de la remise. Trop dangereux.

Elle va longer le mur. Surtout ne pas être à découvert.

Elle se colle à la paroi, courbée en deux. L'odeur de moisissure du mur se mêle à l'odeur de sa propre sueur. Elle avance, centimètre par centimètre. Elle y est presque.

Elle se glisse enfin dans une sorte de niche. Elle frotte sa cheville douloureuse et jette un regard sur la porte grande ouverte. C'est la seule issue. Dans un petit moment, elle va tenter une sortie.

Mais pas tout de suite.

Tout son corps se refuse à quitter la protection du mur. Du plus profond de son ventre, un atavisme de bête traquée la maintient collée à la paroi. Rester à l'abri, encore un petit moment.

La lumière du soleil entre, aveuglante, par

l'embrasure de la porte. Elle regarde la flaque de lumière sur le sol. Elle inspire un grand coup et s'élance pour la traverser.

Un bras aussi dur que l'acier vient briser son élan et enserrer son cou. Elle ne voit pas la personne qui l'a attaquée sans un bruit, dans son dos.

Elle veut respirer. Où est passé l'air ? Elle étouffe. Un petit bruit guttural s'échappe de ses lèvres. Elle porte les mains à sa gorge, elle essaie de se libérer de l'étreinte mortelle.

Chacun de ses mouvements ne fait que resserrer l'étau qui lui vole son air, sa lumière, sa vie.

Chapitre Premier – Samedi

« Tu es où ? » tape Sturm sur son téléphone, sans se soucier ni de bonjour ni d'au-revoir. Le SMS de Perronet lui parvient cinq secondes plus tard.

« Je sors la moto du parking. J'arrive dans dix minutes. »

« Je t'attends devant le garage. »

Sturm dévale les quatre étages et respire, dès qu'il sort, le parfum de l'immense tilleul planté juste à côté de la porte d'entrée de son bâtiment. Le sol est jonché de petits pétales jaunes. Une abeille solitaire butine.

Il se dirige vers les garages de sa résidence en évitant les tourniquets d'arrosage qui virevoltent sur eux-mêmes et diffusent de fines gouttelettes d'eau sur les pelouses. C'est là qu'il entrepose sa batterie, trop imposante pour son petit deux-pièces. Perronet, lui aussi, y a laissé sa basse.

Ça fait dix jours que je n'ai pas touché à ma batterie, avec tout le boulot qu'on a eu, pense Sturm.

I can't get no satisfaction n'a que trois accords, mais qu'est-ce que c'est dur de bien les jouer. Les Rolling Stones savaient y faire, pas étonnant que ce morceau soit devenu un classique.

Lorsque Sturm ouvre la porte de son garage, au milieu d'une rangée d'autres portes identiques, une bouffée d'air chaud le heurte de plein fouet. Le soleil de ce samedi de juin a chauffé la toiture, et il a l'impression d'entrer dans un sauna.

Il met en route un petit ventilateur. Pas sûr qu'il rafraîchisse l'atmosphère, mais ce sera toujours mieux que rien.

Perronet vient ranger sa moto d'un mouvement fluide près du garage. C'est une Honda rouge vif d'un gabarit impressionnant, surtout pour un homme aussi fluet d'apparence que Perronet.

« Imposante, ta bécane. Tu arrives à poser les deux pieds par terre aux feux rouges ? » lui dit Sturm, moqueur mais admiratif quand même.

« Je ne m'arrête jamais aux feux, en fait, ça résout le problème, » répond Perronet, très pince-sans-rire, en la hissant sur sa béquille sans aucune difficulté.

Son gabarit poids plume pourrait faire croire qu'il est chétif, mais ce serait une grave erreur. Sa fine silhouette cache des muscles d'acier, entretenus en soulevant très régulièrement de la fonte. La salle de sport est presque devenue sa seconde maison.

Les deux hommes se mettent en place près de leurs instruments de musique. Sturm et Perronet veulent peaufiner leur son en binôme avant de demander à un guitariste et peut-être aussi à un chanteur de se joindre à eux. Dans le garage, ils n'ont pas besoin de mettre de sourdine.

Pour Sturm, ce garage est un lieu où il peut hurler et se défouler en toute liberté. Oublier pour un moment les crimes et les délits qui remplissent ses journées. Se détacher des faits, des détails infimes qui l'obsèdent.

Jouer de la batterie, c'est sa soupape de sûreté, et c'est aussi sa fidélité à ses parents et à son enfance, malgré tout.

Il a grandi avec des parents musiciens qui n'étaient pas souvent présents, occupés à chercher des contrats pour son père guitariste et pour sa mère chanteuse. Elle rêvait d'être la prochaine Janis Joplin, mais elle n'y était jamais parvenue.

Lorsqu'ils étaient sur la route, ils laissaient Sturm avec ses grands-parents dans un petit village d'Alsace. Quand ses parents étaient présents, ils oubliaient d'acheter le pain et le lait, mais jamais les Marlboro ni la bière.

Cette enfance a fait de lui un adulte rangé, particulièrement attaché à une vie ordonnée. Conventionnelle, même. Mais si ses parents avaient été inattentifs, ils lui avaient tout de même donné le goût de la musique.

Sturm avait commencé à jouer de la batterie au lycée, avec du matériel acheté d'occasion en économisant son argent de poche. Les cymbales n'étaient pas trop mal, mais la peau de la caisse claire était distendue. Il avait dû la remplir de vieux draps pour obtenir un son à peu près convenable pour le trio qu'il avait formé avec un bassiste et un chanteur.

Sa passion ne s'est pas émoussée à l'âge adulte. Au fil du temps, il s'est offert un kit de percussion complet de chez Pearl. Il aime le timbre pur des instruments acoustiques, et il a aussi acheté des amplis Bang et Olufsen qui rendent un son professionnel.

Ils répètent sans arrêt pendant deux heures, pour

tenter de retrouver la magie du son des Rolling Stones. Perronet essuie la sueur de son front, pose sa guitare et fait signe à Sturm de s'arrêter.

Il fait chaud dans le garage, portes fermées. Même avec le ventilateur poussé à fond. La sueur perle sur la peau noire de Perronet, tandis que Sturm a le visage rouge, autant à cause de la chaleur que de l'intensité avec laquelle il joue.

« On a bien avancé, non ? » dit Perronet en posant sa guitare sur une étagère. Sturm prend une petite bouteille d'eau, avale la moitié de son contenu avant de déverser le reste sur sa tête. Un peu d'eau ruisselle sur son front. Petit à petit, son visage reprend sa couleur habituelle.

« Pas mal, » dit Sturm, avec une petite grimace insatisfaite, « Mais on ne fera pas mieux aujourd'hui, je suis de garde cet après-midi. »

Perronet réprime un sourire. Sturm est un perfectionniste, que ce soit dans ses enquêtes ou lorsqu'ils répètent un morceau, et ce 'pas mal' représente le compliment le plus chaleureux dont il est capable.

Chapitre 2

Sturm recouvre sa batterie d'une bâche, puis referme à clé la porte du garage.

« Tu viens prendre une bière ? » dit-il.

Perronet accepte d'un signe de tête.

L'appartement de Sturm est au quatrième et dernier étage de l'immeuble. Pas d'ascenseur, mais un large escalier de marbre blanc veiné de gris qui conduit aux logements.

Dans le deux-pièces où il vit, un canapé de cuir noir à l'aspect confortable occupe une bonne partie de l'espace, et la chaîne hi-fi domine le reste. Des fenêtres, on aperçoit les arbres d'un immense domaine privé, entouré de murs en pierre sèche, comme il y en a beaucoup à Garches.

« Installe-toi sur la terrasse, » dit Sturm, « je vais chercher des bières. »

Perronet pousse les chaises longues à l'écart des flaques de soleil qui inondent la terrasse. Les deux policiers s'installent et savourent quelques gorgées de bière glacée en silence, tandis que leurs bouteilles se couvrent de buée.

Sturm est le premier à poser à terre sa bouteille de verre brun, sans rompre le silence, paisible et amical, entre les deux collègues.

« Tu sais qui on va nous envoyer pour remplacer Quatremère ? » finit par demander Perronet.

Alfred Quatremère est parti à la retraite peu de temps auparavant, les bras chargés d'une canne à pêche dernier cri offerte par ses collègues, et de la machine à expresso qu'il avait lui-même installée dans le bureau qu'il partageait avec Perronet.

Sturm et son groupe doivent maintenant se contenter du liquide amer crachoté par le distributeur automatique.

« Guérin me l'a annoncé ce matin, » dit Sturm. « C'est le lieutenant Sennevières. Avant de devenir officier de police judiciaire, elle a bossé comme monitrice d'arts martiaux. Elle a passé deux ans à Marseille. »

Le soleil avait gagné le coin d'ombre où se trouvaient les chaises longues. Perronet met ses mains en visière au-dessus de ses yeux.

« Après Marseille, Garches va lui faire un sacré choc culturel. »

« Tu es en train de parler du climat, c'est ça ? » dit Sturm.

« Bien sûr, » répond Perronet, aussi narquois que son chef.

Garches est une petite ville paisible et cossue à l'ouest de Paris, où les familles viennent chercher le calme et la sécurité. Rien à voir avec la grande métropole méditerranéenne où s'entrechoquent criminels et représentants de la loi.

Perronet finit sa bière et se lève. « Il faut que j'y aille. Grosse réunion familiale en vue. »

Le samedi, quand il n'est pas de service, Perronet

se rend chez ses parents, des Haïtiens qui ont maintenu des liens très resserrés avec la famille étendue, bien qu'ils soient établis en France depuis trois générations déjà. Et le soir, il voit quelqu'un, mais il refuse absolument de dire qui c'est.

« Elle a bon dos, la famille. Tu nous la présentes quand, ta copine ?»

Sur le point de quitter l'appartement de Sturm, Perronet serre les lèvres. Ses joues deviennent plus sombres. Les questions perspicaces de son chef le gênent, et ça se voit.

« Tu la rencontreras quand ce sera le moment. »

« Mais pourquoi tu la caches comme ça ? »

« Je ne la cache pas, enfin. Tu devrais arrêter d'enquêter, une fois de temps en temps, ça te ferait des vacances. »

« Ce ne sera pas aujourd'hui. Je suis d'astreinte tout l'après-midi, » dit Sturm en regardant sa montre. «Mais tu vas au moins me dire comment elle s'appelle?»

« Tu sais garder un secret, n'est-ce pas ? » dit Perronet en dévalant l'escalier, « eh bien, moi aussi. »

Le bruit des pas de Perronet s'estompe. Par la fenêtre, Sturm voit son collègue se diriger au pas de course vers les garages et sa moto.

C'est tout juste s'il n'a pas pris la fuite quand je lui ai demandé le nom de sa copine, se dit Sturm. Bizarre, tout de même.

Pour un officier de police judiciaire comme lui, la réticence de son collègue est suspecte. Mais j'y accorde sûrement trop d'importance, pense-t-il en haussant les épaules.

Sturm descend lui aussi les escaliers d'un pas rapide pour aller prendre son service. Sa voiture est garée le long du trottoir, sous les branches du grand tilleul. Elle est couverte de petits pétales odorants.

Jolies mais collantes, ces fleurs, pense Sturm. Il va falloir que je fasse un tour à la station de lavage.

Sa 306 vert bouteille a vingt ans d'âge, mais elle est en parfait état, et il tient à elle. Il est fermement décidé à la garder pendant encore une bonne vingtaine d'années.

Chapitre 3

Sturm roule sans se presser sur la large route asphaltée flanquée de vieux platanes qui mène à la PJ de Garches. La répétition avec son collègue lui a donné de l'énergie, et il baisse la vitre de sa voiture pour profiter de la brise estivale.

Sur le chemin, il regarde les allées et venues des passants. Certains vont travailler, d'autres font leur jogging, d'autres promènent un enfant dans une poussette ou tiennent un chien en laisse.

L'atmosphère de ce samedi ensoleillé est attirante, et il y aurait volontiers pris part s'il n'avait pas été de service.

Quand il arrive à la PJ, le parking est presque plein, avec seulement quelques emplacements libres parmi les rangées de voitures aux couleurs de la police nationale et les voitures personnelles. Il trouve une place, salue le garde à l'entrée et se dirige vers son bureau, au premier étage.

Une femme est assise sur un banc dans le couloir, à côté de la porte. Ses cheveux châtains et raides sont attachés en queue de cheval, dégageant un visage anguleux et un regard d'un brun profond.

Presque au niveau de la tempe, une cicatrice verticale coupe en deux son sourcil droit, témoin d'une chute ou d'un ancien piercing.

« Madame ? » lui dit-il d'un air interrogateur.

« Le capitaine Sturm, c'est vous ? »

« En personne. »

« Je suis le lieutenant Sennevières. Je viens d'être affectée à Garches. La commissaire Guérin m'a dit que vous seriez ici aujourd'hui. »

La nouvelle officier de police judiciaire qui va remplacer Quatremère, donc. Elle n'a pas perdu de temps pour prendre son poste. Dure à la tâche ou grande angoissée ? Sturm est bon juge de caractère, comme l'exige son travail d'enquêteur, et il ne mettra sans doute pas longtemps à le savoir.

« Dans mon groupe, on se tutoie, lieutenant. Et tu aurais pu attendre lundi pour te présenter. »

Le brun de ses yeux s'assombrit, elle serre la mâchoire et ses traits prennent une expression déterminée.

« Je préfère prendre un peu d'avance pendant le week-end. »

Une bosseuse, donc, pense Sturm. Et elle a du pain sur la planche si elle veut être opérationnelle rapidement.

« Dans ce cas, allons-y, » lui dit-il en l'invitant à entrer dans son minuscule bureau sans fenêtre.

Bien que Sturm soit très à cheval sur l'ordre, les deux sièges qui auraient dû être réservés aux visiteurs sont encombrés de dossiers cartonnés qu'il n'a pas encore eu le temps de numériser.

La seule chaise libre se trouve derrière le bureau de Sturm. Il l'invite à s'y asseoir et reste debout, adossé au mur. C'est un peu comme si c'était elle qui m'auditionnait, se dit Sturm. Marrant.

« Garches, tu connais ? » Bien connaître le territoire est la condition nécessaire pour qu'un officier de police judiciaire puisse y travailler.

« Un peu, oui. Ma famille y a une maison depuis des années. Elle est à moi, maintenant, et nous allons y vivre. »

« Nous ? »

« Mon mari, mon fils et moi. »

« D'accord. Inutile que je te fasse un topo sur la ville, alors. »

Sturm a immédiatement identifié l'adresse qu'elle lui a donnée, l'une de ces immenses propriétés où la maison se dissimule derrière des rangées et des rangées d'arbres touffus. Le genre de lieu qui avait servi de maison de campagne et de villégiature autrefois, avant que Garches ne soit rattrapée par le développement tentaculaire de Paris.

« Qu'est-ce qui t'a fait choisir la PJ ? »

« Des raisons personnelles. »

Les maxillaires contractés à nouveau indiquent que Sturm vient de toucher à un sujet sensible.

Il n'insiste pas. Ça ne sert à rien de forcer les confidences, pense-t-il, mais il est intrigué.

Il commence à lui exposer le fonctionnement de son groupe. Hélène Sennevières sort un calepin et prend quelques notes avec un stylo-bille noir. Sturm reconnaît l'étoile blanche caractéristique des Mont-Blanc. Un petit luxe en phase avec son adresse.

Un appel sur la ligne interne. C'est le standard. Sturm écoute son interlocuteur en silence, puis il note une adresse sur un bloc de post-it jaune vif. Il arrache la première feuille, la met dans sa poche, l'air sombre.

« On vient de découvrir un corps, à la ferme de la Louverie. Il faut que j'y aille. Je finirai de te mettre au courant plus tard. »

« Je viens avec vous… pardon, avec toi, » dit Hélène en se levant. Elle est presque aussi grande que lui, et elle dégage une impression de force et de détermination.

« Inutile, tu n'es pas de service. »

Sur les joues de Sennevières, une rougeur intense apparaît.

« Je préfère me mettre dans le bain tout de suite. » Hélène sourit lorsqu'elle dit ça, mais son ton ferme ne laisse aucun doute. C'est une femme qui sait ce qu'elle veut. Tant mieux. Elle ne pourrait pas tenir dans ce métier, sinon.

Ils courent jusqu'au parking et s'engouffrent tous les deux dans une voiture de service. Sturm met en place le gyrophare sur le toit et ils démarrent, toutes sirènes hurlantes.

« On va où ? »

« Au Bas-Ligier, » dit-il. « C'est un hameau, pas très loin de Garches. C'est là que se trouve la ferme. Le médecin légiste est en route, lui aussi. »

« Qui est la victime ? »

« Une adolescente. C'est son père qui a découvert le corps. »

Chapitre 4

Sturm rate presque la haute grille de fer forgé qui protège la ferme des intrus. Au dernier moment, il aperçoit le panneau qui annonce en petits caractères le nom de la ferme. La Louverie.

Ça fait longtemps qu'il n'y a plus de loups en région parisienne, pense Sturm. Mais l'homme continue à être un loup pour l'homme.

Il donne un coup de volant plutôt brusque et s'engage dans la large allée de ciment beige qui mène de la grille d'entrée au corps de ferme, devant lequel stationnent un imposant SUV noir et une vieille Clio bleu ciel.

Le corps de ferme date du dix-huitième siècle, mais il n'a presque plus rien de son apparence originelle. Le bâtiment a été rénové dans les règles de l'art.

La façade en pierre a été poncée et laisse voir la couleur jaune pâle du matériau d'origine. Une baie vitrée et des portes-fenêtres serties dans des cadres d'acier peints en noir forment un contraste saisissant avec la pierre vive.

Sturm se gare juste derrière le SUV et éteint le moteur.

« Ça ressemble plus à un hôtel cinq étoiles qu'à

une ferme, non ? » dit-il, en indiquant d'un geste ample la maison et les buissons d'hortensias roses et violets, luxuriants en ce mois de juin, qui occupent les quelques espaces libres le long du mur.

« C'est vrai, j'y passerai bien un petit weekend, » dit Hélène en regardant autour d'elle.

Ils se dirigent vers un second bâtiment, d'apparence plus traditionnelle. Avec ses murs de pierres sèches qui ne comportent que deux étroites fenêtres de part et d'autre d'une porte en bois, c'est peut-être une ancienne grange. La petite foule devant cette porte et les techniciens qui s'activent dans leurs combinaisons blanches montrent que c'est là que le corps a été découvert.

« La police scientifique est arrivée avant nous. Je vais te présenter à Bernard Molina. C'est le médecin légiste en chef. »

« C'est l'un de ceux-là ? » demande Sennevières en désignant du menton deux silhouettes revêtues de blanc de la tête aux pieds. A cette distance, il est impossible de deviner s'il s'agit d'hommes ou de femmes.

« Non, eux, ce sont les techniciens scientifiques. Aude Lenormand et Clément Berto. Tu vas aussi faire leur connaissance. »

Les techniciens ont déjà délimité un périmètre de sécurité qu'ils sont seuls autorisés à franchir. Une ambulance stationne à côté. Quelques personnes attendent à l'extérieur.

Sturm soulève le ruban de plastique souple rouge et blanc, fait entrer Hélène et la suit avant de remettre en place la fragile barrière.

Ils mettent tous les deux des surchaussures blanches et pénètrent dans ce qui était une dépendance de la ferme, autrefois, et qui maintenant sert de local à tout faire.

C'est le genre d'endroit où l'on dépose tout ce qu'on ne sait pas ranger ailleurs, et dont on ne veut pas encore se débarrasser complètement.

Une brouette, des tonneaux, un vieux vélo. Des bocaux en verre sur une étagère. Des pneus empilés l'un sur l'autre. Une malle, qui aurait pu se trouver à bord d'un transatlantique, dans les années vingt, est couverte d'une épaisse couche de poussière.

C'est un endroit qui a des allures de caverne au trésor, où des enfants pourraient passer des heures à farfouiller dans de vieux coffres.

Ce n'est pas un endroit où le crime devrait s'inviter. Et pourtant.

La victime git sur le côté, à quelques mètres du seuil de cette vaste remise. La mort n'a pas encore détruit la beauté de ses traits.

Au-dessus du cou gracile, un fin visage triangulaire, où la bouche, aux lèvres rouges encore et gonflées comme des cerises mûres, éclate comme un scandale.

Les paupières fermées, la jeune fille parait dormir. Seuls les longs cheveux bruns, étalés en désordre tout autour de sa tête, ainsi que la pâleur de son visage, évoquent la mort.

Du moins si l'on fait abstraction du sang qui macule ses vêtements et s'étale en une large flaque près de son corps.

Bernard Molina, lui aussi recouvert de sa combinaison de protection blanche, est accroupi, en train d'examiner la jeune morte. Il se relève et salue Sturm d'un signe de tête, en fixant Sennevières de son regard bleu, au-dessus de lunettes en demi-lune.

« Je te présente le lieutenant Sennevières, » lui dit Sturm. « C'est elle qui remplace Quatremère. »

« Salut, » dit Molina, en adressant un signe de tête à la nouvelle.

C'est un homme laconique, mais d'une compétence reconnue de tous. Hélène lui répond d'un bref bonjour, comme si elle se mettait d'instinct au diapason de son nouveau collègue.

« Qu'est-ce que tu as trouvé ? » demande Sturm.

« Elle est morte ce matin, entre dix heures et midi,» annonce le médecin légiste, ses yeux toujours sur le corps de la jeune femme. Il se tait, et Sturm comprend qu'il doit le questionner pour en savoir davantage.

« La cause de la mort ? »

« Elle a été poignardée, » dit Molina en indiquant la mare de sang sur le sol, près de la victime. « Elle a été attaquée par derrière, par quelqu'un de très rapide. Elle n'a pas pu se défendre, on n'a rien trouvé sous ses ongles. »

« Elle a été violée ? »

« Je te dirai ça quand j'aurai fait l'autopsie. Mais ses vêtements ont l'air intacts, alors ce n'est pas très probable.»

« Tu pourras me le dire quand ? »

« Mardi matin, au plus tôt. Il y a eu un carambolage sur l'A13 hier, et on a plein de boulot. »

Molina fait signe aux deux brancardiers qui attendent près de l'ambulance. Ils glissent le corps dans un sac mortuaire qui le recouvre en totalité, le chargent sur une civière, et l'emportent. Molina les suit lui aussi.

Les lèvres serrées et les épaules un peu voûtées, Hélène Sennevières regarde s'éloigner les feux arrière de l'ambulance et de la voiture de Molina. Sturm se tourne vers elle.

« Ça va aller, Sennevières ? »

« Oui. C'est juste que la voir emportée comme ça, comme un paquet… » Elle ne finit pas sa phrase.

« Viens avec moi, on va interroger les parents, » lui dit Sturm.

Il sait que l'action sera le meilleur antidote au choc que représente la mort violente d'une très jeune fille, presqu'une enfant encore.

C'est un choc qu'il ressent toujours lui aussi, malgré l'accumulation du nombre de victimes qu'il a pu voir au cours des années. Garches n'a rien de la brutalité des bas-fonds de Paris. Mais l'Ouest parisien a son lot de violences, même dans les quartiers huppés.

Sturm ne s'y est jamais habitué.

Chapitre 5

Les deux officiers de police judiciaire longent les buissons fleuris pour arriver au bâtiment principal. Les hortensias éclatants de couleur leur paraissent maintenant jurer avec le corps sans vie dont l'image est encore fixée dans leur rétine.

Un homme d'une cinquantaine d'années les attend devant la porte. Son visage est figé. Il les regarde, les lèvres serrées et les yeux rétrécis, comme s'il essayait de jauger les arrivants sans rien révéler de lui-même.

« Êtes-vous le père de la victime ? » L'homme acquiesce sans un mot.

« Je suis le capitaine Sturm, et voici le lieutenant Sennevières. Nous voudrions vous poser quelques questions. Où pouvons-nous nous installer ? »

L'homme les fait entrer dans un vaste hall, de plain-pied avec le jardin. On aperçoit, sur la droite, une table recouverte d'une nappe immaculée et dressée pour quatre. Mais personne n'y a mangé.

Une terrine en verre transparent est pleine de feuilles de salade qui commencent à se faner, et le pain dans son panier semble déjà un peu racorni.

« C'est par ici, » dit le père de la victime en dirigeant Sennevières et Sturm vers la gauche.

Ils traversent un salon, où une imposante

cheminée occupe presque toute une paroi. Le salon débouche sur un petit bureau très clair, car le mur a été remplacé par l'une des grandes baies vitrées que l'on voit de l'extérieur.

Le père de la victime s'assied en silence sur un siège de cuir noir. D'un geste, il invite les deux policiers à prendre place sur les deux chaises disposées devant le bureau.

« Toutes nos condoléances, monsieur Thouvenet, » commence Sturm.

L'homme sursaute, comme si le mot évoquait une réalité qu'il n'avait pas encore pu assimiler. Il les regarde sans rien répondre. Dans son visage d'une pâleur telle qu'il paraît exsangue, ses yeux noirs semblent vides.

« Nous savons que ce moment est très douloureux pour vous, » reprend Sturm, « mais nous avons besoin que vous nous parliez de votre fille. »

« Que voulez-vous savoir ? » La voix de l'homme se brise, et il fait semblant de tousser pour le cacher.

« Tout ce que vous pouvez me dire. »

« Elle s'appelle Julie, Julie Thouvenet. Elle a dix-neuf ans. » Sa mâchoire se serre lorsqu'il se rend compte une fois de plus que sa fille est morte. « Elle avait dix-neuf ans. »

Un sanglot sec le traverse tout entier. Il se courbe, pose ses coudes sur ses genoux et ferme les yeux. Sturm reste silencieux quelques instants, et lorsqu'il se remet à parler, il essaie d'imprégner sa voix de toute la compassion dont il est capable.

« Monsieur Thouvenet, racontez-moi comment vous l'avez trouvée. »

Thouvenet relève la tête. Il parle d'une voix à peine plus haute qu'un murmure, et Sturm doit tendre l'oreille pour entendre ce qu'il dit. « Ma femme l'a appelée pour déjeuner. Elle n'a pas répondu. »

« Il était quelle heure ? »

« Midi et demi, c'est l'heure à laquelle on déjeune d'habitude. J'ai demandé à son frère et à sa sœur s'ils l'avaient vue. Ils m'ont dit que non. Après le petit-déjeuner, ils ne l'avaient plus vue de toute la matinée. Ça m'a tout de suite inquiété. »

« Pourquoi ? » l'interrompt Sennevières. « Elle n'aurait pas pu être chez des amis ? »

La voix du père de la victime a retrouvé un peu d'assurance, mais reste très basse. « Non. On devait aller lui chercher un logement à Paris cet après-midi. On avait prévu d'y aller ensemble juste après avoir déjeuné. »

« Pourquoi ce déménagement ? »

« Elle venait d'être admise dans une grande école pour étudier l'histoire de l'art. »

Cette fois, il a parlé d'elle au passé. Il est de nouveau secoué par un sanglot. Sturm le voit se concentrer et se forcer à respirer lentement pour maîtriser son émotion. Ses traits se recomposent mais son visage demeure fripé, son regard absent.

« Elle n'était pas dans sa chambre, » reprend Thouvenet, « ni dans aucune des pièces de la maison. Je suis allé dans la remise. Et c'est là que je l'ai trouvée. »

Il reste silencieux, immobile, comme plongé dans l'image intérieure de ce qu'il a vu.

« Le portail était ouvert, comme maintenant ? »

« Oui, il reste ouvert toute la journée pour qu'on

puisse entrer et sortir en voiture. On ne le ferme que la nuit. »

Le buste rigide, Thouvenet regarde dans le vague. L'image de sa fille gisant dans une mare de sang le hante, et le hantera jusqu'à la fin de ses jours.

Sturm se rend bien compte que l'homme est sur le point de s'effondrer. Il voit la douleur dans ses yeux, il entend sa voix trembler. Et pourtant, il continue à le questionner. Il ne peut pas se permettre de laisser ce chagrin entraver son enquête.

« Et la porte de la remise, elle reste toujours ouverte elle aussi ? »

Thouvenet acquiesce en hochant la tête. N'importe qui aurait pu s'introduire à la Louverie pour s'attaquer à la jeune fille, se dit Sturm. A moins que l'assassin ne fasse partie de la maison.

« Avez-vous des caméras de surveillance ? » reprend-il.

L'homme soupire, ferme les paupières un moment. « On doit les installer à l'automne. »

« Pourquoi ne pas l'avoir fait avant ? »

« Les systèmes d'alarme et de surveillance coûtent très cher. »

Les bandes de pillards qui s'attaquent aux belles maisons ont peut-être repéré cette faille, pense Sturm.

« Le vol aurait-il pu être le mobile ? » dit-il.

Thouvenet fronce les sourcils. « Je ne crois pas. Il n'y a rien de précieux dans la remise. »

« Et dans le reste de la maison ? »

« Je n'ai pas vraiment eu le temps de vérifier, mais rien ne manque, à première vue. »

Si on peut écarter le vol, se dit Sturm, il est temps

de passer à l'alibi du père, même si sa douleur est évidente.

« Vous étiez où, ce matin ? »

Thouvenet relève la tête, les sourcils froncés. «Comment ? Qu'est-ce que ça peut vous faire, où j'étais ce matin ? »

« C'est moi qui pose les questions, monsieur Thouvenet, » lui dit Sturm, très calme.

Un éclair de rage fait irruption dans la souffrance de Thouvenet. Ses yeux sombres étincellent. « Attendez, vous me soupçonnez ? Je n'arrive pas à y croire. »

« C'est mon devoir d'examiner toutes les possibilités. Répondez. »

Le père de la victime n'a pas la force de rester en colère. Sa tristesse est trop écrasante. C'est sans aucune autre protestation qu'il répond.

« Je m'occupais de mes ruches. Je suis apiculteur.»

Sturm prend des notes sur son calepin et souligne d'un trait les points à vérifier plus tard. La profession du père l'intrigue, mais pour l'instant, son but est de reconstituer les grandes lignes de la vie de la victime et de son entourage.

« Qui aurait pu vouloir tuer votre fille, à votre avis?»

« Mais… personne, » dit Thouvenet, les yeux écarquillés.

« Revenons à Julie. Elle était déjà étudiante à l'université ? »

« Non, elle était encore au lycée, en khâgne. C'était une excellente élève. Elle a été admise du premier coup à l'École des Chartes. »

Sturm a entendu parler de cette grande école bicentenaire, réputée pour la sévérité de la sélection des étudiants lors du concours d'entrée.

Seulement une vingtaine de candidats triés sur le volet étaient acceptés chaque année. Les lauréats pouvaient ensuite être recrutés à des postes de prestige dans des musées ou des écoles d'art.

Julie Thouvenet avait sûrement été une brillante étudiante. Mais c'était hors-sujet, maintenant.

« Parlez-moi de ses camarades de classe. »

« Romain et Ophélie vous en diront plus que moi. Son frère et sa sœur, des jumeaux, » ajoute Thouvenet en réponse au regard interrogateur de Sturm.

Les deux jeunes gens entrent dans la pièce, comme s'ils avaient attendu dans les coulisses d'un théâtre que leurs noms soient appelés sur scène. Sans aucun doute, ils étaient en train d'écouter la conversation sans qu'on puisse les voir.

La ressemblance entre le frère et la sœur est surtout due à leurs cheveux blonds et raides et à leurs yeux gris, identiques. Mais ça s'arrête là.

La haute taille de Romain, sa mâchoire carrée et sa carrure d'athlète contrastent avec le corps menu et le visage d'Ophélie.

Le front très haut, Ophélie a des lèvres minces et un menton affirmé qui lui donnent l'air sévère. Sa tenue rigoureusement noire et son teint blême ne font rien pour dissiper cette impression.

« Savez-vous si quelqu'un en voulait à Julie, parmi ses camarades de classe ? » demande Sturm.

C'est Romain qui se charge de répondre. Avec

ses traits réguliers, il paraît incarner la confiance en soi et l'assurance.

« Elle ne nous racontait pas grand-chose, mais on est aussi dans le même lycée, et on n'a jamais rien remarqué. Peut-être qu'à la galerie où elle travaillait, ils vous en diront davantage. »

« Elle se trouve où, cette galerie ? »

Les deux jeunes gens se consultent du regard, mais c'est toujours Romain qui prend la parole.

« C'est la galerie Masson Pelletier, place des Vosges, à Paris. »

« Elle y faisait quel genre de travail ? »

Cette fois, c'est Philippe Thouvenet qui répond avec un profond soupir.

« Elle y faisait un stage chaque été depuis son entrée en seconde, au lycée, et elle devait en refaire un cet été. »

Sturm note l'adresse de la galerie sur son calepin, puis se tourne à nouveau vers le jeune Romain.

« Où étiez-vous ce matin ? »

Le père de Julie réagit avec combativité. « Vous allez soupçonner mes enfants, aussi ? » dit-il. « Vous ne manquez pas d'air. »

Romain apaise son père d'un geste et répond d'une voix calme. « Aucune inquiétude, Papa. Je suis allé m'entraîner. Des tas de gens m'ont vu à la salle de sport.»

« Quel genre d'entraînement ? » demande Sennevières. Même si elle a changé de carrière, tout ce qui a trait au sport l'attire.

« Des haltères. Je me prépare pour une régate. »

« Ah, un marin. Vous avez un bateau ? » dit-elle.

« Juste un petit huit mètres. Il est amarré à Deauville. Il faut avoir de bons biceps pour faire de la voile. »

« Et vous ? » demande Sturm en s'adressant à Ophélie.

« J'étais dans ma chambre toute la matinée. »

Pas un mot de plus. Sturm a l'impression qu'une forteresse de silence se dresse entre lui, le père et les deux jeunes gens.

Il va devoir y faire une brèche, dans cette forteresse, et même la détruire en entier.

Un meurtre expose tous les secrets et ouvre les maisons aux quatre vents.

Plus rien ne peut demeurer privé, et cette mise à sac de l'intimité d'une famille est aussi douloureuse que le crime lui-même.

Chapitre 6

Le moment est venu d'examiner les possessions de la victime. Peut-être que ses affaires nous en diront plus que sa famille, pense-t-il.

« Pouvons-nous voir la chambre de Julie ? » demande Sturm.

C'est le père de Julie qui répond. « C'est au premier, la porte de gauche. Mais je ne viens pas avec vous, ça me fait trop mal de voir sa chambre. »

La chambre n'est pas vide, cependant. Une femme est allongée sur le lit, les genoux repliés en position fœtale, les cheveux blonds en désordre sur l'oreiller.

Elle ne se lève pas quand les deux policiers entrent. « Vous venez pour ma fille. Elle est morte, on me l'a tuée. »

Elle parle dans un souffle, les yeux fermés. Elle gémit d'une voix rauque. Comme une louve prise au piège et blessée.

« Toutes nos condoléances, madame Thouvenet. Nous sommes vraiment désolés, mais nous devons examiner la chambre de Julie. »

Aucune réponse ne leur parvient. Sturm regarde tout autour de lui, tend une paire de gants en latex beige à sa co-équipière, en met une paire lui-même avant de commencer à tout vérifier.

Un lit une place, une table de chevet en pin sur laquelle sont posés une lampe de métal rouge et un pot de crème pour les mains Body Shop.

Sur le bureau, un ordinateur portable et une photo de Julie à cinq ou six ans, avec un chaton dans les bras.

Au-dessus du bureau, des étagères en bois blanc chargées de livres, des manuels surtout, un gros dictionnaire et plusieurs livres d'art.

Une boite en métal peint qui contient des boucles d'oreilles créoles en métal doré et l'un de ces bracelets en tissu que l'on porte jusqu'à ce qu'ils s'usent, mais celui-ci est neuf.

Dans un renfoncement, une armoire de bois clair aux portes en verre dépoli. Sennevières ouvre la porte de l'armoire et regarde les vêtements qui y sont rangés.

Des jeans et des t-shirts, comme on peut s'y attendre. Un uniforme bleu marine est moins habituel.

« Votre fille fréquentait un lycée privé ? » demande Sennevières en se tournant vers le lit et en indiquant la tenue bleu-marine.

Le corps alourdi par son chagrin, Sonia Thouvenet se redresse lentement. Elle fait un effort visible sur elle-même pour se secouer et répondre d'une voix éteinte.

« Oui. Le lycée Ste Philomène, à Garches. C'est un établissement catholique. Julie n'en pouvait plus de porter l'uniforme de là-bas. »

« Elle était malheureuse, dans ce lycée ? »

« Au début, ça allait. A l'adolescence, elle a eu envie d'autre chose. Mais elle est restée à Sainte Phi. On l'y a encouragée. »

Elle baisse la tête, perdue dans ses pensées. Sennevières lance un regard rapide à Sturm. D'un hochement de tête presque imperceptible, il l'encourage à continuer son questionnement.

« Est-ce que Julie vous a parlé de ses amis ou de camarades qui auraient pu lui en vouloir au lycée, récemment ? »

Sonia Thouvenet lève sur les deux policiers des yeux cernés, hagards. « Mais qu'est-ce que vous insinuez! Julie était brillante… et adorable aussi. Elle n'avait que des amis là-bas. »

En se rebiffant et surtout en faisant l'éloge de sa fille, la mère revit, ses joues se colorent un peu. Elle s'assoit enfin tout au bord du lit et les regarde en silence, pendant qu'ils travaillent. Elle chasse d'une main ses cheveux, mais ils retombent sur son front.

De ses yeux d'un gris aqueux, elle regarde un point invisible sur le mur. Son dos rigide et les tendons bien visibles sur son cou montrent l'angoisse qui l'habite.

Elle aussi, comme son mari, regarde le passé, ce que sa fille a été et ce qu'elle aurait pu devenir. Tous les projets d'avenir, effacés d'un seul coup. Un déchirement qui la laisse chancelante et sans force.

Sennevières examine un à un les tiroirs du bureau. Elle s'arrête soudain et appelle Sturm.

« Regarde ce que j'ai trouvé, » dit-elle en lui montrant le téléphone portable qu'elle vient de découvrir. Le terminal est recouvert d'un étui de feutre noir sans aucune inscription.

« Il était où, ce téléphone ? »

« Derrière un paquet de feuilles d'imprimante et de tout un bric-à-brac de cahiers et de feuilles volantes. Il y a aussi un chargeur. Et il fonctionne, » dit Sennevières en appuyant sur le bouton central.

« Madame Thouvenet, ce téléphone appartient-il à Julie ? » demande Sturm.

« Je ne l'ai jamais vu. Où l'avez-vous trouvé ? »

« Dans son bureau, au fond d'un tiroir. »

« Je ne sais pas. Son téléphone, elle le met toujours dans la poche arrière de son jean. »

La mère de Julie se met à pleurer lorsqu'elle évoque les habitudes de sa fille. Dorénavant, ses petits gestes quotidiens vont lui manquer tous les jours.

La façon dont elle se brossait les cheveux, les jeans déchirés qu'elle avait tenu à porter, et même ses répliques insolentes lorsqu'elle était adolescente. Tout lui paraît maintenant précieux. Et tout cela a disparu pour toujours.

« Je vais prendre le téléphone portable et l'ordinateur, si vous êtes d'accord. Je vous les rapporterai après les avoir examinés. »

Si la mère accepte, ça lui fera gagner du temps. Il pourra commencer à travailler sans attendre la commission rogatoire. Et le temps est essentiel dans ce genre d'affaire.

Plusieurs secondes s'écoulent avant que Sonia Thouvenet ne réponde. Une brève lueur fervente brille dans ses yeux.

« Prenez tout ce dont vous avez besoin, » dit-elle,

« je veux que vous trouviez les salauds qui ont tué Julie. Et faites-les payer pour ce qu'ils ont fait. »

Puis elle se recroqueville sur le lit de sa fille et tourne son visage vers le mur.

Sturm range le téléphone et le chargeur dans l'un des petits sachets de plastique qu'il transporte dans sa poche pour protéger de la contamination les indices qu'il trouve.

Il les pose sur l'ordinateur portable qu'il va aussi emporter, puis il se tourne vers la mère de la victime. Sa douleur saute aux yeux, mais Sturm ne peut la quitter sans lui poser les questions que toute enquête sur un meurtre exige.

« Parlez-moi de Julie, » lui dit-il avec douceur.

Sonia se redresse lentement de nouveau. Son nez coule, alors elle prend un mouchoir en papier dans une boîte sur la table de chevet et se mouche. Elle essaye de le reposer sur le petit meuble, mais le kleenex glisse à terre.

« Julie… » Elle soupire. « Nous l'avons adoptée quand elle avait un an. »

Voilà pourquoi c'est la seule brune dans cette famille de blonds, pense Sturm.

« Ça s'est passé comment ? » dit-il.

« J'avais fait plusieurs fausses couches, et on m'avait dit que je ne pourrais plus avoir d'enfants. Nous avons décidé d'adopter. »

« En France ou à l'étranger ? »

« En France. On s'est adressés aux services officiels. »

« Vous avez attendu longtemps ? »

« Deux ans. Et puis Julie est arrivée, elle avait

été abandonnée à la naissance, mais il a fallu du temps pour la procédure. Elle avait un an et quatre mois, lorsque nous l'avons ramenée chez nous. »

Elle se tait, plongée dans les souvenirs d'un passé heureux. Sturm se racle la gorge. Sonia comprend et se remet à parler.

« Julie était merveilleuse, pleine de vie et de gaieté. Elle a changé notre vie. Et puis je suis tombée enceinte des jumeaux trois mois après son arrivée. »

Sturm a entendu parler de ce genre de cas que la science ne sait pas expliquer. Des grossesses qui se déclenchent après qu'on a adopté un enfant parce qu'on se croit stérile.

« Il y a environ deux ans et demi d'écart entre Julie et les jumeaux, c'est bien cela ? »

« Oui. Ils s'entendaient très bien tous les trois. »

« Que pouvez-vous me dire de ses amis ? »

« Virginie Prigent, c'est son amie depuis qu'elle était petite fille. Julie n'avait pas de copain, je pense, mais elle ne me racontait pas tout. Elle rêvait de vivre seule, de devenir indépendante. »

C'est souvent un signe de tension dans la famille, pense Sturm. Les enfants partent le plus vite possible pour éviter un conflit direct avec leurs parents.

« Elle vivait mal le fait d'être adoptée ? » dit-il.

« Nous, on n'a jamais fait de différence entre nos enfants. On le lui avait dit dès ses cinq ans, qu'elle était adoptée. »

La mère de Julie se voûte, ferme les yeux, se tait complètement. Cache-t-elle quelque chose, ou bien est-elle encore tourmentée par ses souvenirs ?

« Elle avait bien réagi, à cette annonce ? » la relance Sturm d'une voix douce.

« C'est ce qu'on pensait. Mais à l'adolescence elle a changé. Elle voulait connaître ses parents biologiques, et elle s'est un peu détachée de nous. »

« Vous avez monté un dossier, pour retrouver ses parents ? »

« On a refusé. C'est très difficile, et on ne voulait pas qu'elle se sente à part, différente de nos autres enfants. Elle a fini par renoncer. »

Sur le visage de la mère de Julie une ombre apparaît et creuse encore les cernes sous ses yeux. Peut-être est-ce le regret de n'avoir pas accepté le désir de Julie de retrouver ses origines.

Peut-être aussi la tristesse de savoir que Julie voulait par-dessus tout se détacher de cette famille qui l'avait accueillie et aimée.

Maintenant, Sturm doit poser la question qui conduit la plupart des gens à se rebiffer, indignés.

« Madame Thouvenet, où étiez-vous ce matin ?»

« A l'heure où Julie… »

Elle ne termine pas sa phrase. Elle frissonne et croise les bras comme pour se protéger, mais elle ne dit rien pour rejeter les soupçons implicites dans la question que Sturm vient de lui poser.

« J'ai pris la Clio pour aller faire les courses de la semaine. Je suis revenue vers dix heures. Je n'ai rien remarqué d'anormal. »

Sturm a le sentiment très net que la mère de Julie Thouvenet ne dira rien de plus. Comme le reste de la famille, elle est sous le choc du meurtre et elle est incapable de voir plus loin.

Il va leur laisser un peu de temps pour qu'ils métabolisent leur douleur. Il reviendra à la charge plus tard.

« Voici ma carte, » dit-il à la mère de la victime. « Appelez-moi si vous vous souvenez de quelque chose de plus. Même un détail qui vous semble insignifiant. »

Lorsque Sturm et Sennevières se retrouvent à l'extérieur, le soleil est en train de disparaître à l'horizon. La tiédeur de l'air en cette soirée d'été est apaisante. Surtout après le choc du corps sans vie de Julie Thouvenet.

« Alors, tes impressions ? » demande Sturm dès qu'ils sont installés dans la voiture de service.

« La mère s'est épanchée, elle m'a paru sincère. Elle nous en a dit un peu plus que son mari. »

« Et c'est son mari qui a trouvé le corps de Julie. Ça fait de lui le suspect principal. »

Quelques rides apparaissent sur le front de Sennevières. Elle n'a pas l'air convaincue.

« Il ne nous a presque rien dit. Peut-être parce que ça lui fait encore trop mal ? »

« Ou parce qu'il a quelque chose à cacher. Et les jumeaux, tu en penses quoi ? »

« Le jeune homme n'avait pas l'air très affecté, il parlait avec plus d'assurance que son père. La fille n'a pas desserré les lèvres. »

« J'ai eu l'impression qu'ils ne se livraient pas beaucoup, » dit Sturm pensivement.

Sennevières semble tourner et retourner cette supposition dans sa tête, sans rien répondre.

Quatremère me manque, pense Sturm. Lui, il aurait su comprendre les non-dits dans les paroles de la famille de la victime. Mais bon, Sennevières vient juste d'arriver. Il faut que je lui laisse le temps de s'adapter.

« Cette première journée, ça a été ? » lui demande-t-il au bout de quelques instants.

« Le premier jour dans un nouveau boulot, c'est toujours un peu dur, mais ça ira. »

Un silence poli règne dans l'habitacle jusqu'à la fin du trajet de retour. Sturm et Sennevières gardent leurs distances. Ils viennent juste de faire connaissance, il va falloir un peu de temps pour que les relations entre eux se déraidissent.

« J'espère que tu n'avais rien de prévu ce dimanche, » reprend Sturm en se garant dans le parking de l'hôtel de police judiciaire. « Je t'attends demain à la PJ, à huit heures. On a du pain sur la planche. »

« A demain, » répond sobrement Sennevières.

Chapitre 7

Sturm reprend le chemin de son bureau. Il a besoin de réfléchir, et la rédaction de son rapport sera un bon moyen de le faire.

Quand il aura fini, il ira courir une quinzaine de kilomètres, peut-être plus s'il a le temps.

Ces longs parcours de jogging en forêt, c'est pour lui un défouloir presque aussi efficace que la musique. Courir lui permet de tenir à distance le jeune corps sans vie qu'on vient d'emporter dans un sac zippé jusqu'en haut.

Ça lui permet aussi de continuer, de tenir le coup, de maintenir le cap, malgré les échecs et les culs-de-sac auxquels il se heurte lorsqu'il enquête.

Car lorsqu'il aura terminé son parcours et pris une douche brûlante, il ira retrouver Alice Delisle. La femme qu'il avait cru réussir à garder près de lui l'année dernière.

Pendant des années il avait fui l'idée même d'un couple stable, et il avait vécu toutes ses relations amoureuses sans vraiment s'y impliquer.

Et voilà qu'il se retrouvait tout d'un coup prêt à rejoindre les montagnes russes des sentiments et des émotions dont il s'était toujours consciencieusement tenu à l'écart.

Il se surprenait à imaginer Alice à ses côtés pour toujours. Il pensait à son parfum, à ses cheveux dorés cascadant sur ses épaules, au contact que sa peau aurait contre la sienne.

Il avait eu l'impression d'avoir un lien profond avec elle, de l'avoir reconnue, comme si c'était la femme qu'il attendait. Comme s'il n'avait plus besoin de se tenir sur la défensive.

Sûrement, elle avait ressenti la même chose, lorsqu'ils s'étaient rencontrés ?

Mais Alice avait mis fin à ses rêveries.

Ils s'étaient retrouvés un matin pour courir dans le bois de Vaucresson. C'était là qu'ils s'étaient rencontrés la première fois. Pour Sturm, c'était devenu un lieu chargé d'émotion et de souvenirs. Il espérait qu'elle aussi ressentait la même chose dans ce coin de forêt.

Pendant qu'ils couraient côte à côte à petites foulées, si près l'un de l'autre que leurs bras se frôlaient de temps en temps, il lui avait proposé de venir dîner chez lui, en tête-à-tête.

« Thomas, merci pour l'invitation, mais je ne viendrai pas, » lui avait-elle dit avec douceur.

Sturm s'était arrêté, Alice aussi. Les autres joggeurs les dépassaient les uns après les autres. Une femme bien en chair était passée à côté d'eux, et Sturm avait entendu clairement le bruissement produit par le frottement de ses cuisses recouvertes de lycra noir et brillant.

« Mais pourquoi ? Pourquoi ne pas nous donner une chance de nous connaître mieux ? »

« Vous savez que je souffre d'une maladie cardiaque ? » avait dit Alice en le regardant dans les yeux.

« Oui, je le savais. Mais cela ne change rien pour moi. »

« Je peux mourir, d'un jour à l'autre. »

« Je suis policier. Je mets tout le temps ma vie en danger. Moi aussi je peux mourir d'un jour à l'autre.»

« Ce n'est pas pareil, Thomas. C'est un risque que vous avez choisi. Moi, ça m'est tombé dessus. Alors je veux consacrer tout le temps qui me reste à ma fille. Mélodie a souffert à cause de moi, je m'en veux tellement. »

« Ce qui lui est arrivé l'année dernière, ce n'était pas de votre faute. »

« C'était un traumatisme pour elle. Et quelquefois la réaction à retardement peut être pire que ce que l'on ressent sur le coup. »

« Évidemment, Mélodie a encore besoin de vous. Mais elle volera bientôt de ses propres ailes. Et que ferez-vous, alors ? »

« J'ai aussi un rêve à réaliser, Thomas. C'était mon rêve d'adolescente. »

« Votre rêve d'adolescente, ce n'était pas le grand amour ? »

Alice avait ignoré l'ironie de cette phrase et avait souri. Pour Sturm, ce sourire était comme un direct au sternum. Il annonçait un détachement bienveillant, mais un détachement tout de même.

« Le grand amour, je l'ai déjà connu. Avec mon mari, on s'est tellement aimés. Et je n'ai jamais vraiment tourné la page. »

« Et votre rêve d'adolescente, qu'est-ce que c'était? »

« Mon rêve, je vous en ai parlé. Je cherche un endroit pour créer une auberge qui ressemblera à celle de mon enfance. Pour que mon travail ait un sens pour moi.»

« J'aime mon travail, moi aussi. Pourtant il ne peut pas… »

Alice l'avait interrompu. « Thomas, jusqu'à présent vous n'avez jamais eu envie d'être en couple pour de bon, d'avoir des enfants, n'est-ce pas ? »

« C'était vrai, mais depuis que je vous ai rencontrée, je n'en suis plus là. Je pense à fonder une famille, et c'est avec vous que j'y pense. »

« Je ne suis pas la bonne personne pour ce genre d'avenir, Thomas. J'ai trente-sept ans et je ne veux plus avoir d'enfant. Mais j'espère que nous serons de bons amis. »

La mort dans l'âme, Sturm s'était conformé à son désir.

Si bien que les rares soirées qu'ils passaient ensemble étaient pour lui une souffrance, mais une souffrance dont il ne se serait passé pour rien au monde.

Car il voulait toujours la faire changer d'avis. Même s'il n'avait aucune idée de la façon dont il pourrait y parvenir.

Intermezzo

Je me souviens d'un jour au terrain de jeux. Je devais avoir six ans, peut-être sept.

J'étais tombée amoureuse d'un petit garçon aux yeux verts. Il voulait me montrer un arbre sur lequel on pouvait grimper.

Je l'avais suivi, un peu en dehors du terrain de jeux. On s'est amusés à grimper, mais j'ai eu le vertige, alors je suis vite redescendue.

Quand on est revenus au bac à sable, il y avait plein d'enfants qui couraient dans tous les sens et glissaient sur les toboggans en criant à qui mieux mieux.

Maman s'était précipitée vers moi, le visage défait, ses cheveux blonds en désordre.

« Enfin je te trouve ! Ça fait dix minutes que je te cherche. Tu étais où ? »

Elle s'était agenouillée, elle m'avait serrée très fort dans ses bras et éclaté en sanglots.

Moi aussi je l'ai serrée très fort.

« Pardon, maman, pardon, pardon, je ne voulais pas te faire peur. »

Tout contre moi, sa poitrine était agitée par sa respiration entrecoupée de sanglots. Moi, je ne pleurais pas, je la consolais. Je comprenais qu'elle avait eu si peur en ne me voyant plus qu'elle s'était imaginé que j'avais disparu pour toujours.

Ça ne faisait pas très longtemps qu'elle m'avait annoncé que j'avais été adoptée.

« Ta maman t'a laissée à l'hôpital, et nous on est venus te chercher, » m'avait-elle expliqué. « On était tellement contents de devenir tes parents. »

Je m'étais mise à lui poser plein de questions.

« Ton papa est parti, » m'avait-elle répondu un jour lorsque je lui demandais pourquoi ma maman m'avait laissée à l'hôpital. « C'est pour ça qu'elle n'a pas pu te garder auprès d'elle. Mais ce n'est pas grave, tu sais, parce que tu es devenue notre fille à nous. »

Elle m'avait prise dans ses bras et elle m'avait embrassée en me serrant très fort contre elle. « On n'en parle plus, d'accord ? »

J'ai fait ce qu'elle voulait. Ma famille adoptive, c'était ma famille, un point c'est tout.

Chapitre 8 – Dimanche

En ce dimanche matin de juin, la route est pratiquement déserte. Sturm baisse la vitre de sa voiture, y appuie son avant-bras pour profiter de la température estivale pendant le trajet jusqu'à l'hôtel de police judiciaire.

Comme d'habitude, sa soirée avec Alice a suscité en lui un maelström d'émotions compliquées, mais ce n'est pas le moment d'y penser. Il doit se concentrer sur son enquête. La réunion de ce matin avec son groupe va le remettre sur les rails.

Lorsqu'il entre dans le parking de la PJ, il voit la Honda rouge vif de Perronet déjà garée sur sa béquille, à côté d'un coupé BMW gris métallisé dont les lignes épurées évoquent autant le luxe que la puissance.

Perronet et Sennevières l'attendent devant la machine à café. Ils ont déjà fait connaissance sans aucun doute, mais ni l'un ni l'autre ne semble très à l'aise.

« Ça fait longtemps que vous êtes là ? » demande Sturm.

« On vient juste d'arriver. On allait prendre un café. Tu en veux un ? »

« De ce distributeur ? Non merci. »

« Il va falloir qu'on fasse quelque chose pour remplacer la machine à expresso de Quatremère, alors,» dit Perronet.

Le rituel de l'espresso, c'était le domaine du

collègue qui vient de partir en retraite et qui avait pris Perronet sous son aile à son arrivée dans le service. Il était accro à la caféine, et il avait acheté une machine à espresso pour lui et quelques collègues choisis. Cependant, il l'avait reprise pour l'installer dans la maison normande où il avait l'intention de passer le reste de ses jours.

« Je suis partant, » acquiesce Sturm, « je participerai à la cagnotte. »

Ça lui plaît de voir Perronet reprendre le flambeau. Puis il se tourne vers Sennevières. Il a l'intention de l'inciter à se départir de son attitude raide.

« Elle est à toi, la BM dans le parking ? » dit-il.

« C'est la mienne, » confirme la jeune femme.

« Ça fait quoi, comme sensation de conduite ? »

« Pas mal, mais je m'en sers juste pour des trajets en ville. »

« Quel gaspillage, » dit Sturm.

Et c'est là qu'il remarque le regard déconcerté que Sennevières lui adresse. Sa tentative de discussion détendue est tombée à plat. « Bon, on se met au boulot, » enchaîne-t-il de sa voix grave.

Ils entrent tous les trois dans le bureau sans fenêtre de Sturm. Pour que Sennevières et Perronet puissent s'assoir, il débarrasse deux chaises des dossiers qui les encombrent en les posant sur son bureau. Les locaux de la PJ de Garches sont exigus, et son bureau aussi.

« Julie Thouvenet avait été adoptée, » commence Sturm, « et selon sa mère, elle aurait voulu savoir qui étaient ses parents biologiques. Mais ses parents adoptifs ont refusé de faire ces recherches.

« Elle a peut-être entamé une procédure toute

seule ? » interjette Hélène.

« C'est ce que nous devons établir. Sennevières, ça va être à toi de t'en charger. »

« Je vais commencer par les agences d'adoption,» acquiesce-t-elle, en prenant quelques notes sur le même calepin que la veille.

Sturm aussi a noté quelques points dont il veut parler et il s'y conforme. Il barre chaque entrée quand il a fini. Il est méthodique, c'est ce qui lui donne un avantage dans ses enquêtes, mais c'est aussi ce qui pourrit la vie de ses copines, les unes après les autres.

« On a récupéré un ordinateur, un téléphone et un chargeur. Je vais les transmettre à Troisvallets pour qu'il les craque. Mais il ne revient que demain. »

Clément Troisvallets est le jeune génie de l'informatique de la PJ, capable de pénétrer les arcanes d'Internet et les secrets de n'importe quel objet connecté. Son habileté à venir à bout des codes et des chiffrements tient presque de la magie.

Il s'était rendu samedi à un congrès sur le numérique, le GEN, qui avait lieu à Metz, et il ne serait de retour que lundi, sans doute gonflé à bloc par toutes les innovations découvertes là-bas.

« C'est un peu étrange, un téléphone dans un tiroir. Est-ce qu'elle en avait un autre sur elle ? » dit Perronet.

« Oui, dans sa poche arrière. On l'aura dès que Berto et Lenormand auront fini de répertorier ce que la victime avait sur elle.

« Deux téléphones, double vie ? » se demande Perronet à haute voix.

« Pas forcément. Elle en a peut-être acheté un nouveau, et gardé l'ancien pour une raison ou une autre,» lui répond Sennevières.

« On ne le saura qu'après l'avoir examiné, » dit Sturm. « Mais on va commencer nos recherches tout de suite. Perronet, tu vas aller à Sainte Philomène, dès aujourd'hui. »

« Il n'y aura personne, le dimanche. »

« Débrouille-toi pour trouver le proviseur s'il n'habite pas sur place. Qu'il te donne la liste des élèves de la classe de Julie et la liste des profs. Et commence à les interroger. »

« D'accord. J'y vais tout de suite, » dit-il en se levant.

« Attends, je n'ai pas terminé. La victime avait obtenu un stage dans une galerie d'art. Je vais aller me renseigner auprès du galeriste. Un certain Pelletier. »

« Tu veux qu'on vienne aussi ? » demande Perronet.

« Inutile. Rendez-vous demain à huit heures, pour faire le point entre nous. Ça servira pour faire notre rapport à la commissaire Guérin. »

Tous trois se lèvent, pressés de se mettre au travail. « Perronet, » reprend Sturm, « Sennevières va partager le bureau avec toi. »

Perronet acquiesce et tient la porte à sa collègue.

« Je vais te montrer, c'est sous les combles, on gèle en hiver et on se liquéfie en été, » dit-il, « tu vas adorer. »

Resté seul, Sturm ramasse les dossiers qu'il avait mis par terre et les repose dans le même ordre sur les chaises.

Le manque de place sur les étagères crée une apparence de désordre dans son bureau exigu. Mais c'est un leurre. Il saura retrouver la moindre petite note sans aucune difficulté. Il sait exactement où se trouve chaque chose. Et même s'il écrit tous ses rapports sur ordinateur, il n'est pas encore prêt pour un bureau sans aucun dossier papier.

Il reprend sa voiture sur le parking après avoir vérifié l'adresse de la galerie Masson Pelletier. L'autoroute de l'Ouest est presque vide en direction de Paris en ce dimanche matin et il rejoint rapidement la place de la Bastille, puis le boulevard Beaumarchais.

Il doit tourner un peu avant de trouver une place. Il se gare dans l'une des petites rues perpendiculaires, la rue du Pont aux Choux, entre une imposante Lexus et une modeste Fiat.

La voiture n'est plus du tout la bienvenue à Paris, et les places de parking sont toujours plus rares. Et selon la loi d'airain de l'offre et de la demande, elles sont de plus en plus convoitées.

Il marche quelques minutes puis tourne à droite dans la rue du Pas-de-la-Mule, et arrive aux arcades qui abritent la plupart des galeries d'art de la place des Vosges. Son regard passe des gracieuses façades classiques, aux plantations du jardin au centre de la place, et aux cafés d'où s'échappent les rires des clients attablés.

Est-il possible que l'assassin de Julie se cache au milieu de cette pacifique animation ? Sturm aurait envie de penser que c'est improbable, mais son expérience d'enquêteur lui impose un tout autre point de vue.

Après tout, pense-t-il, même dans le jardin d'Eden, il y avait un serpent.

Chapitre 9

Sturm avance sous les arcades en regardant les vitrines des galeries d'art qui se succèdent. Presque toutes offrent des œuvres ultracontemporaines. Des statues démesurées en papier mâché coloré, des bronzes abstraits ou des tableaux tellement surchargés de couches de peinture qu'ils donnent l'impression d'être en 3-D.

La galerie Masson Pelletier tranche sur ses voisines. La vitrine ne comporte que des portraits, dont certains semblent de facture très classique.

A l'intérieur de la galerie, il distingue quelques céramiques et de gracieuses miniatures en bronze. Seule concession à la mode, la sculpture d'un buste de femme aux seins lourds. Réalisée en grillage et éclairée de main de maître, elle projette une ombre aux contours très nets sur un mur blanc.

L'ombre fait partie intégrante de la sculpture, et l'effet est saisissant.

Sturm pousse la porte vitrée et s'approche d'un bureau où une jeune femme d'une trentaine d'années, tout de noir vêtue, fixe l'écran de son IPad avec une concentration absolue.

Ses cheveux bruns sont coupés courts, mais sur son front elle a laissé une longue mèche qui masque à demi son œil droit et lui frôle l'épaule. La mèche est teinte en rouge.

« Je suis à vous dans un instant, » lance-t-elle, concentrée sur sa tablette.

Sturm remarque ses mains soignées qui arborent de longs ongles au bout carré vernis de violet. En attendant qu'elle lève les yeux, Sturm contemple les portraits accrochés au mur et jette un œil en biais en direction de l'écran qui absorbe la jeune femme.

Elle est en train de charger la photo d'un tableau sur Instagram. Dès qu'elle a fini, elle vérifie les statistiques de vues. Elles doivent être plutôt bonnes, car son teint d'une pâleur poudrée se teinte de rose.

Elle se tourne enfin vers Sturm. « Que puis-je faire pour vous ? »

« J'ai quelques questions à poser au directeur de la galerie. Il est là ? »

« Vous avez rendez-vous ? » lui oppose-t-elle. Ses yeux charbonneux confèrent à son regard une intensité dramatique digne d'une actrice dans un film muet.

« Police judiciaire, » répond Sturm en montrant sa carte d'identité professionnelle.

Sa phrase laconique fait son effet, car la jeune femme consent à l'annoncer. Puis elle lui indique une porte qui se confond presque avec les murs peints en blanc.

Sturm traverse un couloir étroit, pousse une porte de bois, et aboutit à une cour intérieure au pavage inégal, au fond de laquelle se trouve le bureau. C'est sûrement un ancien atelier, comme il y en a beaucoup dans les vieux immeubles de ce quartier.

Il pénètre dans une pièce au toit de verre opaque qui tamise la lumière de l'été et confère une atmosphère ouatée au bureau du directeur. Un seul tableau au mur, un nu immense, aux tons presque orangés, allongé sur un divan ocre, attire le regard et le retient.

« Monsieur Pelletier ? » dit enfin Sturm, en s'arrachant à la contemplation du tableau.

« A qui ai-je l'honneur ? » répond l'homme, aussi cérémonieux qu'un maître d'hôtel anglais.

De petite stature, fluet, il semble avoir la cinquantaine. Une masse de cheveux gris bouclés entoure son visage au teint mat et aux lèvres pleines. Un fin collier de barbe souligne son menton.

Lui aussi porte ce qui semble être l'uniforme de la maison, chemise noire sur pantalon de lin noir. Mais son aspect est beaucoup plus classique que celui de son assistante.

Sturm montre à nouveau sa carte. « Parlez-moi de Julie Thouvenet, » dit-il.

« Pourquoi, que se passe-t-il ? Il lui est arrivé quelque chose ?»

« Elle a été assassinée hier. »

Sturm a parlé sans prendre de gants. Il sait que les gens devinent tout de suite, lorsqu'ils le voient, qu'il n'est pas venu annoncer une bonne nouvelle, alors il préfère être direct.

Pelletier pâlit, chancelle et se retient au bord de son bureau avec tant de force que les jointures de ses doigts blanchissent.

« Ce n'est pas possible. Je n'arrive pas à y croire. C'est arrivé comment ? » dit-il d'une voix tendue, lorsqu'il se reprend un peu.

« Elle a été poignardée. »

« Quelle tragédie, » dit-il dans un souffle, « vous avez arrêté quelqu'un ? »

« Je regrette, je n'ai pas le droit de révéler le déroulement d'une enquête en cours. »

« C'est épouvantable. Elle était si jeune, qui aurait bien pu lui en vouloir à ce point ? »

« C'est ce que je veux découvrir. Dites-moi plutôt ce que vous savez d'elle. »

« Je suis encore sous le choc. Prenez place, je vous prie, » dit Pelletier. Puis il ouvre un petit réfrigérateur gris métallisé placé derrière son bureau et il en sort une bouteille de vodka et deux verres.

Sans rien dire, Sturm secoue la tête. Il n'a pas le droit de boire alors qu'il est en service, et en plus, il n'en a pas la moindre envie à onze heures et demie du matin. Pelletier remplit son verre aux trois-quarts et le boit cul sec. Puis il baisse la tête et essuie ses yeux d'un geste furtif.

« Je la connais parce que son père est un ami, » dit-il. Puis il se tait. Mais Sturm ne peut pas se contenter de réponses superficielles. Il le relance.

« C'était un ami d'enfance ? »

« Non, je devrais plutôt dire une relation d'affaires. Il a vendu un dessin qui était dans sa famille, il y a quelque temps, en passant par notre galerie. Un Caillebotte. »

Sturm avait vu une affiche avec ce nom-là, quelque temps auparavant. Une vue plongeante sur des ouvriers qui ponçaient un parquet. Ce peintre lui était inconnu, mais son nom lui était resté en mémoire. Et l'affiche annonçait une exposition au musée d'Orsay. Un artiste reconnu, sûrement.

« Il est très bien coté, ce peintre, je crois ? »

« Je ne vous le fais pas dire. Nous, on a juste

servi d'intermédiaires pour un acheteur privé. On n'aurait pas pu payer le prix que Thouvenet demandait.»

« Et qui se montait à ? »

« Je ne peux rien révéler, moi non plus. C'est une information confidentielle. Le marché de l'art n'est pas exactement transparent. »

Et comment, pense Sturm. La plupart des ventes dans le monde de l'art sont entourées d'un secret absolu. Ce secret contribue à faire monter les prix. Ça sert aussi de paravent, bien pratique pour cacher des manœuvres pas toujours très nettes.

« Quelle était la place de Julie Thouvenet dans cette relation d'affaires ? »

« Son père m'avait parlé de sa fille et de son talent. C'est tout naturellement que je lui ai proposé un stage. »

« Un client pareil, ça se soigne, c'est ça ? »

« C'est une évidence. Dans mon métier, le réseau, ça compte plus que tout. »

« Alors elle a commencé quand, à travailler chez vous ? »

« Quand elle était en terminale, au lycée. Elle venait m'aider presque tous les samedis après-midi. Puis elle a fait un stage à Rome, dans une galerie avec laquelle nous sommes associés. Elle devait venir chez nous dans quelques jours aussi, en juillet-août. »

« Quel genre de travail faisait-elle chez vous ? »

Pelletier se lève et se dirige vers une très belle armoire vitrée. Il semble plus calme. Il en sort d'épais catalogues sur papier glacé.

Il en passe un à Sturm, qui le feuillette rapidement, juste assez pour comprendre que l'exposition qui y est présentée a été impressionnante.

« Je lui enseignais tout ce qu'il faut savoir pour gérer une galerie. Préparer les catalogues, les vernissages, assister aux ventes aux enchères. Et surtout, savoir apprécier un tableau, et savoir reconnaître une croûte. »

« Ça s'enseigne vraiment, ce genre de chose ? »

« Vendre des œuvres d'art exige beaucoup d'imagination. Il n'y a pas qu'une seule manière de créer de la beauté. Il faut apprendre à les reconnaître toutes. »

« Et Julie avait appris ? »

« Elle était exceptionnelle. Je pensais lui proposer de s'associer à moi à la fin de ses études. »

« Vous vouliez vous associer à quelqu'un d'aussi jeune ? Vous aviez une liaison avec elle ? »

Pelletier recule d'un pas. « Comment ? Non, voyons, j'étais son maître de stage, son mentor, peut-être même un ami. Et je ne parle même pas de la différence d'âge. Une liaison avec elle, ça aurait été une faute grave. »

« A votre avis, qui aurait pu la tuer ? » demande Sturm à brûle-pourpoint.

« Je ne sais pas, mais si je pouvais attraper le salaud qui a fait ça… »

Il ne finit pas sa phrase. Sans aucun doute, Pelletier est ému, se dit Sturm. Il ne fait pas semblant.

« Est-ce qu'elle avait mentionné des menaces, ou un client de la galerie agressif ? » reprend-il.

« Jamais. C'était une charmante jeune femme, » dit Pelletier avec conviction. « Elle avait une amie qui venait quelquefois la chercher à la fermeture. Je crois que j'ai ses coordonnées. »

« Vous avez les coordonnées d'une amie de Julie? Comment ça se fait ? »

« Ne vous imaginez pas que je suis du genre à traquer les jeunes filles. Elle est venue au vernissage de l'expo du mois dernier et on note les emails et le téléphone des visiteurs. C'est pour notre mailing-liste.»

Il compulse un dossier sur son ordinateur. « Ah, voilà, j'ai trouvé. Virginie Prigent. J'ai aussi son numéro de portable si vous le voulez. »

« Où étiez-vous hier matin ? » reprend Sturm après avoir noté le numéro sur son carnet.

Pelletier se dresse de toute sa hauteur et lance un regard indigné à Sturm. « Vous ne pensez tout de même pas que je l'ai tuée, j'espère ? »

« Ce que je pense ne compte pas pour le moment. Je dois poser un certain nombre de questions à toute personne proche d'une victime de meurtre. Ce que vous faisiez à l'heure du crime est l'une de ces questions. »

« J'étais ici même, au travail, avec mon assistante, Solène Carignaud. Les week-ends sont les jours les plus chargés pour nous. »

« Pour l'instant, je n'ai qu'une seule question supplémentaire à vous poser. Masson Pelletier, c'est une seule personne ou deux ? »

« Bien vu. On est deux associés. Moi, c'est Nicolas Pelletier. Mon associé s'appelle Bertrand Masson, mais il est très rarement présent. »

« Il ne vit pas en France ? »

« C'est plutôt qu'il voyage beaucoup. C'est lui qui cherche les nouveaux talents un peu partout dans le monde. »

« Il faudra que je questionne Masson aussi, » dit

Sturm en tendant sa carte à Pelletier. « Appelez-moi si vous vous souvenez de quoi que ce soit d'autre. Le moindre détail pourrait nous aider à trouver l'assassin.»

Accompagné du propriétaire de la galerie, Sturm reprend le long couloir vers la sortie. L'assistante est toujours à son poste, absorbée par Instagram. Elle tape un bref message avant de lever les yeux sur Sturm.

« Madame Carignaud, pouvez-vous me confirmer la présence de Monsieur Pelletier à la galerie hier matin ? »

La jeune femme hésite un instant, les yeux tournés vers le haut, comme si elle fouillait sa mémoire.

« Oui, il était là. Nous avons ouvert à onze heures. »

« Et il ne s'est pas absenté de la journée ? »

« Je ne crois pas, non. Peut-être vers treize ou quatorze heures, pour déjeuner. »

« Non, Sophie, tu fais erreur, voyons. Hier je me suis fait livrer une pizza. C'est même toi qui as passé la commande. »

La jeune femme pince les lèvres. « Ah oui, c'est vrai, j'avais oublié, désolée. »

Elle n'a pas l'air plus embarrassée que ça de son manque de précision, pense Sturm. C'est consternant.

Lui, il s'en serait voulu à mort. Il sait que la moindre vétille peut faire échouer une enquête, tout comme une minuscule note de travers transforme une série d'accords parfaits en cacophonie lorsqu'il répète un morceau avec Perronet.

« Le tableau dans votre bureau, il est de qui ? » demande Sturm à Pelletier avant de partir.

« C'est l'un des nus de Modigliani. *Nu couché*

sur un canapé. Une simple copie, hélas. L'original vaut plusieurs dizaines de millions de dollars. »

« Pour une fois, je trouve que cette cote est justifiée. »

Sturm n'a que mépris pour les installations de l'art conceptuel. Voir les jardins du château de Versailles ornés de ballons de baudruche en forme de chiens ou de nounours géants, ça l'agace. Et encore plus lorsqu'on les annonce en grande pompe comme des chefs-d'œuvre.

Et son agacement prend des proportions stratosphériques lorsqu'il voit les prix que les musées ou les collectionneurs sont disposés à payer pour ça.

Son travail d'enquêteur l'amène à se confronter à des gens beaucoup plus riches que lui. C'est pareil pour tous les membres de la police judiciaire, et certains d'entre eux cèdent au ressentiment.

Mais les rares mouvements d'envie que Sturm peut ressentir devant une Porsche ou un tableau de maître accroché dans le salon de quelqu'un ne durent jamais.

Il sait que son bonheur à lui réside ailleurs, dans sa liberté chérie, et que cette liberté n'est pas compatible avec les obligations et les soucis qu'implique la richesse.

Lorsqu'il quitte la galerie, Sturm constate que la place des Vosges s'est animée. Dans le jardin central, les enfants ont investi les bacs à sable et des touristes se sont assis par petits groupes sur les pelouses autour des quatre fontaines.

Les cafés sont pleins, sous les portiques les gens

flânent et un chanteur, vêtu d'une cape noire et d'un chapeau haut-de-forme, s'est installé sous les arcades, dans l'un des angles de la place.

Il a posé sur le trottoir une enceinte portable qui diffuse la musique d'un opéra que Sturm reconnaît sans pouvoir l'identifier, et il l'accompagne d'une voix puissante. Un petit cercle d'admirateurs l'entoure et l'applaudit. Quelques-uns déposent des pièces dans l'étui à violon ouvert à ses pieds.

L'ambiance de la grande place carrée est chaleureuse. Sturm s'y attarderait volontiers. Pourtant, il se dirige d'un pas résolu vers sa voiture.

Ce que Pelletier vient de lui dire pose bien d'autres questions encore. Il a besoin de relier entre elles toutes ces informations et d'en combler les lacunes. Il est habité par le besoin de découvrir qui a tué Julie Thouvenet. Et il a intérêt à le faire vite.

Il sait à quel point les preuves disparaissent, les témoins oublient ce qu'ils ont vu ou inventent de nouveaux détails pour compenser leurs trous de mémoire.

Et quelquefois ils mentent, purement et simplement. Beaucoup aux autres, et à eux-mêmes plus encore.

Mais c'est comme ça, il faut faire avec. Cet effacement de la réalité, c'est son boulot de le contrer, et la bataille est rude.

Chapitre 10 – Lundi

Ce lundi matin, Sturm frissonne un peu dans la fraîcheur matinale lorsqu'il se glisse derrière le volant de sa voiture. Bien qu'il soit encore très tôt, la route est déjà encombrée et sur quelques centaines de mètres, il doit rouler au pas.

Lorsqu'il finit par arriver à la PJ, il a déjà cinq minutes de retard pour le briefing du début de semaine, un rituel qu'il observe sans faille.

Il déboule dans la salle de réunion. Les collègues sont assis autour d'une grande table ovale en chêne ou debout près de la fenêtre. La commissaire Guérin n'est pas encore arrivée. Sturm en profite pour serrer la main à Sennevières et à Perronet. Il adresse un signe de tête à Labarrère et à son groupe.

Labarrère a finalement compris qu'il valait mieux ne pas trop la ramener avec ses exploits au quai des Orfèvres, d'autant plus que la PJ parisienne a déménagé dans ses nouveaux locaux. Même si c'est toujours au 36, les bureaux de la PJ sont dans la rue du Bastion maintenant.

Les vantardises de Labarrère lui ont valu pas mal d'inimitiés à la PJ, et Sturm n'a aucune sympathie pour lui. Il le tolère, puisqu'il n'a pas d'autre choix, mais qu'on ne lui demande pas de fraterniser avec lui.

Léa Guérin fait son entrée. Le brouhaha des conversations s'éteint d'un coup. Elle reste debout. Avec sa haute taille, son tailleur strict et ses cheveux poivre et sel ordonnés en ondulations régulières, elle a une allure statuesque. Elle parvient à être élégante en plein été, et elle le restera même après une journée de travail acharné.

« Je vous présente notre nouvelle collègue, Hélène Sennevières, » commence-t-elle. « Le lieutenant Sennevières était en poste à Marseille avant d'obtenir sa mutation chez nous. Sturm, elle est affectée à ton groupe, je compte sur toi pour lui expliquer comment fonctionnent nos services. »

Sturm se contente de hocher la tête en signe d'assentiment. Sennevières en fait autant, mais Guérin ne lui laisse pas le temps de répondre. Elle passe immédiatement au point suivant.

« A toi de commencer, Sturm. Pour le meurtre de la Louverie, tu en es où ? »

« On a débroussaillé le terrain hier. Perronet s'est chargé du lycée où la victime était inscrite, » dit Sturm en se tournant vers son adjoint. Perronet enchaîne sans hésiter.

« J'ai réussi à joindre le proviseur. Il m'a donné la liste des élèves de sa classe et aussi celle de ses professeurs. Je vais les interroger dès aujourd'hui. On va se partager le boulot avec Sennevières. »

« Tu as intérêt à faire vite, avant qu'ils ne partent en vacances, » dit la commissaire.

« En fait, la victime était en classe prépa, les cours sont finis depuis fin mai. Ça va être compliqué de retrouver tout ce monde-là. »

« On s'y mettra tous les trois, » interjette Sturm. « Et je vais te donner les coordonnées d'une de ses amies, Virginie Prigent. »

« Les amis proches, c'est un bon point de départ. Après, il suffit souvent de dérouler la pelote pour en apprendre davantage. Quoi d'autre ? » demande la commissaire en se tournant vers Sturm.

« Le lieutenant Sennevières a commencé à explorer la piste de l'adoption, » dit Sturm en regardant Hélène. Celle-ci se racle la gorge avant de parler.

« J'ai seulement constitué un dossier préliminaire. Impossible de faire plus, puisque j'ai commencé dimanche. Hier, quoi. »

« Quand penses-tu avoir terminé ? »

« Je vais à l'agence pour l'adoption ce matin. »

« Tu avais mentionné une galerie d'art, dans ton rapport ? » reprend Guérin en s'adressant cette fois à Sturm.

« Oui, j'ai vu l'un des propriétaires, hier, et il m'a donné quelques indications sur la victime. Mais j'ai besoin des résultats de l'autopsie pour avancer. »

« On ne pourra pas faire mieux que demain matin. Molina me l'a confirmé. En attendant, concentre-toi sur la famille Thouvenet. »

« C'est bien mon intention. Mais je veux quand même régler le problème du trafic de drogue au Speakeasy dès maintenant. »

« Ça ne me plaît pas que tu te disperses, » dit Guérin. « Si tu traînes sur la Louverie, on pourrait nous enlever l'affaire. »

« Mon groupe peut se charger du Speakeasy, » dit Labarrère.

Sturm le foudroie du regard. « C'est moi qui connais l'affaire. J'enquête depuis janvier dernier. »

« Sturm, tu vas organiser une intervention le plus vite possible, » tranche la commissaire Guérin. Mais rappelle-toi que le meurtre de la Louverie est prioritaire.»

« C'est clair. D'ailleurs, je m'appuierai sur la brigade des Stups de Versailles pour être sûr de régler le problème. Eux aussi veulent démanteler ce trafic le plus vite possible. »

Le Speakeasy est un restaurant du centre-ville dont l'une des salles se transforme le soir en bar plutôt chic. On avait commencé à y voir opérer deux dealers, dont l'apparence raffinée était parfaitement adaptée aux lumières tamisées et à la musique douce de l'endroit.

Ils avaient tenté de rallier à leur cause Antoine Dousset, le propriétaire, en lui faisant miroiter un pourcentage sur les ventes. Mais celui-ci ne s'en était pas laissé conter.

Dousset était un ancien taulard, et pendant qu'il purgeait sa peine, un visiteur de prison, par ailleurs pasteur évangélique, l'avait persuadé de se convertir à l'Église adventiste du septième jour.

Sa conversion fulgurante l'avait convaincu d'abandonner les petits trafics qui l'avaient mené en prison. Il avait quand même utilisé le pécule qu'il avait mal acquis, mais bien dissimulé, pour monter le Speakeasy.

On a beau être dévot, on n'en a pas moins besoin d'argent pour démarrer une affaire.

A part ce petit détail, Dousset était devenu un citoyen au-dessus de tout soupçon. Il avait donc préféré protéger son activité et avait signalé la présence des dealers.

Sturm voulait les prendre la main dans le sac et remonter toute la filière, jusqu'aux boss. Il menait l'enquête depuis plusieurs mois, mais les trafiquants donnaient l'impression de prendre de plus en plus leurs aises à Garches, comme s'ils étaient certains d'avoir trouvé un nouveau territoire à investir.

D'où son sentiment qu'il était nécessaire d'intervenir le plus vite possible.

Pendant que la commissaire Guérin passe en revue avec ses collègues les autres affaires en cours, Sturm laisse son esprit dériver. Julie, Romain, Ophélie – les enfants Thouvenet l'intriguent.

L'enfant unique qu'il a été a du mal à se représenter le lien entre un frère et une sœur. Et encore moins le lien entre des jumeaux. Mais ce qu'il sait sans aucun doute, c'est que les ricochets créés par le meurtre n'épargneront aucun des membres de cette famille.

Romain et Ophélie avaient-ils pu tuer leur sœur? Après tout, c'était une enfant adoptée.

Peut-être avaient-ils pensé que Julie était une intruse dans leur famille si unie.

Le père de Julie méritait plus d'attention lui aussi. Le meurtre de sa fille l'avait profondément angoissé, c'était certain, mais l'un des principes fondamentaux d'une enquête était que, dans la plupart des cas, un proche de la victime était coupable du meurtre. Et Philippe Thouvenet était à la fois le père de la victime et celui qui avait trouvé le corps.

Le bruit des chaises qui frottent le sol signale à Sturm qu'il est temps de s'extirper de sa rêverie. Les

OPJ parlent à mi-voix avec leurs chefs de groupe des objectifs que la commissaire Guérin leur a assignés. Guérin laisse à son équipe toute latitude pour choisir les moyens de les atteindre. C'est ce mélange d'autorité et de discernement qui fait d'elle un chef aimé et respecté.

Labarrère s'approche de Sturm qui rassemble ses notes d'un air absent, encore plongé dans ses réflexions sur le meurtre de Julie Thouvenet.

« Pas mal, la nouvelle, » lui souffle-t-il à mi-voix. « Tu me diras si c'est un bon coup ? »

Sturm le fixe d'un regard glacé. Il devine que Labarrère essaie de le provoquer. Sturm ne supporte pas ce type, ce n'est un secret pour personne.

« Je ne viens pas à la PJ pour draguer, » réplique-t-il d'un ton cinglant, le visage de marbre.

« Alors je la sauterai, moi, et je te raconterai tout si tu veux. Tu pourras en prendre de la graine. »

Sturm contracte ses maxillaires encore plus. «Préviens-moi quand je dois rire, » dit-il.

Labarrère se fend d'un large sourire. Il fait semblant de ne pas s'apercevoir de la colère qui rend les traits de Sturm rigides. Il lui tourne le dos et s'éloigne.

Sturm lutte pour contenir son envie de lui donner une raclée.

Ça ne se fait pas, de se battre avec un collègue. Mais il n'a jamais vu quelqu'un qui mérite autant que Labarrère de recevoir un direct au menton.

Chapitre 11

Une fois Sennevières et Perronet partis accomplir leurs missions respectives, Sturm prend sa voiture personnelle pour se rendre à la Louverie.

Il préfère ne pas s'annoncer. Venir à l'improviste évite d'être accueilli par des discours préparés, pleins de demi-vérités ou carrément de mensonges.

Cette fois, il gare sa voiture à l'extérieur et pénètre dans la ferme à pied, en empruntant le chemin cimenté qui mène à l'élégant bâtiment principal.

Il s'est renseigné sur les activités de la Louverie la veille, et a découvert quelques informations. La production des Thouvenet est centrée sur l'agriculture biologique et l'apiculture, surtout, avec des rendements modestes qu'ils vendent à une coopérative.

Sturm a l'impression très nette que Philippe Thouvenet est plus un gentleman-farmer qu'un exploitant agricole. Un de ces nouveaux habitants des campagnes, qui ont abandonné la ville à la poursuite d'une vie plus gratifiante.

Derrière la maison de pierre et la remise s'étendent des rangées de cultures maraichères protégées par une barrière de bois blanc. Le père de la victime est courbé sur ce qui ressemble à des courgettes. À côté de lui, un sexagénaire corpulent examine des rangées de laitues. Des cheveux blancs encore très drus dépassent de sa casquette et tranchent sur le teint mat,

Sturm se dirige vers eux sans se presser, en observant les cultures. Le gravier de l'allée crisse sous ses pas, et le père de Julie lève la tête. Sturm s'arrête près de la barrière.

« Monsieur Thouvenet, j'ai quelques questions à vous poser. »

Philippe Thouvenet se relève, le visage las. L'ombre que son chapeau de paille étend sur son visage cache ses yeux, mais Sturm peut voir le pli amer de ses lèvres.

« Vous ne voyez pas que je travaille ? De toutes les façons, je vous ai déjà tout dit. »

« Il y a quelques points que je veux encore éclaircir avec vous. »

« Quoi encore ? Je n'ai plus rien à raconter. »

« Redites-moi ce que vous faisiez samedi matin.»

« Vous n'allez tout de même pas me soupçonner d'avoir tué ma propre fille ! »

« Répondez, Monsieur Thouvenet. »

Thouvenet enlève son chapeau de paille et de sa manche, il essuie la sueur qui lui perle sur le front. Sur sa tempe, Sturm remarque une veine qui palpite.

« Allons dans mon bureau. Hassan, tu continues sans moi. »

Hassan acquiesce sans un mot tandis que Thouvenet se dirige d'un pas lourd vers le bâtiment principal, là-même où Sturm l'avait interrogé le jour du meurtre. Sturm traverse de nouveau le salon à sa suite, jusqu'au bureau. Cette fois, la table de la salle à manger est vide de toute trace de nourriture.

« Je ne comprends toujours pas pourquoi vous me soupçonnez d'avoir tué ma propre fille. Je l'adorais,» dit Thouvenet dès qu'ils s'installent de part et d'autre du bureau.

« Les statistiques prouvent que la plupart des meurtres sont perpétrés par la famille de la victime ou par une de ses connaissances. Je ne ferais pas mon travail correctement si je ne vous interrogeais pas. »

« Les statistiques ne savent rien de l'amour d'un père pour sa fille. »

« Pour l'instant, je ne vous accuse de rien. Mais si vous refusez de répondre, vous serez convoqué à la PJ en tant que suspect. Alors, racontez-moi ce que vous avez fait samedi matin, à l'heure où Julie a été assassinée, » dit Sturm.

Thouvenet s'affaisse sur sa chaise. Il parle très bas, comme si cela lui demandait un effort surhumain.

« Le samedi matin, je m'occupe des ruches. »

« Il y avait quelqu'un avec vous ce jour-là qui pourrait le confirmer ? »

« Non, je fais ça seul. Hassan ne travaille que sur les plantations, » dit Thouvenet en indiquant de la main la direction où se trouve le potager.

« Vous avez d'autres employés ? »

« Non. Hassan est le seul, et c'est un saisonnier. Il ne travaille pas le samedi, c'est pour ça que vous ne l'avez pas rencontré la première fois que vous êtes venu.»

Sturm est venu la première fois le jour de la mort de Julie. Son père est incapable de le dire de façon explicite. Comme si le fait de ne pas le dire pouvait éloigner de lui cette réalité insupportable.

« Hassan connaissait Julie ? »

« Un peu, oui, comme il connaissait tous les membres de la famille. Rien de plus. »

Sturm interrogerait Hassan plus tard. Pour l'instant, il valait mieux continuer à parler au père de la victime. Quelque chose clochait chez lui, mais Sturm ne savait pas quoi.

« Vous m'avez parlé de vos ruches. Il y en a combien ? »

« Une trentaine environ, pourquoi ? »

« C'est beaucoup de travail, pour une seule personne, non ? »

« Quand on aime, on ne compte pas ses heures.»

La réponse de Thouvenet aurait pu être plaisante, mais elle est dite d'un ton si sec qu'elle en devient désagréable. Peut-être que cet énervement le poussera à révéler quelque chose. Alors Sturm insiste.

« Pouvez-vous me montrer le rucher ? »

« Impossible, je n'ai pas de tenue de protection à vous prêter. »

« On ne peut pas s'en approcher si on n'en porte pas?»

« Évidemment. Sauf si vous tenez à vous faire piquer. »

« C'est long à mettre et à enlever, ces tenues ? »

« Non, quelques minutes à peine. »

« Avant-hier, vous avez commencé à quelle heure ? »

Les traits de Thouvenet durcissent, comme s'il était sur le point de lancer une remarque caustique. Mais il y renonce.

« J'étais au rucher à partir de huit heures, et j'y

suis resté jusqu'à l'heure du déjeuner. En juin, au rucher, c'est la saison de la ponte, et il y a beaucoup de maintenance à faire. »

Près de quatre heures et demie au cours desquelles il aurait pu commettre le crime. Il n'est pas difficile d'enlever la tenue de protection puis de la remettre. Le père de Julie aurait eu tout loisir d'aller jusqu'à la remise puis de revenir, même si l'arme du crime n'avait pas encore été retrouvée. Mais quelle aurait pu être sa motivation ?

« Comment êtes-vous venu à l'agriculture ? » demande Sturm. Il cherche à comprendre le parcours du père de Julie pour essayer de comprendre Julie elle-même. Et il veut savoir s'il a raison de penser que les Thouvenet n'ont pas toujours vécu à la ferme.

« Ma femme est microbiologiste, spécialiste des sols. Quand elle a hérité de cette ferme, on a décidé de l'exploiter. Ses parents s'étaient juste contentés de la louer, jusqu'ici. »

Les Thouvenet étaient de nouveaux venus à l'agriculture. L'intuition que Sturm avait eue s'était révélée exacte.

« Vous faisiez quoi, avant ? »

« J'ai eu plusieurs jobs. »

« Comme quoi, par exemple ? »

« Mais qu'est-ce que ça peut vous faire ? »

« J'ai besoin de savoir qui vous êtes, » dit Sturm. Il en est profondément persuadé, et il cherche par tous les moyens à surmonter la réticence de Thouvenet, son refus de se dévoiler. Même s'il peut en comprendre les raisons.

Thouvenet prend une profonde inspiration et

soupire bruyamment.

« Il faut que vous compreniez que nous formons une famille unie. L'assassin n'est pas l'un de nous. Vous vous trompez de cible. Ce qui compte, ce n'est pas mon CV, c'est de trouver l'assassin de ma fille. »

« Et pour arriver à trouver l'assassin, c'est moi qui décide de ce qui est important ou pas, » dit Sturm sur un ton sans réplique. Sa patience est épuisée. « Alors, éclairez-moi. Vous avez fait quoi, avant de devenir agriculteur ? »

Thouvenet lui lance un regard hostile, mais répond tout de même, vaincu. « J'étais guide. Je conduisais des groupes de touristes dans les musées. »

« Et votre goût pour l'art, vous l'avez transmis à vos enfants ? »

« Il n'y a qu'avec Julie que ça a marché. Les deux autres ne s'y intéressent pas du tout. »

Thouvenet marque un temps d'arrêt. Il baisse les yeux et son visage se fripe. Mentionner le nom de Julie lui coupe le souffle, comme un coup de poing au plexus solaire.

Sturm se tait aussi, le laisse reprendre sa respiration. Mais il doit continuer à l'interroger, aussi douloureux que cela soit.

« Vous avez cédé un dessin de Caillebotte, il y a quelques années ? »

« Vous n'avez pas perdu de temps, vous, on dirait. »

Thouvenet a retrouvé un peu de combativité. Ça l'aide à tenir en respect la douleur. Il fait une pause, puis il reprend :

« Oui, on a dû le vendre, ce dessin. Il appartenait à ma famille. On avait besoin d'argent. L'agriculture bio ne rapporte pas beaucoup, le miel non plus. Enfin, à notre échelle, du moins. »

« Ça vous permet quand même d'employer quelqu'un. A moins que Hassan ne soit pas déclaré ? »

Thouvenet ne répond rien. Ses yeux se plissent pour fixer à nouveau Sturm d'un regard farouche, aussi clair qu'un aveu.

« Ce n'est pas pour ça que je suis venu, mais vous feriez bien de le régulariser le plus vite possible, » dit Sturm. « Maintenant, j'aimerais parler à votre épouse, si elle est là. »

« Non, Sonia n'est pas là. Elle travaille. »

« Elle ne travaille pas avec vous, alors ? »

« Seulement à mi-temps. Et elle a aussi un mi-temps à l'INRAE de Versailles. »

« C'est l'institut d'agronomie, c'est ça ? »

« Le nom complet, c'est l'institut national de la recherche pour l'agriculture et l'environnement. Sonia y travaille depuis plusieurs années. Elle reviendra à la Louverie en fin d'après-midi. »

« Je vois, » dit Sturm, amusé de constater qu'il n'est pas le seul à aimer la précision. « Et en ce qui concerne Romain et Ophélie, je suppose qu'ils sont au lycée, en ce moment ? »

« Oui, ils ont cours jusqu'à dix-sept heures, je crois. »

« Je repasserai pour les interroger, » dit Sturm, sans préciser quand.

Il prend rapidement congé. Le père de Julie s'est montré réticent, mais il lui a appris plus de choses qu'il ne l'imagine.

Pour la famille Thouvenet, l'agriculture bio ou l'apiculture sont une reconversion, un nouveau départ, l'occasion de tout recommencer à zéro.

Mais ils maintiennent un niveau de vie très élevé, pense Sturm, en se souvenant de l'école privée et du bateau amarré à Deauville. Je doute que ce soit financé seulement grâce aux abeilles et aux légumes bio.

D'ailleurs, pour se maintenir à flot, ils ont dû se défaire d'un dessin de grande valeur dont ils avaient hérité. C'est ce qui leur a permis d'entrer en contact avec le galeriste de la place des Vosges. Il va falloir vérifier les comptes de la famille.

Sturm ne s'en va pas tout de suite. Il retourne sur ses pas jusqu'à ce qu'il aperçoive Hassan, agenouillé près d'une plante que Sturm ne sait pas identifier du premier coup d'œil.

« Vous êtes monsieur… ? » demande-t-il, puisque Thouvenet n'a pas jugé bon de donner le nom de famille de l'ouvrier agricole. Celui-ci se relève, rajuste sa casquette et tire sur sa cigarette avant de répondre.

« Trabelsi. Hassan Trabelsi. Je suis tunisien, » ajoute-t-il comme pour confirmer ce qu'annonce déjà son fort accent.

« Vous ne travaillez pas le samedi, m'a dit votre patron. Vous confirmez ? »

« Oui. »

« Que faisiez-vous, samedi matin, alors ? »

« Le samedi matin, j'aide mon fils et sa femme. Ils ont un stand de fruits et légumes au marché de Garches. »

« Votre fils vous a déclaré à l'Urssaf ? » demande Sturm. Il se doute bien que c'est l'économie souterraine qui fait vivre toute la famille, mais il veut le confirmer.

Trabelsi hésite. Il rajuste sa casquette.

« Je ne travaille pas vraiment pour lui. J'aide à ranger le stand, c'est tout. »

Il a botté en touche. Sturm n'insiste pas. Ce n'est pas son rôle, de vérifier si le code du Travail est respecté comme il faut.

« Vous êtes resté toute la matinée, sur le stand de votre fils ? » demande-t-il.

« Oui, vous pouvez le lui demander. Et il y a au moins deux cents personnes qui m'ont vu au marché. »

« Parlez-moi de Julie, vous la connaissiez ? »

« La petite qui a été tuée ? Un peu, oui, juste bonjour, au-revoir, rien de plus. »

Sturm note les coordonnées du fils Trabelsi et de son père sur son calepin.

Il va vérifier ses dires aussi soigneusement qu'il vérifie tout le reste, jusqu'à ce qu'il trouve l'information-clé, la pépite qui permettra à toutes les pièces du puzzle de s'emboîter, et qui lui livrera le nom du coupable.

Intermezzo

Que s'est-il passé au sortir de l'enfance ? Pourquoi ai-je commencé à rêver de connaître celle qui m'avait enfanté ? Pourquoi me suis-je détachée de tout ce que j'avais adoré jusque-là ?

Maintenant, tout ce que je vois, c'est que je ne ressemble à personne dans ma famille.

J'ai envie de savoir d'où me viennent ces cheveux sombres, ces yeux bleus. Je cherche quelqu'un qui pourrait me servir de miroir, quelqu'un qui me dirait d'où je viens, pour que je puisse enfin prendre ma vie en main.

Alors je suis allée sur Facebook. J'ai lu des pages et des pages de messages.

Ceux qui envoient une bouteille à la mer parce qu'ils ne savent rien, comme moi, ou ceux qui racontent dans le détail comment on les a retrouvés dans un panier d'osier déposé devant la porte d'un orphelinat.

« Pourquoi tu perds ton temps sur ces sites idiots?» me demande maman.

« Je veux savoir qui était ma vraie mère. »

« Ta vraie mère, c'est moi. »

« Non, tu es la mère de Romain et d'Ophélie.

Moi, tu m'as adoptée. »

« Pourquoi as-tu besoin de rencontrer une femme qui t'a abandonnée, qui ne s'est jamais occupée de toi ?»

« Elle ne m'a jamais abandonnée. Tu mens ! Elle n'a pas pu me garder auprès d'elle, c'est tout. »

Et j'ai fondu en larmes.

Chapitre 12

Impatient de retourner à la PJ pour savoir ce que Troisvallets a découvert sur le portable et l'ordinateur de Julie, Sturm roule toutes vitres baissées pour faire pénétrer dans sa voiture l'odeur de foin et d'herbe coupée de cette journée de juin.

Les petites routes de campagne sont presque vides, et il peut conduire en faisant confiance à son expérience, comme s'il était en pilote automatique.

Pas une seule place de libre dans le parking de l'hôtel de police judiciaire. Mais qu'est-ce qu'ils ont donc tous à prendre leur bagnole pour venir ici, pense Sturm, obligé de se garer dans une petite rue latérale.

Il descend immédiatement au sous-sol, où Troisvallets travaille dans un réduit encombré d'écrans, à l'éclairage tamisé.

Son visage rond, presque imberbe, ses cheveux bruns noués en queue de cheval et ses éternels jeans troués rappellent que ses années d'étude sont encore toutes proches.

« Alors, dis-moi ce que tu as trouvé, » dit Sturm de but en blanc en déboulant dans le bureau de Clément Troisvallets.

« Bonjour, comment vas-tu, je suis content de te voir, ça s'est passé comment ta conférence à Metz ? » ironise Troisvallets.

« Mais oui, je t'aime, » réplique Sturm du tac au tac. « Pourquoi a-t-il fallu que tu passes le weekend à Metz ? Tu m'as tellement manqué. »

Troisvallets fait mine de vomir, l'air consterné, et ouvre un fichier sur l'un de ses écrans.

« Voilà. Le téléphone est un modèle avec carte prépayée. On ne peut pas remonter au propriétaire, puisqu'il n'y a aucun abonnement. »

« On va considérer qu'il est à la victime. Alors, il y a quoi dedans ? »

« Surtout des photos. Tout un album, plein de photos de tableaux. Il y en a des centaines. Des portraits et des nus, presque pas de paysages. Et plusieurs vues de chaque tableau photographié, en très gros plan. »

« Le nom des peintres est indiqué ? »

« Non, mais d'après moi, il n'y a qu'un seul peintre, le style est très caractéristique. »

Troisvallets avait transféré les images sur son ordinateur pour les étudier, et maintenant il les fait défiler.

Sturm reconnaît immédiatement le tableau qu'il avait admiré dans le bureau de Pelletier. « Modigliani, sans aucun doute, » dit-il, assez content d'avoir identifié l'auteur de ces peintures.

« Je ne connais rien à la peinture, » dit Troisvallets, « alors je te crois sur parole. »

Je n'y connais pas grand-chose non plus, pense Sturm, mais il ne le dit pas.

« A part ça, » reprend l'informaticien, il y a seulement quelques articles de journaux italiens. Je les ai passés sur Google Translate, mais ça m'a donné une bouillie incompréhensible. J'ai juste compris que c'étaient deux interviews d'un certain Gianni Moreno.»

Sturm note ce nom sur son calepin. « Et pour l'ordinateur ? »

« Rien d'autre que ses devoirs, c'est un outil de travail seulement. »

« Son historique de navigation, ça donne quoi ?»

« Elle a fait des recherches sur les grands auteurs, Shakespeare et plein d'autres. Elle a aussi travaillé sur des peintres du vingtième siècle, sur Modigliani, justement. Pour un exposé, peut-être. »

« Les réseaux sociaux, ses conversations en ligne, ses SMS, tout cela doit se trouver sur son autre téléphone, » réfléchit Sturm à haute voix. « Berto et Lenormand te l'apporteront demain matin, quand ils en auront fini avec. »

Les techniciens de la police scientifique devaient répertorier tout ce qu'ils avaient trouvé sur le corps et y rechercher des traces papillaires. Mais seul Troisvallets avait les compétences nécessaires pour découvrir le contenu de la mémoire du téléphone.

« Pourquoi aurait-elle eu besoin de conserver ces photos sur un deuxième téléphone ? » demande Troisvallets, intrigué, « c'est bizarre. »

« Ça, c'est la question à mille dollars, » dit Sturm. « Tu m'envoies tout ça sur mon email, d'accord? »

Modigliani. Il faut que j'en sache davantage sur lui, pense Sturm en repartant vers son propre bureau.

Il commence à reconnaître les longs cous minces et les regards vides que ce peintre affectionne, et il est frappé par leur beauté saisissante. Était-ce cette même émotion qui avait habité Julie Thouvenet ?

Mais il doit y avoir plus que de l'amour de l'art si elle s'est sentie obligée de cacher ce téléphone, pense Sturm.

Il se souvient du nu qui l'avait tant frappé chez Masson Pelletier, et des explications du propriétaire sur le marché de l'art.

Des sommes d'argent pareilles pouvaient réveiller les pires instincts des gens. Julie Thouvenet était-elle impliquée dans des trafics louches ?

Il se peut qu'elle soit devenue trop gourmande, et que ça l'ait fait assassiner.

À cette étape de l'enquête, tout est envisageable.

Chapitre 13

Sennevières et Perronet ne sont pas encore rentrés à la PJ.

Dommage, ç'aurait été la bonne occasion pour aller déjeuner tous ensemble, pense Sturm. Si on est sûr d'être épaulé et soutenu par les collègues, on va bosser chaque jour sans avoir la boule au ventre. Et pour ça, j'ai besoin de souder Sennevières à l'équipe.

Tant pis, j'irai déjeuner en solitaire au Speakeasy. Ce sera l'occasion de discuter avec le patron et de vérifier où en sont les trafiquants de drogue qui cherchent à s'y installer. Et puis la cuisine du restaurant, ça me changera des sandwichs.

« Capitaine Sturm, ça fait longtemps que vous n'êtes plus venu, » dit Dousset en le dirigeant vers une petite table proche de la baie vitrée.

Il est un peu trop aimable, presque obséquieux, pense Sturm, qui préfère les gens francs du collier. Mais le passé tortueux de Dousset ne le prédispose pas à parler sans détours.

« Justement, je voulais savoir où vous en étiez avec nos amis les dealers. »

« J'ai des trucs à vous raconter, mais d'abord je vais m'occuper de votre commande. Aujourd'hui le chef a préparé du filet de St Pierre avec du bouillon de fenouil, de la gelée de poivrons et des spaghetti de tomate. Une création à lui. »

« Je n'ai pas trop envie de poisson, » répond Sturm.

Il se méfie de la cuisine moléculaire du chef et de ses techniques aux noms surréalistes. Avec l'expérience, il a appris à esquiver les premières propositions que lui fait le restaurateur.

« Sinon, je vous propose du grenadin de veau accompagné d'épinards à la truffe noire du Périgord. »

« C'est ce que je vais prendre, » dit Sturm. En fin de compte, ce plat est plutôt traditionnel, et ça correspond à ses goûts, qui le sont aussi.

« Avec ça, il vous faut un verre de Volnay. C'est un bourgogne, ça s'accordera parfaitement avec le veau.»

« Je vous fais confiance. »

Depuis que Dousset s'est reconverti dans la restauration, il a appris à en maîtriser tous les codes. Pour les vins, il a un caviste attitré qui lui indique quels vins s'accordent le mieux avec les plats. Le sommelier, ce sera une prochaine étape. Mais son établissement attire déjà une clientèle aisée et discrète.

Dousset va passer la commande en cuisine, puis revient avec deux coupes de champagne.

« Cadeau de la maison, » dit-il en s'asseyant en face de Sturm.

« Alors, la situation a évolué ? »

« Oui, et pas en bien. Avant les gars venaient faire leurs petits trafics le week-end seulement, mais ils ont augmenté la cadence. Ils sont là toute la semaine maintenant. »

« Vous avez vu ce qu'ils vendent ? »

« Je ne sais pas, ils sont très prudents. Mais ils ont déjà une clientèle attitrée. »

Une petite clochette annonce que le plat commandé par Sturm est prêt à être servi. Dousset va le chercher et le dépose sur la table. « Bon appétit, » dit-il.

La cuisson du médaillon de veau et des épinards est parfaite, et Sturm attaque son plat.

« Ce n'est pas tout, » reprend Dousset. « Je suis à peu près sûr qu'ils sont armés. Je me demande pourquoi.»

Sturm s'essuie les lèvres et goûte le Volnay. Il est excellent.

« Ces armes, vous les avez vues ? »

« Non, mais on devine qu'il y a un pistolet sous la veste. »

« Peut-être qu'une autre bande essaie de leur disputer ce territoire. »

« Maintenant que vous m'y faites penser, ils ont eu une assez grosse altercation avec d'autres hommes devant le restaurant. Je n'ai pas tilté sur le moment, mais peut-être que c'étaient d'autres gangsters. »

« Une guerre des gangs entre vendeurs de drogue, c'est vraiment la dernière chose qu'on a envie de voir à Garches. »

« Ça m'inquiète. Est-ce que vous pourriez intervenir ? »

« Seulement si vous acceptez de témoigner contre eux. »

Dousset se tortille sur sa chaise et se penche un peu en avant. « C'est que… j'ai un peu peur de me mettre toute la bande à dos. Ils pourraient envoyer quelqu'un pour mettre le feu au restaurant. Ou même me tuer, pour se venger. »

« Écoutez, c'est donnant donnant. Vous avez porté plainte contre eux, c'est le premier pas. Mais ce n'est pas suffisant. Votre témoignage est essentiel pour qu'ils soient condamnés. Je n'ai pas envie de les voir sortir libres du tribunal par manque de preuves. »

Dousset réfléchit quelques instants avant de se décider. Puis il rejette ses épaules en arrière et relève la tête. Sa décision est prise. Il a l'air d'avoir acquis une colonne vertébrale en même temps, pense Sturm.

« Dans ce cas, j'accepte. Ce serait bien pire de les laisser s'implanter. Je veux garder le contrôle de mon restaurant. »

« On va monter une opération rapidement, » dit Sturm. « Je veux les prendre en plein flag. »

« Quand ça ? »

« Je ne peux pas vous le dire, mais je m'en occupe. Et je compte sur votre discrétion. La moindre allusion à l'intervention qu'on prépare pourrait tout torpiller. »

« Je serai une vraie tombe. Mais faites vite, capitaine. Ça devient urgent. » lui dit Dousset à mi-voix avant de partir s'occuper d'un couple qui vient d'entrer.

Très bon, ce grenadin de veau, se dit Sturm après avoir saucé son assiette. Ça ne se fait pas, il le sait, mais il ne résiste pas à ce plaisir d'enfance.

« Un café et l'addition, » demande-t-il au serveur.

Il part aussitôt après, talonné par le besoin d'agir. Il marche jusqu'à la PJ tout en tournant et retournant dans sa tête la disposition des espaces du Speakeasy, et les mesures à prendre pour que l'opération anti-dealers soit un succès.

Dès qu'il se retrouve dans son bureau, il contacte les Stups de Versailles.

Sturm connaît bien le commandant Ribes, qui a donné des conférences sur la répression du trafic de stupéfiants lorsque Sturm était encore à l'École de police. Ses cours étaient d'une qualité exceptionnelle.

« J'ai besoin de votre aide, Commandant, » dit Sturm dès qu'on lui passe la communication. Ribes l'écoute décrire les grandes lignes du plan qu'il a élaboré pour cette opération spéciale.

« De combien d'hommes as-tu besoin ? » dit le commandant lorsque Sturm a terminé.

« Environ une dizaine. Cet endroit ressemble à un labyrinthe, et il y a deux entrées. »

« Tu peux compter sur moi, » dit Ribes. Il est connu pour ses phrases aussi précises que brèves, et cette fois encore, il est fidèle à sa réputation.

« Merci, Commandant. Je vous revaudrai ça. »

Dès qu'il raccroche, Sturm se replonge dans ses notes sur le meurtre de Julie Thouvenet. L'impression de manquer à son devoir le taraude.

Bien sûr, l'opération spéciale anti-drogue est en route, et avec l'aide du commandant Ribes, les dealers ont de fortes chances de se retrouver à l'ombre pour longtemps.

Mais il n'a toujours pas mis la main sur l'assassin de Julie. Et plus le temps passe, plus la piste se refroidit.

Cette jeune victime l'obsède, et ses secrets aussi.

N'était-elle qu'une victime, ou bien avait-elle basculé dans la criminalité ?

Et puis le silence que sa famille lui oppose, leurs réticences et leurs demi-vérités, c'est comme un défi qu'on lui a lancé.

Ce sera difficile, mais il a ramassé le gant. Il va déterrer leurs secrets, coûte que coûte.

Chapitre 14

Hélène Sennevières range sa BM le long du trottoir, sous les branches du tilleul qui se dresse devant l'immeuble de Sturm. Il n'est pas encore tout à fait vingt-deux heures trente, mais elle préfère avoir un peu d'avance pour cette opération à laquelle Sturm lui a demandé de participer. Elle a envie de faire bonne impression.

Ce nouveau boulot commence sur les chapeaux de roues. Ce n'est pas elle qui s'en plaindra.

Elle descend de voiture en lissant sa robe, légèrement remontée pendant le trajet. Elle la positionne juste au-dessus des genoux.

Le modèle sans manches qu'elle a choisi est d'une simplicité absolue. Seules deux découpes asymétriques mettent en valeur ses seins et sa taille fine. Elle a laissé libres ses cheveux bruns, d'ordinaire coiffés en queue de cheval.

Avec la petite cicatrice qui coupe en deux son sourcil droit et les angles abrupts de son visage, ses traits ne sont pas assez harmonieux pour être beaux. Elle est sexy en revanche, de façon contenue, comme une femme suffisamment sûre d'elle pour ne pas en faire des tonnes.

« Tu t'habilles comme ça pour aller travailler ?» avait dit Jérôme, son mari, qui ne s'y était pas trompé.

« Il faut bien que j'aie la tête de l'emploi pour aller dans un bar. »

« Tu es flic, pas comédienne, il me semble. »

« Des fois, il n'y a pas beaucoup de différence, » réplique Hélène, qui pense à la dissimulation et aux demi-vérités qu'il faut utiliser pour arracher des aveux. Lorsqu'elle participait à un interrogatoire, elle avait souvent eu l'impression d'être obligée de jouer la comédie.

« Encore une soirée que tu passes à travailler. Qu'est-ce que je vais faire avec le dîner que j'avais préparé pour nous deux ? »

« Mets-le dans un tupperware, je le mangerai en rentrant, ce n'est pas bien grave. »

« Pas grave, tu crois ça ? Tu t'arrêteras quand, de travailler autant ? »

« Quand les méchants déposeront les armes. »

« Autant dire jamais. Je vais essayer de m'habituer à avoir un courant d'air pour épouse. »

« Viens ici, » lui avait dit Hélène en se collant contre lui dans un geste affectueux. Mais il s'était laissé embrasser sans montrer aucune ardeur. Il faisait toujours la tête quand elle était partie.

Sturm s'approche d'un pas élastique. Il s'est changé lui aussi, mais il porte toujours l'un de ses jeans sombres et un T-shirt à encolure V qu'il affectionne et porte souvent.

Ça ne l'empêche pas d'être élégant, remarque Hélène en son for intérieur, en jetant un regard de biais à ses membres longilignes de coureur de fond.

« Ça ne t'ennuie pas si c'est moi qui prends le volant? Ça aura l'air plus réaliste. »

« Et tu meurs d'envie de tester la BM, » dit Hélène avec un sourire malicieux, en s'installant du côté passager.

À leur arrivée au Speakeasy, Sturm et Hélène ne voient rien qui sorte de l'ordinaire. Ils savent pourtant que les policiers des Stups, invisibles, sont déployés aux alentours. Sturm compte sur les membres de cette unité d'élite pour coincer les dealers. Hélène et lui-même serviront d'appâts.

Dans le bar, ils s'installent dans une petite alcôve sur des chaises à haut dossier un peu trop rembourrées et commandent un Coca pour l'un, un Schweppes pour l'autre. Pas d'alcool pendant le service, c'est la règle, et ils la suivent à la lettre. Surtout qu'ils risquent fort d'avoir besoin de tous leurs réflexes d'ici peu.

Dès que ses yeux s'ajustent à la faible luminosité, Hélène regarde la clientèle. Le lundi soir, il n'y a pas foule, même si presque toutes les tables sont occupées.

Les lumières tamisées rendent les visages lisses et les regards brillants. Un groupe d'une dizaine de personnes célèbre un anniversaire autour d'une table ronde. Leurs joues rubicondes montrent qu'ils sont déjà bien éméchés.

Le héros de la fête porte une couronne de carton doré, avec le nombre quarante imprimé en blanc. Il commande deux autres bouteilles de champagne, que le serveur dépose près des nombreuses bouteilles vides encore sur la table. L'homme semble avoir besoin de beaucoup d'aide pour accepter l'idée de devenir quadragénaire.

« Ce ne sont sûrement pas ceux-là qu'on recherche,» dit Hélène.

« Continue à regarder. Ils vont bien finir par se

démarquer d'une façon ou d'une autre. »

Hélène scanne la salle, table par table. « Ces deux couples qui se parlent les yeux dans les yeux?»

« Des amoureux, passe à une autre table. »

« Au bar, peut-être ? » dit Hélène en indiquant d'un léger coup de menton deux hommes en grande conversation avec des femmes perchées sur les hauts tabourets du bar, devant des cocktails d'un rose très vif.

« Guère probable, » dit Sturm en fixant son attention sur des petits groupes qui bavardent en sourdine.

Dans l'un des coins de la pièce, un pianiste joue *All by myself* sur un piano à queue en chantonnant les paroles d'une voix mélancolique.

De temps en temps, quelques éclats de rire tranchent sur la tonalité douce de l'ambiance.

« J'ai de bons candidats dans ce coin-là, » dit Sturm.

D'une discrète inclinaison de tête, il indique deux hommes attablés un peu plus loin. « Je vais demander à Dousset de nous confirmer ça. »

Il fait signe au propriétaire, qui s'approche comme s'il venait prendre une commande. « Ce sont bien les mecs qui m'ont approché, » dit Dousset.

« Et ceux de la bande rivale, ils sont là aussi ? »

« Je ne les vois pas. »

« Bon, on va s'occuper d'eux. C'est parti. »

« Je compte sur vous, » dit Dousset, surtout ne les arrêtez pas à l'intérieur du restaurant. »

Chapitre 15

Lorsqu'Hélène observe les hommes désignés par le restaurateur, elle ne peut s'empêcher d'échanger un regard avec Sturm. Les deux hommes passeraient inaperçus aussi bien dans une entreprise que dans le lobby du Negresco à Nice.

Tous deux sont d'une taille légèrement en dessous de la moyenne. Cheveux châtains, traits réguliers, yeux bruns, visage imberbe pour l'un, barbe fournie et soigneusement taillée pour l'autre.

Tirés à quatre épingles tous les deux, ils ont l'allure bienséante de représentants en matériel médical ou d'experts-comptables.

Seul le ballet de clients qui vont à leur table pour leur parler, ainsi que leurs fréquents allers-retours aux toilettes, à tour de rôle, indiquent qu'il pourrait y avoir anguille sous roche.

A moins qu'ils n'aient des amis à la pelle, ou alors une infection urinaire.

Hélène et Sturm observent la scène du coin de l'œil tout en buvant leurs verres à petites gorgées. L'heure de la fermeture est proche. Il est temps d'agir.

« Je vais aller acheter un peu de neige, » dit Sturm.

Hélène lui lance un regard vif. « Ils vont se méfier de toi, si tu leur dis de but en blanc que tu veux de la came. C'est moi qui vais aller au contact. »

« Et pourquoi ils ne se méfieraient pas de toi ? »

« Parce que je suis une femme, » dit-elle sans la moindre hésitation.

Sturm lui lance un regard à la fois amusé et discrètement admiratif. Elle est courageuse et spontanée. Et ça lui plaît qu'elle ne craigne pas de chercher à obtenir ce qu'elle veut.

« D'accord, je te couvre. Prends ça avec toi, » dit Sturm en lui tendant un stylo bille d'allure banale. Il contient un micro ultra-sensible relié aux écouteurs du commandant Ribes, à l'affût dehors.

Avec le Bluetooth, l'époque des écoutes avec des fils compliqués collés sur la poitrine à l'aide de sparadrap est bien révolue.

Elle glisse le stylo négligemment dans son sac, en s'assurant que personne ne la regarde faire. Sturm aperçoit brièvement son Sig Sauer à l'intérieur.

Ranger un pistolet dans un sac à main va à l'encontre d'une demi-douzaine de règles au moins, mais avec la robe très ajustée qu'elle porte ce soir, Sennevières n'aurait pas vraiment pu le transporter dans son étui réglementaire.

Hélène se lève et s'approche des dealers d'un pas nonchalant. Sturm la surveille sans en avoir l'air pendant qu'elle s'assied à leur table, échange quelques mots avec eux, puis se lève pour suivre le barbu aux toilettes pendant quelques instants.

Elle est forte, pense Sturm, et ça confirme ce qu'il avait perçu d'elle depuis son arrivée dans le service. Une femme de sang-froid, énergique, qui aime l'action. Réservée et abrupte au début, mais capable aussi de séduire et de convaincre une fois qu'elle se sent à l'aise. Elle sera un atout pour son groupe.

Le pianiste joue maintenant une version jazzy de *Over the Rainbow*. Un jeune couple se met à danser sur un rythme langoureux près de l'instrument. Leurs corps sont tellement serrés qu'ils paraissent soudés l'un à l'autre. D'autres couples les rejoignent sur la piste de danse improvisée et esquissent quelques pas chaloupés sur la douce mélodie.

Sennevières se faufile entre les danseurs. «Mission accomplie, » dit-elle en se rasseyant près de Sturm, le visage serein. « Ils gardent leur stock dans le réservoir de la chasse d'eau de l'une des cabines. Et ils ont de tout. Cocaïne, barrettes de shit, ecstasy, crack, il y a le choix. »

« Tu as ramené de quoi faire un flag ? »

« Et de quoi assommer un bœuf, aussi. »

C'est le moment que choisissent les hommes de la brigade des Stups pour faire irruption dans le bar. Ils ont suivi à distance les échanges d'Hélène avec les revendeurs de drogue. Ils ont assez de preuves pour les prendre en flagrant délit. Armés, vêtus de gilets pare-balles, le visage dissimulé par une cagoule, ils se précipitent dans le bar.

« Police ! Personne ne bouge, » lance le commandant Ribes d'une voix tonitruante.

Le pianiste cesse immédiatement de jouer. Les clients qui célébraient l'anniversaire de leur ami se jettent à terre, dégrisés d'un seul coup. Les couples plus âgés s'immobilisent sur leurs sièges, sidérés par l'irruption des forces de l'ordre. Les jeunes gens qui dansaient près du piano plongent sous les tables.

Les deux dealers bondissent hors de leur siège avec une telle énergie que leur table bascule sur le côté. Puis ils se mettent à courir et renversent d'autres tables qui gênent leur progression. Les verres et les bouteilles s'écrasent sur le sol, et répandent des tessons de verre sur le plancher.

« Arrêtez-les ! » hurle Sturm. Sa voix résonne dans le restaurant. Un jeune homme entoure la taille de sa compagne d'un bras et la pousse derrière lui. En cas de balle perdue, son corps à lui la protègera.

Aucun autre client ne bouge d'un poil.

Sturm court lui aussi. Le verre cassé crisse sous les fines semelles de ses chaussures de ville. Le cuir lisse n'agrippe pas le sol aussi bien que ses chaussures de sport habituelles.

Il glisse et s'écrase au sol. Il se rattrape tout de suite, ignore la sensation douloureuse et s'essuie les mains sur son jean en y laissant des traînées sanglantes.

Sturm voit les deux hommes courir dans deux directions opposées. Le dealer imberbe tire un Beretta de son veston et se tourne pour le mettre en joue.

Sturm se baisse pour esquiver le coup, mais aucun son ne lui parvient. Le pistolet s'est enrayé.

L'homme le jette et court vers les toilettes sur la gauche. Le barbu sort un Glock dissimulé dans sa ceinture et court vers l'arrière-salle, en direction de la cuisine, sur la droite.

Sturm sait qu'il peut compter sur Sennevières. «Occupe-toi du mec sur la droite, » lui crie-t-il en s'élançant à la poursuite de l'homme qui essaie de prendre la fuite en passant par les toilettes.

Dans cet espace limité, il n'a que quelques pas à faire pour rattraper l'homme en fuite. D'un mouvement puissant, il se lance sur le dos de l'homme, qui chute lourdement et tente de se relever.

« Face contre terre, » rugit Sturm. Il pose son genou sur le dos de l'homme et l'immobilise, puis il saisit ses poignets et les tire d'un coup sec vers l'arrière.

L'un des hommes des Stups lui passe les menottes.

Et d'un. Encore un à choper.

Chapitre 16

Sturm parcourt des yeux la salle du restaurant. Il voit le dealer barbu regarder dans tous les sens avant de se retourner et de diriger une volée de balles vers les forces de l'ordre, sans toucher personne.

Les briques apparentes qui décorent l'un des murs se brisent et envoient partout des débris qui ressemblent à du shrapnel. Un épais nuage de poussière se lève. Certains se mettent à tousser de façon incontrôlable.

Il a dû décider de vendre chèrement sa peau plutôt que de se rendre, pense Sturm. Cependant il espère encore capturer le dealer vivant.

L'homme tire à nouveau. Une baie vitrée vole en éclats. Des tessons de verre tombent en pluie dans un vacarme assourdissant.

Les clients du bar qui avaient cru qu'ils seraient plus en sécurité en se jetant à terre se mettent à hurler et se protègent la tête de leurs mains.

Le dealer s'élance vers l'avant et saisit une jeune femme terrorisée qui s'était couchée par terre dès l'irruption des policiers. Il la tire vers lui d'un coup sec et l'empoigne par le cou. Maintenant, il a un bouclier humain.

« Pas un geste, ou je lui éclate la tête, » crie-t-il tout en reculant. Il pointe son pistolet directement sur la tempe de la fille et serre encore sa prise autour de son cou.

Sturm se rend compte qu'il s'est trompé sur les intentions du dealer. Il n'a pas l'intention de se battre. Il va essayer de sortir par la cuisine, qui s'ouvre sur la cour arrière du bâtiment. De là, seuls quelques mètres le sépareraient encore d'une petite rue qui lui permettrait de disparaître.

L'homme se dirige vers la sortie tout en tenant la fille, qui marche à reculons tant bien que mal. Ses pieds raclent le sol, sa tête est renversée en arrière, ses yeux sont affolés. Sa respiration haletante semble être le seul bruit dans le silence tendu.

Agenouillée derrière une colonne, Sennevières pointe son Sig Sauer sur le criminel avec une lenteur délibérée. Elle ne sait que trop bien que la plus petite erreur pourrait coûter sa vie à l'otage.

Pourtant, pendant un bref moment, la cuisse de l'homme apparaît à découvert. C'est la chance qu'elle attend. Sans hésitation, elle appuie sur la gâchette.

Elle manque son coup. La balle file plus loin que sa cible et s'encastre dans une armoire vitrée. Les mille fragments de verre qui explosent dégringolent au sol dans un bruit de tonnerre. Le dealer se fige un moment, mais retrouve ses esprits très rapidement.

Il relâche sa prise sur son otage pendant une fraction de seconde et il se saisit d'un morceau de verre pointu qui mesure bien quinze centimètres de long. Il l'enfonce dans le biceps de la jeune femme. Puis il la maintient serrée contre lui à nouveau, en pointant son pistolet sur sa tête.

La femme tressaute lorsque le verre tranchant

coupe sa peau. Elle voit son sang couler doucement d'abord, puis de plus en plus vite. Un hurlement aigu s'échappe de sa bouche.

« Arrêtez de tirer, » dit-elle, les yeux fixés sur Sennevières. Son visage est d'une pâleur mortelle.

Sennevières ne peut plus mettre en danger la vie de cette femme. Alors elle ne fait ni une ni deux, et elle quitte l'abri du pilier. Peut-être que ça déstabilisera le malfaiteur.

Elle pose son pistolet sur une table et lève les bras pour montrer qu'elle est désarmée. Elle est dans la ligne de tir du dealer, mais elle se dresse quand même de toute sa hauteur, les pieds fermement plantés au sol.

« Lâche la fille, et tu partiras libre, » crie-t-elle.

Les policiers des Stups, derrière elle, se sont immobilisés eux aussi mais tiennent le dealer en joue.

L'homme hésite un bref instant, puis il reprend sa marche à reculons. « Un seul geste, et je tue la fille,» dit-il. Son visage est froid. Ce n'est pas une menace en l'air.

Sennevières perçoit un mouvement dans le dos du dealer. C'est Sturm. Il est passé par la porte arrière des cuisines et il peut prendre l'homme à revers maintenant. Mais au lieu de cela, il s'arrête et fait signe à sa coéquipière.

En un éclair, Hélène comprend la manœuvre. Sturm a besoin qu'elle crée une diversion pour protéger l'otage.

Elle avance d'un pas, puis de deux, puis de trois. Elle est maintenant suffisamment proche de l'homme pour discerner la sueur qui perle sur son front.

« Dernière chance. Jette ton pistolet, maintenant. Et lâche la fille, » crie-t-elle d'une voix tendue à craquer.

L'homme continue à reculer vers les cuisines, sans s'apercevoir qu'il est pris en tenaille.

Sturm lui enfonce le canon de son pistolet dans le dos. « Un seul geste et tu es mort, » dit-il d'un ton abrupt. « Maintenant lâche la fille. »

Le dealer barbu sait qu'il a perdu la partie. Il obéit.

« Pose le pistolet à terre. Doucement, » lui ordonne Sturm.

La fille s'écarte aussi vite qu'elle le peut sur ses jambes tremblantes. Puis elle s'écroule sur le sol.

Sennevières s'agenouille auprès d'elle. «Surtout n'essayez pas de retirer le morceau de verre de votre bras. Vous allez vous en sortir. » Elle se tourne vers l'un des hommes du commandant Ribes. « Appelez une ambulance, » crie-t-elle.

Du coin de l'œil, Sennevières remarque que le dealer se tortille pour essayer d'échapper à Sturm. Elle s'élance, tient le bras de l'homme et, du tranchant de sa main droite, elle lui décoche un coup au sternum. C'est un coup de karaté qu'elle a enseigné pendant des années, et c'est le moment de s'en servir.

« Hé, pourquoi vous m'avez fait ça, » geint l'homme lorsqu'il peut respirer à nouveau.

« Ça, c'est pour la fille que tu as prise en otage,» dit Hélène, au comble de l'énervement après la tension du face-à-face avec le dealer.

Elle met de nouveau son bras en mouvement, mais Sturm retient le second coup qu'elle s'apprête à infliger.

« Arrête, Hélène, ça suffit comme ça. Tu n'as pas envie qu'on t'accuse de violences policières, crois-moi,» lui dit-il. « Mais tu as un sacré punch, » ajoute-t-il avec une nuance d'admiration évidente dans sa voix.

L'homme est sonné, et il ne proteste pas lorsqu'un policier des Stups lui passe les menottes à lui aussi. Dans la mêlée, son comparse s'est égratigné le front sur l'un des éclats de verre éparpillés par terre. Du sang coule entre ses yeux et goutte du bout de son nez.

« Les plaies du visage, ça saigne toujours beaucoup, mais c'est superficiel, » dit Zach, l'un des serveurs.

C'est un élève infirmier qui travaille au restaurant pour financer ses études, et il sait visiblement de quoi il parle. Il s'approche et lui pose plusieurs serviettes en papier sur la coupure, au-dessus de ses sourcils. En quelques instants, le sang trempe le pansement improvisé.

Le commandant Ribes envoie l'un de ses hommes chercher le stock de drogues. Il revient au bout de quelques minutes.

« On a touché le jackpot, on dirait, » dit-il en montrant la multitude de petits sachets qu'il a récupérés.

Dousset, par contre, est hors de lui. « C'est comme ça que vous faites quand vous êtes discrets ? Qu'est-ce que ça doit être quand vous ne prenez aucune précaution!»

« Un flagrant délit, c'est toujours un peu mouvementé, » tente de le rassurer Sturm.

« Un peu mouvementé, vous vous fichez de moi? Vous avez vu les dégâts ? Les bouteilles de cognac les plus chères sont en mille morceaux. Et vous avez vu le mobilier ? » Sa voix frémit. « Il y en a au moins pour vingt mille euros de dégâts. En plus vous venez de foutre en l'air la réputation de mon bar, et pas qu'un peu. »

Pour Sturm, c'en est trop. « Vous auriez préféré que les malfrats s'installent pour toujours chez vous, peut-être. C'est ça que vous êtes en train de me dire ? » Il lui parle d'un ton rude, presque menaçant, maintenant.

« Non, bien sûr, mais… »

« Dousset, j'en ai ras la casquette de vos jérémiades. Estimez-vous heureux qu'il n'y ait eu que quelques coups de feu de tirés. »

« C'est juste que l'assurance ne va rien me rembourser, vous savez. »

En plus, il se plaint, pense Sturm. Il sent la colère monter et lui obscurcir la vue.

« Écoutez, » dit-il, la voix rageuse. « J'ai monté une opération spéciale en urgence. J'ai fait intervenir les Stups. J'ai mis en danger la vie de ma co-équipière. Tout ça pour éviter que le trafic de drogue ne s'enracine dans votre bar. Alors quand vous râlez à propos des remboursements d'assurance, je vois rouge. »

Sturm se tourne vers Sennevières. « Ces gens qui viennent nous demander de l'aide et qui nous le reprochent quand on la leur donne, il n'y a rien de pire,» dit-il. « Quoiqu'on fasse, on a tort. »

Dousset a entendu. Il comprend enfin qu'il a gaffé et il s'approche, l'air conciliant.

« J'ai parlé un peu trop vite tout à l'heure, juste parce que je ne m'attendais pas à un assaut, » commence-t-il. « Mais évidemment je suis très content que vous les ayez coffrés, ces mecs-là. »

Encore heureux, pense Sturm.

« Si vous croyez que c'est à ça que ça ressemble, un assaut… » dit-il à haute voix, en haussant les épaules.

Il ne prend pas la peine de finir sa phrase. Dousset ne sait rien de ce que ça signifie de mettre sa propre vie en jeu pour protéger et servir, comme les policiers doivent le faire chaque jour de leur vie.

Il s'éloigne, rejoint Hélène auprès de l'équipe des Stups. Elle remet au commandant les sachets de cocaïne qu'elle a achetés ainsi que le stylo-micro.

Leur rôle dans l'opération est terminé, c'est la brigade des Stups de Versailles qui s'occupera de tout le côté administratif, au grand soulagement de Sturm. Il n'aime pas trop les nombreux rapports que génère toute opération spéciale.

Ils remontent dans la BM, et c'est Hélène qui prend le volant cette fois-ci. L'adrénaline qui les a tenus en alerte pendant la soirée est retombée, et ils font le trajet en silence, perdus dans leurs pensées.

Hélène s'arrête sous le tilleul, près de l'entrée de l'immeuble de Sturm. Mais au lieu d'ouvrir la portière pour qu'il puisse descendre, elle pose sa main sur la sienne, se tourne vers lui et l'embrasse sur la bouche.

D'où vient ce geste ? Des phéromones en action qui envoient au diable la raison ? Ou bien est-ce l'attirance qu'elle a ressentie depuis le début, et qu'elle a combattue de toutes ses forces ?

Ce qui est sûr, c'est que le moment de tension qu'ils viennent de partager a mis en pièces toutes ses défenses. Le désir pour Sturm qu'elle a consciemment réprimé se venge et revient, encore plus fort qu'avant.

Le baiser rapide avec lequel elle avait commencé se prolonge, devient plus profond. Elle mêle sa langue à celle de Sturm et sent son visage et son cou s'échauffer. Une très légère odeur d'après-rasage émane de lui et aiguise son désir.

Même le soupçon de sueur qui s'y mêle rend son plaisir plus intense. Faire l'amour dans une voiture ne lui a jamais paru aussi sexy.

Pour Sturm, c'est comme si toutes les tensions de la soirée s'éloignaient d'un seul coup. Il prend les lèvres de Sennevières avec une fougue à laquelle il ne s'attendait pas lui-même.

Il incline son siège jusqu'à toucher la banquette arrière. Sur cette couchette improvisée, il l'allonge et la regarde en silence pendant quelques instants.

Les réverbères sont éteints depuis longtemps et seule la pâle lueur de la lune éclaire l'habitacle et la masse sombre des cheveux d'Hélène, étalés sur la banquette.

Ils s'agrippent l'un à l'autre pour faire l'amour en silence, comme si leur vie en dépendait, jusqu'au moment où le plaisir les envahit tous les deux.

« Je ne savais même pas que j'avais envie de toi, c'est venu d'un coup, » dit Hélène en se détachant de Sturm.

C'est un mensonge, et elle le sait.

Elle a pensé à Sturm plus d'une fois, en faisant l'amour avec son mari ou au moment où elle glisse vers le sommeil.

Mais à quoi bon le dire ? Elle n'a pas la moindre intention de commencer une longue histoire avec Sturm. Elle tient à son mariage, et encore plus à son fils.

Sturm reste silencieux quelques instants. Il a été plus qu'enthousiaste dans l'étreinte, mais lorsqu'il était sur la ligne de crête du plaisir, c'est à Alice qu'il a pensé, dans un flash qui l'a traversé tout entier.

Cet épisode avec Hélène sera sans suite. Il ne peut qu'être sans suite.

Comment le dire à Hélène sans la heurter ? Je ne veux surtout pas la blesser, pense Sturm, mais j'ai l'habitude d'être direct, et ça ne va pas le faire. Je ne sais pas comment m'y prendre.

« Il faut qu'on parle, » commence Sturm. Elle a l'air un peu gênée, elle aussi, se dit-il.

« Oui, je le pense aussi, » acquiesce-t-elle.

Sturm s'était préparé à une discussion houleuse, mais Sennevières parle calmement. On est peut-être sur la même longueur d'onde, après tout, pense-t-il. J'espère que c'est bien ça.

« Commence, toi la première, » lui dit-il.

Hélène prend une grande goulée d'air, et le regarde, l'air sérieux.

« Écoute, j'ai passé un très bon moment avec toi, mais ça va s'arrêter là. »

Sturm pousse un discret soupir de délivrance.

« Alors on est d'accord, c'était génial, mais on ne recommencera pas, » dit-il.

Le silence se prolonge pendant quelques instants. Le vrombissement d'un moustique qui s'est introduit dans l'habitacle vient l'interrompre. Sturm essaie de l'attraper sans succès. Mais cette minuscule intrusion a détendu l'atmosphère entre eux. Il se tourne vers Hélène.

« Tu sais, je ne savais pas trop comment te le dire.»

« Pareil pour moi, » dit-elle avec un petit rire en cascade. « Je parie que tu es aussi soulagé que moi. »

« Tu ne sais même pas à quel point. »

« Alors, copains comme avant ? »

« Compte sur moi. »

Sturm la serre brièvement dans ses bras en guise d'adieu avant de quitter la voiture. Il se sent incroyablement détendu et serein.

Ce n'est pas exactement ça qu'il avait en tête lorsqu'il pensait à renforcer les liens dans son groupe, mais ce rapprochement initié par Sennevières a déjà des effets bénéfiques.

C'est vrai qu'avec cette conversation, la distance entre leurs deux corps est redevenue infranchissable.

Pourtant, il a le sentiment que le moment d'intimité qu'ils ont partagé crée pour toujours entre eux une familiarité et une complicité toutes nouvelles.

Cet enfoiré de Labarrère n'avait peut-être pas tout faux, en fin de compte.

Chapitre 17

Dans la petite salle d'attente, Cyril Perronet regarde pour la dixième fois l'horloge fixée au mur. Le médecin est en retard, d'une demi-heure déjà.

Il se force à respirer lentement pour se calmer. Il doit mener un interrogatoire dans une heure, il ne faut pas qu'il soit en retard. Mais ce qui se joue dans cette salle d'attente, c'est toute sa vie.

Il regarde la jolie jeune femme brune assise en face de lui, juste en dessous du diplôme qui atteste que le docteur Elodie Berthelot a été chef de clinique en gynécologie à l'hôpital Saint Antoine.

Cette jeune femme qu'il couve des yeux, c'est Justine. Son visage est encadré de boucles courtes. Sa frange descend un peu trop bas sur ses sourcils, mais ne cache pas la vivacité du regard. Elle aussi est tendue, et ses lèvres sont pincées. Ce qui ne les empêche pas d'être sensuelles.

Elle compulse les messages sur son téléphone, sans en lire aucun, puis elle vient s'asseoir près de lui.

« Tu as l'air énervé, » lui dit-elle à mi-voix.

« Pas énervé, impatient. »

« Essaie de penser à autre chose. »

« Parce que toi, tu y arrives, à penser à autre chose?»

Une porte dissimulée par un paravent s'ouvre. Le médecin salue une patiente qu'ils ne voient que de dos.

Le docteur Berthelot ouvre la porte d'entrée du cabinet de consultation. « Désolée d'être en retard, mais j'ai eu une urgence. Dans ce métier, on doit faire avec,» dit-elle avec un sourire désarmant.

Le jeune couple s'assied pendant que le docteur ouvre leur dossier sur son ordinateur.

« Alors Justine, comment allez-vous depuis la dernière fois qu'on s'est vus ? » demande la gynécologue.

Elle fixe Justine avec bienveillance de ses yeux bleus, pendant qu'elle l'interroge sur son début de grossesse. Ses lunettes rondes cerclées d'écaille lui donnent l'air très doux, tout comme les boucles blondes qui s'échappent de son chignon souple.

« Prête pour l'échographie ? » demande le médecin. « La première, c'est toujours un grand moment. »

Cyril tient la main de Justine pendant que le docteur Berthelot lui enduit le ventre d'un gel transparent et promène la sonde dessus. Sur l'écran, des pointillés apparaissent.

« Il mesure six centimètres de la tête aux fesses,» annonce le médecin. « C'est grand pour onze semaines.»

Cyril ne peut pas s'empêcher de se rengorger un peu. Son bébé est grand. Il n'a pas prévu la violente vague d'amour qui le submerge.

« Est-ce que tout va bien ? » demande-t-il pour

cacher qu'il exulte.

« Tout va bien. Le périmètre crânien, les membres, tout est parfait. Je ne peux pas encore vous dire si c'est un garçon ou une fille, il faudra attendre la seconde échographie. »

« Je n'ai pas envie de savoir, » dit Justine. « Je préfère la surprise au moment de l'accouchement. »

« Et moi, j'ai le droit de savoir ? » Cyril est un peu vexé que Justine ait pris cette décision sans lui en parler.

« Tu peux demander, mais tu ne me dis rien, d'accord ? »

Cyril la regarde avec tendresse. Ils sont tombés fous amoureux l'un de l'autre alors qu'ils travaillaient côte à côte, à la mairie de Trappes, pendant la semaine d'orientation des métiers.

Cyril s'y porte volontaire une fois par an pour présenter les carrières de la police aux jeunes gens du coin. Assise à une table voisine de la sienne, Justine expliquait le déroulement des études de droit. Ils ont tout de suite cliqué et leur passion est toujours aussi forte, un an et demi après.

Mais pourquoi, pourquoi, pourquoi faut-il que Justine soit la fille d'Hervé Bouchot ? Hervé Bouchot, condamné et emprisonné dans plusieurs affaires de blanchiment d'argent. Dans le collimateur de la police pour suspicion de trafic de drogue. Et père de la ravissante Justine.

Alors tandis que les parents de Cyril ont accueilli la jeune femme à bras ouverts, les parents de Justine ne connaissent toujours pas l'existence de Cyril.

Hervé Bouchot n'est pas un tendre. Et il a la police en horreur.

Justine a beau aimer son père, elle ne se fait aucune illusion sur lui, ni sur l'origine de sa fortune. Elle ne sait pas comment il réagirait en apprenant qu'elle est amoureuse d'un lieutenant de la police judiciaire.

Ce bébé, ce futur bébé, porte déjà une lourde charge sur ses épaules, celle de réconcilier le père de Justine avec l'homme que sa fille a choisi. Ce n'est pas gagné d'avance, Cyril et Justine le savent tous les deux.

Alors ils se cachent encore un peu. Ils veulent profiter de ces jours de plénitude au début de la grossesse sans aller au-devant des conflits.

Et ils échafaudent plan sur plan pour faire accepter leur couple à ce père coléreux et autoritaire.

oOo

La moto de Perronet se coule en souplesse dans le parking de la PJ. Il a cinq minutes de retard et grimpe quatre à quatre les marches qui mènent à son bureau.

Une jeune femme l'attend déjà, assise sur un banc à côté de sa porte. Il fait très chaud sous les toits, et elle s'évente avec une revue pliée en deux.

« Vous êtes bien Virginie Prigent ? »

Elle acquiesce. Perronet ouvre la porte et s'efface pour laisser entrer la jeune femme dans son bureau.

« Je suppose que vous savez pourquoi vous êtes ici ? » demande-t-il.

« C'est vrai que Julie a été assassinée ? »

Perronet ne ressent pas le besoin de confirmer ce qu'elle sait déjà. Il lui indique un siège et prépare son téléphone pour l'enregistrement. Il le pose sur un trépied, met en route la vidéo, puis il décline ses noms et qualité.

L'amie de Julie le regarde avec des yeux d'un bleu si clair qu'il paraît presque transparent.

« Est-ce que vous êtes d'accord pour que j'enregistre cette conversation ? »

« Ça m'est égal. » Les cheveux blonds et raides de Virginie lui arrivent aux épaules. Elle se met à en tortiller une mèche entre ses doigts.

« Parlez-moi de Julie. »

Virginie s'affaisse dans sa chaise, comme si elle tentait de se soustraire au regard du policier. Elle soupire, baisse les yeux sur la pointe de ses chaussures. Elle finit par parler.

« On est amies depuis des années. Enfin, on était amies. » Elle baisse de nouveau les yeux.

Perronet fixe sans rien dire son visage aux traits délicats et pourtant sans grâce, jusqu'à ce qu'elle se décide enfin à parler.

« On s'est rencontrées en classe de sixième et on a fait toute notre scolarité ensemble. »

Nouvelle pause. Perronet la relance, cette fois. «Que pouvez-vous me dire sur ses professeurs ou ses camarades de classe ? Avait-elle des ennemis ? »

« Je ne crois pas. »

« Madame Thouvenet m'a dit que vous étiez la meilleure amie de Julie. »

« On est amies depuis des années. Ou peut-être que je ferais mieux de dire qu'on a été amies. Mais on allait se séparer l'année prochaine. »

« Comment ça ? »

« Elle avait réussi un concours très difficile. Moi pas. Je vais aller à la fac. »

« Mais vous auriez pu continuer à vous voir, tout de même, non ? »

« Oui, bien sûr, mais ce n'est plus pareil. »

Peut-être qu'elle jalouse la réussite de son amie, pense Perronet. Mais en est-elle arrivée à la haïr ?

« Vous êtes-vous disputée avec elle ? » dit-il sans rien révéler de ses pensées.

Virginie se redresse. Sa petite taille l'oblige à lever le menton pour regarder Perronet dans les yeux. C'est la première fois depuis le début de l'interrogatoire qu'elle soutient son regard plus d'un instant.

« Je n'ai rien à voir avec le meurtre de Julie, » dit-elle. Des auréoles de sueur apparaissent au niveau de ses aisselles.

Si mes questions la stressent tellement, c'est que je suis sur la bonne voie, se dit-il. Il faut continuer à creuser.

« Ça vous a énervée, d'avoir échoué au concours d'entrée de l'École des Chartes ? »

La jeune femme hésite un moment avant de répondre. Ses joues se couvrent d'une vive rougeur.

« Oui, c'est vrai, ça m'a un peu agacée quand même de ne pas être admise. Surtout qu'on avait révisé ensemble. Pendant un moment, je n'ai plus voulu la voir. Mais je suis passée à autre chose, depuis. »

Rivalité et jalousie très probables, note Perronet sur son calepin. Jusqu'au crime ? Il souligne deux fois le point d'interrogation. La jeune femme se met debout en un mouvement brusque.

« Écoutez, je pense vous avoir dit tout ce que je savais. Je ne suis pas mise en examen, non ? Je veux m'en aller. »

« Bien sûr, vous pouvez partir. Mais vous recevrez une assignation à comparaître. C'est ça que vous voulez ? »

Elle se rassied, la mine déconfite. Perronet reprend son interrogatoire patient.

« Est-ce que Julie sortait avec quelqu'un ? »

Virginie baisse la tête d'un air embarrassé. Perronet a le sentiment qu'elle est déchirée entre l'envie de raconter et le besoin de cacher quelque chose.

« Mademoiselle Prigent, il y a eu meurtre. Si vous savez quelque chose, vous avez le devoir de le raconter.»

« Je ne sais rien de précis. Ce ne sont que des impressions. Ce n'est pas important. »

« Laissez-moi juger de ce qui est important ou pas. »

Le visage de Virginie devient encore plus rouge. Elle hésite longuement. Lorsqu'elle parle enfin, les mots se déversent à toute vitesse.

« Alors voilà. Elle répétait tout le temps que l'amour ne l'intéressait pas. Ça faisait un bon moment qu'elle n'avait plus de copain. Alors je l'ai draguée. » Prigent a soudain l'air apeuré d'un lapin pris au piège. « Ne dites rien à mes parents, je vous en prie. Ils ne savent pas que je suis lesbienne. »

Perronet lui répond à voix très basse, pour ne pas

interrompre le flux de révélations que la jeune femme vient d'amorcer.

« Votre sexualité ne regarde que vous. Racontez-moi ce qui s'est passé, depuis le commencement. »

Elle soupire.

« On était en train d'étudier dans ma chambre, un jour. On était toutes les deux sur le lit. Je ne sais pas ce qui m'a pris. Je l'ai embrassée. »

« Comment Julie a-t-elle réagi ? »

« Au début, elle était choquée, mais après, elle m'a embrassée elle aussi. »

Virginie se tait, et la nostalgie de ce moment se lit sur son visage.

« Ensuite, elle a mis sa main sous mon T-shirt, puis dans mon jeans. Je n'en revenais pas. »

« Vous étiez en couple, alors ? »

« Non. On l'a fait deux fois, dans ma chambre, à chaque fois. Puis elle m'a dit qu'elle avait fait une erreur, que c'était de sa faute. »

Virginie Prigent baisse les yeux et soupire une fois de plus. « Elle a rompu avec moi. »

« Elle vous a dit pourquoi ? »

« Je ne sais pas. Elle était très secrète, vous savez. » Perronet sent le dépit qui affleure dans cette remarque.

« Julie était-elle lesbienne ? »

« Je ne l'ai jamais vue avec une autre femme. Je n'ai été qu'une expérience de plus pour elle. »

Un pli amer apparaît de chaque côté de sa bouche. « Mais pour tout vous dire, après la façon dont elle m'a traitée, je n'en avais plus rien à foutre d'elle et de son art. »

Virginie mord sa lèvre inférieure, l'air buté. Peut-être qu'elle regrette d'en avoir trop dit, mais elle est contente d'avoir craché son venin, aussi.

« Vous n'étiez plus si amies que ça, alors, après la rupture ? »

« Ce n'était plus comme avant, c'est vrai. J'allais de temps en temps la chercher à la galerie. On allait boire un verre dans le quartier après la fermeture. Une fois, j'ai vu un type… »

Elle s'arrête encore. C'est énervant, à la fin, cette conversation pleine de trous.

« Poursuivez, mademoiselle Prigent, » l'exhorte Perronet.

« C'était l'un des propriétaires de la galerie, celui qui voyage tout le temps. C'est d'ailleurs la seule et unique fois où je l'ai vu. Eh bien, j'ai eu l'impression qu'il la prenait dans ses bras. »

« Vous êtes sûre que ce n'était pas juste une salutation affectueuse ? »

« Peut-être. Au fond, je n'en sais rien. »

« Vous en avez parlé à Julie ? »

« Elle a écarté ma question en riant. Et on n'en a plus jamais reparlé après. »

« C'était quoi, son travail à la galerie ? »

« Je ne sais pas trop… »

« Y a-t-il quelque chose que vous sachiez, mademoiselle ? » lui dit Perronet d'un ton sec en la fixant de ses yeux noirs.

Il n'aime pas qu'on lui fasse perdre son temps, et maintenant qu'elle a confessé son amour déçu, Virginie Prigent donne l'impression de refuser de livrer la moindre bribe d'information utile.

Il arrête l'enregistrement. « Contactez-moi si un souvenir vous revient, » lui dit-il en lui tendant sa carte. « Mais rappelez-vous que l'obstruction d'une enquête est punie par la loi. »

« Mais je n'obstrue rien, » proteste Virginie. « C'est seulement que je ne sais pas grand-chose. »

Avec des amis comme ça, Julie a dû se sentir bien seule, pense Perronet en raccompagnant la jeune femme jusqu'à la sortie.

Dans son bureau, Perronet relit ses notes. Julie a rompu avec Virginie après deux rendez-vous. Prigent aurait pu engager quelqu'un pour poignarder l'amie qui l'a rejetée.

En théorie, c'est possible, pense-t-il. Mais Virginie Prigent est d'une froideur extrême. Elle n'est pas assez passionnée pour ce genre de vengeance.

Elle a peur, en revanche, et elle était sans doute jalouse de Julie aussi. Mais ce qu'elle craint, c'est surtout de révéler à ses parents qu'elle préfère les femmes aux hommes.

Retour à la case départ, alors. Pourquoi Julie gardait-elle ses secrets si jalousement ?

Que craignait-elle de révéler ?

Intermezzo

J'étais tourmentée par l'idée que j'avais peut-être des frères et des sœurs quelque part. J'ai même pensé à engager un détective privé pour le savoir et les retrouver, qui sait, auprès de ma mère biologique.

J'imaginais qu'on se jetait dans les bras les uns des autres. J'étais accueillie avec une infinie tendresse et leur maison devenait la mienne.

Ce rêve, j'y ai renoncé. Je dois attendre d'être majeure pour consulter mon dossier d'adoption, et mes parents ne sont pas d'accord pour embaucher un détective.

Alors j'ai lancé ma propre bouteille à la mer. J'ai publié un appel sur Facebook. C'était le bon endroit, j'en étais sûre. Mais j'ai seulement récolté quelques likes, et quelqu'un m'a demandé de lui envoyer l'argent pour tester mon ADN et le mettre dans une base de données. C'était sans espoir.

Pourtant, je n'ai jamais cessé de l'imaginer, celle qui m'a fait naître.

Très douce, quinze ans, seize ans peut-être ? Amoureuse d'un garçon de son âge. L'un et l'autre trop jeunes pour se marier. Elle a suivi les conseils de sa famille, elle m'a laissée à l'hôpital pour pouvoir continuer à aller au lycée, continuer à vivre sa vie d'adolescente.

Mais en secret, elle m'aime, elle ne m'a jamais oubliée, et à chaque fois qu'elle voit dans la rue une brune aux yeux bleus qui a plus ou moins mon âge, elle la regarde, elle la dévisage, elle se dit, c'est peut-être elle, c'est peut-être ma fille.

D'autres fois, j'imagine qu'elle voulait me garder auprès d'elle après ma naissance. Un jour, elle m'a emmenée faire un pique-nique à la campagne. Il faisait chaud, elle s'est endormie à côté de moi. Mes parents adoptifs passaient par là, et quand ils m'ont vue dans mon petit couffin, ils m'ont volée et ils m'ont emmenée chez eux.

Et depuis elle me cherche, partout, désespérée par mon absence. Elle offre des récompenses et elle participe à des programmes télévisés où on essaie de retrouver des gens qui ont disparu.

Seulement, elle est dans un autre pays, en Irlande ou en Suède, et moi je ne regarde pas ce programme et je ne la rencontre jamais.

Et d'autres fois encore, je m'imagine que je l'ai retrouvée, sur Facebook ou dans la rue, et qu'on s'est reconnues au premier coup d'œil.

On se ressemble comme deux jumelles, elle a juste quelques rides en plus, un petit ventre rond parce qu'elle a eu d'autres enfants, et on pleure, on pleure et on rit en même temps, on se raconte tout, et on rattrape tout le temps perdu.

Elle me demande pardon de m'avoir abandonnée, et je lui dis que ce n'est pas grave, que je l'aime quand même et que je l'aimerai toujours.

Ces rêveries me laissaient anxieuse, comme vidée de toute substance. Ma mère a suggéré que j'aille voir un psy. Il n'en était pas question, pour moi. Mes rêveries, j'y tenais, elles me nourrissaient, me faisaient vivre.

Et pourtant, un jour, j'ai fini par abandonner l'espoir de jamais la retrouver. Son absence restait toujours là, au fond de moi, comme un vide, mais ce vide, je l'ai accepté, j'ai accepté qu'il ne serait jamais comblé.

Et je me suis mise à construire ma vie par-dessus ce vide.

C'est l'art qui est venu à mon secours. Je ne voulais pas devenir guide de musée, comme mon père, ni artiste. Je voulais me découvrir moi-même dans les œuvres des autres.

J'ai commencé à regarder des tableaux. Des reproductions dans les livres d'art et les musées en ligne. Je voulais tout connaître, toute l'histoire de l'art, des sumériens à Edward Hopper.

Mais c'étaient surtout les portraits qui me fascinaient. De Rembrandt aux selfies. Des rois et reines jusqu'aux mendiants. Chaque visage était un secret qui ne se laissait pas percer. Et moi, je me cherchais moi-même en eux.

Un jour, j'ai découvert Modigliani. J'ai tout de suite su que ce peintre était celui que j'attendais.

Plus je regardais ses portraits de femme, plus je les trouvais beaux. Étranges et beaux. D'une beauté si violente qu'elle me clouait sur place.

Tout d'un coup, j'avais compris mon rôle dans

l'univers. Connaître ce peintre et défendre son œuvre, c'est la tâche que je me suis assignée. Ses tableaux sont devenus mon ancrage, solide, vivace, inexpugnable. Sa vie, mon modèle.

Et presque en même temps, j'ai découvert les garçons. Dans les fêtes, il y avait toujours de l'alcool et souvent un peu de cocaïne. Après avoir bu un peu et quelquefois sniffé un peu, on commençait tous à desserrer nos freins.

Je sentais sur moi les regards furtifs de certains, leur expression affamée, ne laissant aucun doute sur ce qu'ils feraient avec moi si je leur donnais le moindre signe d'encouragement.

Et quand je me laissais choisir, commençaient les baisers interminables, les mains qui n'arrivaient pas à dégrafer le soutien-gorge mais qui se glissaient partout. Le plaisir qui monte, irrésistible. Et pour finir, l'amour en cachette.

C'était un nouveau monde, plein de promesses chatoyantes. C'était donc cela que ma maman avait vécu? C'était à cause de ces ondes de plaisir qu'elle avait décidé de me garder, de me donner la vie ?

Faire l'amour avec un garçon, c'était aussi mon lien avec ma mère, cette inconnue.

Chapitre 18 – Mardi

Bernard Molina appelle ponctuellement à neuf heures trente mardi matin. Le médecin-légiste met un point d'honneur à tenir ses engagements vis-à-vis des enquêteurs, même s'il doit y passer la nuit.

« Je commence par la bonne nouvelle. Je n'ai pas trouvé trace de violences sexuelles. »

Molina l'avait déjà laissé entendre samedi, mais pour Sturm c'est un soulagement d'en avoir la confirmation.

« Julie Thouvenet a été poignardée deux fois au cou, » poursuit le légiste. « La lame a touché l'artère carotide et a provoqué une forte hémorragie. Elle est morte presque immédiatement. »

Au moins, on peut se dire qu'elle n'a pas trop souffert, pense Sturm. L'image du corps de Julie baignant dans son propre sang l'obsède toujours.

« Est-ce qu'elle s'est débattue ? »

« On n'a rien trouvé sous ses ongles, et il n'y a pas de blessures défensives, celles qu'on se fait lorsqu'on essaie de parer les coups. Ça confirme ce que je t'ai dit l'autre jour : son agresseur l'a attrapée par derrière. Elle n'a eu aucune chance de se défendre. »

« Et pour l'heure de la mort ? »

« Comme je le pensais. Samedi matin, entre dix heures et midi. Le corps a été découvert très rapidement. Mais j'ai gardé le meilleur pour la fin. »

« Encore une de tes blagues de salle de garde ?»

« Mieux que ça. »

Molina fait une pause pour ménager ses effets. Sturm tape du pied et serre les mâchoires d'impatience, mais il ne dit rien. Molina est d'une compétence extrême, et ses diagnostics lui ont souvent épargné des heures de recherche. Il peut bien le laisser pavoiser un peu.

« Julie Thouvenet a eu une épisiotomie. »

Il fait encore une pause, comme si les implications de ce qu'il vient de dire étaient évidentes. Mais ça tombe à plat.

« Molina, tu es au courant que je ne suis pas médecin ? Dis-moi des choses que je peux comprendre, bordel. »

Molina est un peu vexé que la petite bombe qu'il avait cru lâcher n'ait pas eu l'effet escompté. Et le juron que Sturm a employé est tellement rare dans sa bouche qu'il ne peut que signaler un gros malaise. Alors il se résigne à donner une explication.

« Ça veut dire qu'elle a accouché. » Pour le coup, c'est Sturm qui sursaute. « Tu es sûr?»

« A cent dix pour cent.

« Et à quoi tu vois ça ? »

« L'épisiotomie, c'est une ouverture dans le périnée. Pour que le bébé puisse sortir plus facilement. Mais ça laisse une cicatrice. »

« Tu es certain que ce n'est pas une fausse couche, ou un avortement ? »

« Je suis formel. On ne fait des épisiotomies que pour les accouchements. »

« Et on peut savoir quand cet accouchement a eu

lieu ? »

« C'est difficile à dire. La cicatrice se stabilise après quelques mois. Mais je ne peux rien te dire de plus précis. »

Sturm raccroche en repassant dans sa tête tous les interrogatoires qu'il avait menés jusqu'à présent. Personne, absolument personne, n'avait mentionné une grossesse. Et pourtant ça n'avait pas dû passer inaperçu chez une jeune fille de cet âge-là.

Était-ce une omerta familiale ? Une affaire de déni de grossesse suivi d'infanticide ? Ou alors Julie était-elle allée cacher son ventre qui s'arrondissait dans un pays étranger ? Et qu'était devenu l'enfant ?

Cet accouchement oblige Sturm à changer de point de vue. Son enquête doit s'orienter dans une autre direction. Il est urgent d'interroger à nouveau la famille.

Il se rend dans le bureau de Perronet, qui mène en continu les interrogatoires des amis et des camarades de classe de Julie.

« Vous pouvez nous laisser seuls un instant ? » dit Sturm à la jolie adolescente assise en face de Perronet. Elle acquiesce. Sturm referme la porte derrière elle.

« Est-ce que tu sais si Julie avait un copain ? »

« Par le passé, oui, mais ces derniers temps, il semblerait que non, d'après ses camarades. Elle a eu une expérience homosexuelle, mais ce n'était que ça, une expérience, rien de sérieux. »

« Essaie d'en savoir plus sur le dernier copain qu'elle a eu. Il se pourrait qu'elle ait eu un enfant de lui.»

« Et il serait où, cet enfant ? » dit Perronet, incrédule.

Ça ne cadre vraiment pas avec ce qu'il sait de Julie. Et depuis l'échographie d'hier, tout ce qui a trait à la naissance d'un bébé prend une résonance particulière pour lui. Il va être obligé de changer l'orientation de ses questions en évitant d'en révéler trop aux personnes qu'il interroge.

Sturm doit aussi mettre Sennevières au courant. Comme son collègue, elle conduit des interrogatoires, mais dans la salle de conférences, et avec les professeurs de la victime. Sturm préfère ne pas l'interrompre et l'appelle.

« Peut-être qu'on fait fausse route depuis le début en pensant que Julie cherchait ses parents biologiques,» lui dit-il.

« C'est vrai que je n'ai encore trouvé aucune trace de cette recherche, » reconnait Hélène.

« Elle a eu un bébé. Si ça se trouve, elle a cherché à le faire adopter. »

Pas un son sur la ligne. La nouvelle laisse Sennevières sans voix.

« Je vais refaire une visite à l'agence de l'adoption, pour vérifier, » dit-elle enfin. « Mais il est fort possible qu'on me refuse cette info. »

« Je sais. Insiste. »

À lui d'agir, maintenant. Le centre de gravité de son enquête a changé avec l'annonce de la grossesse de la victime. Il est temps d'interroger à nouveau la mère de Julie et de voir comment elle réagira en apprenant ce que l'autopsie a révélé.

Sturm sait que Sonia Thouvenet n'a pas pris de congé malgré le deuil qui vient de frapper sa famille.

Elle a sans doute besoin de travailler pour ne pas penser sans arrêt au meurtre de sa fille. Il va se rendre à l'INRAE de Versailles pour l'interroger.

La circulation est fluide dans les deux forêts que traverse la route. Les arbres offrent de la fraîcheur, et Sturm baisse la vitre pour en profiter.

Arrivé à Versailles, en revanche, il doit patienter derrière un camion de livraison et se faufiler dans des rues étroites surchargées de voitures.

Enfin, il débouche sur le majestueux château. Pas le temps de le regarder. Il le contourne pour prendre la route de Saint Cyr qui mène à l'Institut de recherche. Il file, soulagé d'avoir enfin une chaussée dégagée devant lui.

Sturm gare sa voiture juste devant une grille coulissante, et se rend à l'accueil. Le gardien est un homme bedonnant, aux traits empâtés. Une grosse moustache grise dissimule sa lèvre supérieure.

« Je viens voir Sonia Thouvenet, » annonce Sturm au gardien en lui montrant sa carte d'identité professionnelle.

Le gardien tortille l'une des pointes de sa moustache pendant qu'il compulse l'écran d'une tablette. De l'index, il suit les noms un à un dans une liste.

« Ah, la voilà, elle est en microbiologie des sols. C'est dans le secteur M5, » lui dit le gardien en lui tendant un plan. »

Sturm remercie et tourne les talons pour reprendre sa voiture.

« Attendez, j'ai besoin de votre carte d'identité, vous la récupèrerez à la sortie. »

« Il est hors de question que je vous laisse ma carte. Vous voyez bien que j'ai une voiture de police, non ? »

Le ton ferme qu'emploie Sturm fait son effet.

« Je vous donne un badge de visiteur, » lui dit le gardien à contrecœur. « Vous n'oublierez pas de me le rendre en partant, » ajoute-t-il d'un ton rogue. Il n'a pas apprécié de voir son autorité remise en cause.

Lorsqu'il peut enfin pénétrer sur le campus au volant de sa voiture, Sturm est frappé par l'environnement bucolique.

Les bâtiments de l'INRAE sont disséminés dans un immense espace planté d'arbres. Certains ressemblent à des granges, d'autres à des laboratoires dernier cri.

De part et d'autre de la route, Sturm voit des serres, des parcelles plantées. Il ne saurait pas dire si c'est du blé ou de la luzerne, mais par la fenêtre ouverte de sa voiture, il entend le bruissement des épis que la brise agite. L'ambiance mi-universitaire, mi-campagnarde lui plaît.

Quel dommage de venir troubler cette paix.

Chapitre 19

Le labo où travaille Sonia Thouvenet est tout au bout de l'allée principale. Sturm s'approche en voiture jusqu'à ce qu'il la voie à travers la vitre.

Sa blouse blanche boutonnée de haut en bas dissimule ses vêtements et son corps. Ses cheveux sont enfermés dans une charlotte, blanche elle aussi, comme si elle faisait de son mieux pour disparaître dans le décor.

Penchée sur des boîtes rondes remplies d'une sorte de gel transparent, elle dépose quelque chose dans chacune, à l'aide de ce qui ressemble à un long coton-tige, puis elle recouvre la boîte d'un film plastique, remet son couvercle par-dessus et la range à l'envers sur un long plateau de métal.

Plusieurs laborantins en blouse blanche s'activent autour d'elle, mais les gestes de Sonia Thouvenet sont répétitifs, presque robotiques et son visage ne révèle aucune émotion. Elle est présente physiquement, mais en même temps absente, absorbée par son propre monde.

Elle est en état de choc, pense Sturm, alors elle se focalise sur des tâches machinales qui vont l'empêcher de penser à la façon horrible dont sa fille est morte.

Sturm éteint le moteur, sort de la voiture et

marche d'un pas vif jusqu'au labo. Il toque sur la porte vitrée et entre sans attendre. Sonia Thouvenet lève les yeux et le regarde. Ses yeux gris expriment un étonnement qui se transforme vite en inquiétude.

« Monsieur Sturm, que se passe-t-il ? Pourquoi venez-vous ici ? »

« J'ai quelques questions à vous poser. Où pouvons-nous parler tranquillement ? »

Elle exhale, soulagée qu'il ne soit pas venu lui annoncer un autre malheur. « On va aller à la salle de réunion, » dit-elle.

Ses gants de latex claquent légèrement contre sa peau lorsqu'elle les retire.

Sonia Thouvenet le précède dans un couloir jusqu'à un bureau d'angle, où la lumière entre à flots par deux baies vitrées qui se font face.

Une table ronde en pin entourée de quatre chaises recouvertes de tissu rouge, et un dispositif de vidéo-projection placé sur une console occupent presque tout l'espace.

Dès qu'ils sont tous les deux assis, Sturm commence, sans aucune précaution oratoire, comme à son habitude. Ainsi, il a de meilleures chances d'obtenir une réaction spontanée, révélatrice peut-être.

« Madame Thouvenet, l'autopsie a démontré que Julie avait eu un bébé. »

« C'est impossible ! » Sonia Thouvenet crie presque, les yeux écarquillés. Pas de doute, son étonnement n'est pas feint.

« Le médecin-légiste est catégorique. »

« Mais enfin, voyons, monsieur Sturm, Julie n'avait même pas de copain. Il doit y avoir erreur. »

« Je connais le docteur Molina depuis des années, et je ne l'ai jamais encore vu se tromper. Réfléchissez. Y a-t-il eu un moment où vous vous êtes absentée, pour votre travail par exemple, au cours de deux dernières années ? »

« Quel rapport mon travail a-t-il avec ça ? »

« Votre travail, non, mais une absence prolongée, si. »

« Quand je pars pour une conférence, mon mari reste avec les enfants. On ne les a jamais laissés seuls.»

Sonia Thouvenet garde le silence, et son front se couvre de rides très fines. Sturm attend qu'elle retrouve ses souvenirs et fixe son regard sur un tableau où des paysans moissonnent le blé à la faucille et lient de grandes gerbes blondes. Ça lui rappelle la vocation agricole de ce labo aseptisé.

« Il y a quelque chose, quand même. » Elle hésite. « Après le bac, Julie a pris une année sabbatique. Elle voulait réfléchir à ce qu'elle allait faire plus tard. »

« Elle cherchait encore sa voie ? »

« Elle avait envie d'étudier l'histoire de l'art, mais son père n'était pas d'accord. Il lui disait qu'il n'y avait pas d'avenir dans ce métier. »

Sturm pense au père de Julie. Lui aussi a commencé par choisir de se rapprocher du domaine artistique, même en tant que simple guide. Mais le succès n'a pas été au rendez-vous, et il a dû se reconvertir en gentleman agriculteur. Il voulait sans aucun doute éviter à sa fille la désillusion qu'il avait subie, lui.

« Alors, où est-elle allée ? »

« Elle est allée à Rome. Le patron de la galerie où

elle avait fait un stage l'a recommandée à l'un de ses collègues là-bas. Et pour le coup, elle était seule à Rome. »

« Monsieur Pelletier m'en a parlé, mais je pensais que c'était juste un stage d'été. »

Elle s'arrête, comme frappée par une prise de conscience ou une révélation. « En fait, non. Elle était jeune fille au pair dans la famille du galeriste. Elle s'occupait d'un enfant, à mi-temps. Elle suivait aussi des cours d'italien. »

« Est-ce que la grossesse et l'accouchement auraient pu se produire là-bas ? »

Sonia Thouvenet fronce les sourcils et baisse les yeux, comme si elle fouillait dans sa mémoire. « Elle est restée toute une année en Italie, alors au niveau des temps, ce n'est pas impossible. Mais c'est inconcevable. Elle nous l'aurait dit. Mais ni son père ni moi... »

Elle ne termine pas sa phrase. Sturm voit à quel point elle est désemparée. Il laisse passer un instant avant de reprendre son questionnement.

« Les jumeaux auraient-ils pu être au courant ? »

« S'ils savaient quelque chose, ils ne me l'ont pas raconté. »

Sturm va les interroger à nouveau eux aussi. Mais pour l'instant, il doit mettre au clair ce que Julie a fait en Italie.

« Et la famille d'accueil ? Ils ne vous ont jamais rien dit ? » reprend-il.

« Non. Au bout de six mois, elle les a quittés. Une dispute avec la mère, paraît-il. Julie a refusé de rentrer en France. Elle a pris une chambre, toute seule.

Elle voulait continuer à suivre ses cours d'italien. »

Sonia Thouvenet s'arrête de parler encore une fois. Elle vient de s'apercevoir que Julie a très bien pu quitter la famille d'accueil justement pour cacher qu'elle était enceinte. Enceinte de deux ou trois mois.

Elle découvre que sa fille est devenue un mystère pour elle. Et ça lui fait mal.

« Elle m'a tout caché. » Sa voix se brise.

Une vraie douleur se lit sur le visage de la mère de Julie. Elle lutte pour ne pas pleurer, ses traits se rétractent et ses épaules se voûtent comme pour se protéger d'un coup. Mais les sanglots qu'elle essaie de réprimer la secouent tout entière.

« Autrefois, elle me disait tout, » reprend Sonia Thouvenet d'une voix brisée. « Je savais tout sur elle. Mais maintenant...»

Sturm l'interrompt. Il va lui demander de l'aide. Il sait que c'est le meilleur moyen de la faire sortir de l'abîme de douleur où elle est en train de s'enfoncer.

« Madame Thouvenet, je vais avoir besoin de l'adresse de la famille qui l'a accueillie à Rome. »

« Il faudra que je la retrouve dans mes papiers. Ah non, attendez... Je ne sais pas pourquoi je ne l'ai pas effacée, elle est toujours sur mon portable. »

La fiche contact de la famille Santelli arrive sur le portable de Sturm avec un petit son cristallin.

« Vous avez maintenant mon numéro de portable personnel, madame Thouvenet, » lui dit Sturm. « Si vous vous souvenez d'un élément quelconque, appelez-moi à n'importe quelle heure du jour ou de la nuit. Le moindre détail pourrait être déterminant. »

Sonia Thouvenet acquiesce et salue Sturm d'une voix éteinte.

Avant de quitter la salle de réunion, Sturm se retourne. Il la voit de profil, les épaules courbées et le buste agité de sanglots.

Comme il est difficile de comprendre les autres, y compris ceux avec lesquels on vit tous les jours.

Et surtout ceux qu'on aime le plus au monde.

Chapitre 20

Dès qu'il sort de l'INRAE de Versailles, Sturm met le cap sur la PJ. Il est urgent de rendre compte à la commissaire Guérin des nouveaux développements de l'enquête. Il a aussi besoin de son accord pour la suite de son enquête.

En milieu de journée, il n'y a presque pas d'encombrements et il lui faut deux fois moins de temps qu'à l'aller pour faire la route.

Il salue le planton à l'entrée de la PJ et monte directement au bureau de la commissaire. La porte grande ouverte, elle tape quelque chose rapidement sur un ordinateur portable. Comme toujours, sa coiffure est impeccable, et son tailleur gris aussi.

Sturm donne un coup léger sur la porte pour s'annoncer. Guérin lève les yeux de son écran et lui adresse un regard interrogateur.

« Désolé pour l'interruption, » dit Sturm, « j'ai juste besoin de quelques minutes de ton temps. »

« Assieds-toi. Tu en es où ? »

Il lui expose en détail ce qu'il a réussi à découvrir jusque-là. « C'est peut-être ce séjour à Rome qui est la clé pour comprendre le meurtre, » conclut-il.

L'attention avec laquelle Léa Guérin l'écoute ainsi que son esprit affuté font tout le prix de ces entretiens avec sa chef. Elle saisit immédiatement toutes les implications de ce que l'autopsie a révélé.

« Il va falloir que tu ailles en Italie le plus vite possible. Tu vas avoir besoin d'une commission rogatoire internationale pour enquêter là-bas. »

« J'en ferai la demande à la juge Jeanneney dès que je sortirai d'ici. Je vais insister sur l'urgence. »

« Et tu feras attention à ne pas marcher sur les plates-bandes de la questure de Rome. Je veux conserver de bonnes relations avec eux. »

« Compris. C'est qui, notre contact là-bas ? »

« Le commissaire Di Paolo. C'est un ami. Je vais lui annoncer ton arrivée. » Guérin se lève, signifiant ainsi que l'entretien était terminé. « Rends-toi à Rome dès que possible. »

« Je vais partir ce soir même. »

« Tu comptes rester combien de temps là-bas ? » dit Guérin en le raccompagnant jusqu'à la porte de son bureau.

« Le temps qu'il faudra, mais j'essaie de rentrer le plus vite possible. »

« Si tu as un moment de libre, va jeter un coup d'œil aux sculptures de Bernini à la Galerie Borghese.»

« Les musées ne risquent pas d'être au programme, avec tout ce que j'aurai à faire. »

« Dommage pour toi, » lui dit la commissaire avec un demi-sourire.

Même si la commissaire n'avait pas demandé à Sturm de partir au plus vite à Rome, Sturm n'aurait pas supporté le délai d'attente de deux jours, obligatoire s'il demandait à la comptable de lui prendre ses billets d'avion. Le sentiment d'urgence qui l'habite le pousse à se débrouiller par lui-même.

Tant pis pour la procédure normale. Il trouve un vol qui partira d'Orly à vingt heures trente et il achète son billet en ligne lui-même. Et si on refuse de le lui rembourser, ce sera tant pis aussi.

Au tour de la commission rogatoire, maintenant. Sturm s'arme de courage pour son entretien avec la juge Odile Jeanneney.

La juge exige de la rigueur et une stricte adhésion à la lettre de la loi lorsque les enquêteurs lui demandent l'autorisation d'écouter des conversations ou de placer un suspect en garde à vue. C'est son rôle, mais elle fait les choses tellement à fond que les enquêteurs la redoutent.

Aujourd'hui, elle risque d'être encore plus intransigeante que d'habitude puisque la commission rogatoire demandée par Sturm en urgence a sûrement bousculé un emploi du temps chargé.

Perdu dans ses pensées, Sturm a parcouru à pied, sans même s'en apercevoir, les quelques centaines de mètres qui le séparent du bureau de la juge.

Il prend soudain conscience du splendide bâtiment néo-classique devant lui. Le bâtiment qui abrite le tribunal est imposant, et la grandeur austère de l'édifice n'est en rien diminuée par les petits groupes de gens qui bavardent sur les marches.

Il grimpe l'escalier monumental jusqu'au deuxième étage. Il toque, attend qu'on lui dise d'entrer.

Comme à chaque fois qu'il la voit, Odile Jeanneney a baissé les stores de façon à plonger son bureau dans la pénombre. Une lampe de bureau à l'abat-jour de métal vert foncé jette un cône de lumière sur les papiers disposés en petites piles ordonnées sur son bureau et sur son visage aux traits réguliers.

Sturm a l'impression de pénétrer dans une chapelle, où l'on célèbre avec gravité le culte de la loi.

Elle se lève pour saluer son visiteur. Avec ses cheveux gris retenus en un chignon austère et ses petites lunettes rectangulaires, elle a l'air sévère. Et Sturm sait que ce n'est pas qu'une impression.

Sortie du lycée sans le bac, Odile Jeanneney a gravi un à un les échelons de la fonction publique grâce aux concours internes.

Elle seule sait combien ses efforts lui ont coûté. Mais une chose est sûre : son passé de travail acharné ne l'encourage ni à la légèreté, ni à l'insouciance.

Elle indique à Sturm une chaise de cuir, retourne à sa place. « Je vous écoute, » dit-elle d'un ton posé.

Sturm raconte la découverte du corps, la famille mi-urbaine, mi-rurale et le secret mis au jour par l'autopsie. Au fur et à mesure qu'il parle, la juge d'instruction prend des notes.

Sturm la voit dessiner des flèches pour relier entre eux certains des noms qu'il a mentionnés, et des points d'interrogation auprès de certains autres.

« Vous avez mis le père hors de cause ? »

« Non, je le garde dans mon collimateur. Il aurait eu le temps de tuer sa fille et il n'y a aucun témoin pour confirmer son alibi. »

« Et la mère, le frère, la sœur ? »

« Pareil. Mais il faudrait qu'ils aient une motivation plausible. Pour l'instant, je n'ai rien trouvé.»

« Ce ne sont pas les suspects qui manquent ici

même. Qu'espérez-vous découvrir de plus à Rome ?»

« Pendant six mois, Julie Thouvenet y a vécu seule. Seule pour la grossesse, seule pour l'accouchement, seule pour décider du sort de son enfant, si cet enfant est né. Je veux retrouver les témoins de sa vie en Italie. C'est peut-être là que se trouve l'origine de ce meurtre. »

« Vous travaillez sur quelle hypothèse ? »

« Plusieurs scénarios sont possibles, lorsque l'adoption devient problématique. Imaginons que son bébé ait été adopté et qu'elle ait voulu le reprendre, un an après. »

« Je doute qu'une famille adoptive puisse en arriver à tuer la mère de leur enfant. Ou du moins, je ne connais pas de cas de ce genre. »

Sturm a envie de lui faire remarquer que des choses plus étranges encore s'étaient produites au cours de sa carrière, mais il refoule cette impulsion. Ce n'est pas le moment de se mettre la juge à dos.

« Ce n'est pas tout, » reprend-il. « La victime avait été adoptée elle-même. Il est possible qu'elle soit allée rechercher sa mère biologique à l'étranger, et que ça se soit très mal passé. »

« Que voulez-vous dire au juste ? »

« Eh bien, si Julie a retrouvé la femme qui l'a abandonnée, peut-être que celle-ci a tout fait pour que ça reste un secret. »

« En allant jusqu'au meurtre ? C'est envisageable, ça ? »

« Le problème, c'est qu'on ne pourra pas avoir de certitude si on ne vérifie pas. »

Odile Jeanneney fait une longue pause. Elle semble méditer. Puis elle regarde à nouveau ses notes, se saisit de son stylo, fait sortir la mine, la fait rentrer, la fait ressortir et trace quelques lignes. Enfin, elle lève la tête. Elle a pris une décision.

« Je suis d'accord, il faut lever le doute, et pour cela vous devez reconstituer ce qui s'est passé là-bas il y a deux ans. Je vais envoyer la commission rogatoire directement au commissaire Di Paolo. »

« Merci, madame le juge, » dit Sturm, soulagé d'un grand poids.

« Bon voyage. J'attends votre rapport dès votre retour. Et je vous fais confiance pour ne pas passer tout votre temps dans les musées, capitaine Sturm. »

Encore les musées, pense Sturm. Je ne vais pas à Rome en touriste, tout de même.

Pourtant l'idée de revoir la pierre jaune du forum, les pins parasol plantés à flanc de colline et la couleur ocre des bâtiments ne lui est pas indifférente.

La Ville éternelle sait séduire ; d'ailleurs il a déjà succombé à son charme par le passé.

Il sait déjà qu'il pourrait se laisser prendre à nouveau par ses sortilèges.

Chapitre 21

Déjà treize heures trente. Sturm a prévu de déjeuner sur le pouce avec Perronet et Sennevières, alors il achète un sandwich jambon-fromage à la boulangerie tout près du palais de justice. Il n'a pas le temps pour un vrai repas.

« Tu es où ? » le presse un SMS de Perronet.

« J'arrive dans cinq minutes. » Sturm a dicté son message tout en marchant et en réfléchissant à l'organisation de l'enquête pendant son voyage à Rome.

A la PJ, Perronet et Sennevières l'attendent dans la petite salle de repos, sous les combles. Il y fait très chaud en cette journée d'été, tous deux ont la peau légèrement luisante de transpiration.

La PJ n'a pas le budget nécessaire pour installer la climatisation. C'est un simple ventilateur qui est chargé de rafraîchir l'atmosphère, sans vraiment y parvenir.

Dès qu'il entre, Sturm se met à suer à grosses gouttes. Il s'éponge le front avec la serviette en papier donnée par la boulangère.

Perronet mord de bon appétit dans sa demi-baguette œuf-mayonnaise, et quelques miettes s'échappent de ses lèvres pendant qu'il mâche. Sennevières enlève soigneusement le film plastique d'une barquette transparente, qui contient une salade de fruits. Sturm s'installe auprès d'eux, prêt à attaquer son sandwich.

« Où vous en êtes, de vos entretiens ? » demande-t-il dès que Sennevières a fini ses fruits.

« J'ai vu tous les profs, » commence-t-elle. « Ils ne m'ont rien dit de bien intéressant. Julie Thouvenet était une bonne élève. Elle ne posait pas de problème particulier. »

Sturm enlève un à un les cornichons de son sandwich. Il n'aime pas le goût du vinaigre qui les imprègne. Il commence à manger.

« Leur emploi du temps du samedi matin ? » dit-il entre deux bouchées.

« Ils étaient à la maison en famille, ou en train de faire leurs courses de la semaine au marché ou ailleurs.»

« Et tu as pu le vérifier ? »

« Ils m'ont apporté leurs tickets de caisse et leurs reçus de carte bancaire pour me le prouver, » dit Hélène. « Ils ont regardé tellement de films policiers et de séries qu'ils connaissent la musique. »

« Et toi ? » demande Sturm en se tournant vers Perronet. Le lieutenant a fini de manger et boit maintenant au goulot d'une petite bouteille d'eau. Sturm aussi a terminé son repas.

« Les camarades de Julie ne m'ont pas appris grand-chose non plus. Bonne élève, bonne copine, rien de plus. Elle a bien eu une brève relation avec Virginie Prigent.... »

« Elle aurait pu se venger, si Julie l'a rejetée, » l'interrompt Sturm. Perronet secoue la tête.

« Non, Prigent ne peut pas avoir tué Julie. J'ai vérifié son alibi, il tient la route. »

« Pas de copain ? »

« Elle en a eu un, l'année du bac, mais plus personne à partir du moment où elle était en classe prépa, après son retour d'Italie. »

« Et tu l'as rencontré, celui avec qui elle sortait en dernier ? »

Perronet commence à lire ses notes. « Oui. Jules Guimard, vingt-et-un ans, né à Versailles, demeurant … »

Le goût de Perronet pour les listes détaillées met les nerfs de Sturm à rude épreuve. L'habitude qu'a le jeune homme de donner une infinité de détails l'épuise, même s'il sait que dans la masse de données qu'il déroule avec minutie, on trouve souvent des diamants bruts.

Mais aujourd'hui, il n'a pas la patience de l'écouter jusqu'au bout. Il étouffe un soupir d'exaspération et le coupe en milieu de phrase.

« Putain, Cyril, garde ça pour ton rapport écrit. Dis-moi juste l'essentiel. »

Comme la commissaire Guérin, Sturm n'utilise le prénom de ses collègues que très rarement. Et ce juron, c'est encore plus rare. Perronet comprend que ce n'est pas le moment de traîner. Il fait la synthèse de l'entretien en trois phrases.

« Ils sortaient ensemble il y a trois ans. Ils ont rompu juste avant qu'elle ne passe le bac. Ils ne se sont plus revus. »

« Tu vois, quand tu veux, tu arrives à être bref, toi aussi, » lui dit Sturm, ironique, puis il reprend le fil des instructions qu'il doit donner à ses collègues.

« Je pars pour Rome ce soir. Il faut qu'on finisse cette réunion rapidement. »

« On aimerait bien aller à Rome, nous aussi, » l'interrompt Perronet.

« Je n'y vais pas pour faire la *dolce vita*, je te signale, » réplique Sturm. « Et j'ai besoin de vous ici. Perronet, tu interrogeras les contacts de Julie Thouvenet lorsque Troisvallets aura craqué son téléphone. Et tu retournes à la Louverie pour interroger le frère et la sœur de Julie Thouvenet. »

« Tu laisses le père de côté pour l'instant ? »

« Oui, inutile de l'interroger à nouveau. Mais j'ai besoin de connaître sa situation financière. Vérifie auprès des impôts, et fais-toi aider par Troisvallets si nécessaire. »

Perronet acquiesce et note les principaux points que Sturm vient d'évoquer.

« Et moi ? » dit Sennevières.

« Tu continues à explorer la piste de l'adoption. La recherche de parents biologiques, ou bien l'accouchement sous X et le placement en adoption. Je vais faire pareil en Italie. »

« Compte sur moi. »

« En plus, j'ai besoin de renseignements sur un peintre. Modigliani, un Italien. Mais faites les recherches à deux, ça ira plus vite. »

« Je le connais un peu, j'aime beaucoup, » dit Sennevières.

« Tant mieux, tu me montreras, » répond Perronet.

Ce travail en équipe sera une occasion de connaître cette collègue qui débute dans leur groupe et qui, avec lui, se tient encore sur la réserve, souvent tendue et raide. Ça n'aide pas quand on partage un bureau et des enquêtes.

Sturm salue ses co-équipiers et part en coup de vent. Il rentre chez lui, jette quelques affaires dans un sac puis il commande un taxi pour l'aéroport. Il s'installe à l'arrière de la berline noire et passe en revue ce qu'il compte faire là-bas.

A cause des contrôles de sécurité, il lui faut arriver au moins deux heures en avance, et poireauter de longs moments en attendant que son vol soit appelé. Il en profite pour réserver une chambre d'hôtel en ligne. Puis il appelle les Santelli, la famille où Julie avait été fille au-pair, pour convenir d'un rendez-vous dès le lendemain.

Il a encore une heure à tuer.

Il s'installe sur un fauteuil qui donne directement sur les pistes, et pense à ses objectifs. La visite à la famille où Julie Thouvenet a été fille au pair sera sa première étape pour comprendre son parcours.

Il veut d'abord découvrir ce qui a bien pu provoquer la dispute avec les Santelli et le départ précipité de Julie.

Mais ce qu'il veut par-dessus tout, c'est entrer dans la tête de Julie. Il veut connaître les plus petits détails de sa vie, depuis le genre de thé qu'elle préférait jusqu'à la musique qui accompagnait ses journées.

Ce sera seulement ainsi qu'il pourra résoudre l'énigme de son assassinat et rétablir un tant soit peu la justice bafouée par le tueur.

Intermezzo

Mon année à Rome, c'était un rêve qui devenait réalité. Quitter ma famille où je me sentais de plus en plus oppressée, c'était déjà beaucoup.

Mais il y avait tout le reste, tout ce que j'avais appris dans les livres d'art. Le simple fait de marcher sur les pavés m'électrisait.

Là où mes yeux se posaient, je trouvais de la beauté. La fontaine de Trevi. Les églises baroques. Les fresques sur les murs des chapelles. Et tous les tableaux.

En plus, mon stage avait lieu dans la galerie Santelli.

Béatrice, Francesco et Filippo Santelli. Une famille aimante que j'ai tout de suite aimée, moi aussi. J'aurais voulu que ma mère biologique soit comme Béatrice, qu'elle m'ait tout appris d'une main douce et ferme à la fois.

Je la voyais border Filippo dans son lit, ramener le duvet jusqu'à son menton et lui chanter une chanson. Béatrice était choriste à l'opéra, mais pour son fils, elle rendait sa voix douce et mélodieuse.

Filippo gardait les yeux fixés sur sa maman, en essayant de toutes ses forces de rester éveillé, mais ses paupières s'alourdissaient, et il était vaincu par le sommeil avant la fin de la berceuse.

En les regardant tous les deux, j'aurais voulu être

cet enfant, écouter cette berceuse au même âge que lui, avec la même innocence, le même bonheur que lui.

Et Francesco. Sa façon de caresser la joue de Béatrice d'une main négligente et tendre. De serrer son fils dans ses bras, de l'appeler *amore*. Pour son anniversaire, il lui avait acheté un gâteau en forme de train.

Je m'imaginais moi aussi à cet âge-là, dans cette famille-là.

Et pourtant, lorsque Francesco m'a pris sous son aile, tout a été bouleversé.

On quadrillait la ville pour examiner des peintures reçues en héritage ou proposées à la vente. Certains tableaux étaient encadrés, d'autres simplement roulés et rangés dans des boîtes poussiéreuses.

Je regardais comment il examinait chaque œuvre. Il notait avec soin les couleurs, les coups de pinceau, les contrastes, les lignes, les angles et les volumes.

Je l'ai observé plusieurs fois, puis il a commencé à m'apprendre son métier. Comment identifier un tableau, quelles bases de données consulter pour vérifier les provenances.

Je suis rapidement devenue capable de distinguer un original d'une copie, avec presque autant de précision que lui.

J'étais dans mon élément, j'avais trouvé ce que je voulais faire de ma vie.

Puis très vite, beaucoup trop vite, tout a changé. Francesco m'a dit des mots qui m'ont fait perdre la tête.

Tu me rends fou, je pense à toi tout le temps. J'ai besoin de toi. Je ne pense qu'à faire l'amour avec toi. Je t'aime à la folie.

Des mots banals, mille fois répétés dans les films et les romans. Mais des mots toujours aussi puissants, toujours aussi redoutables.

À chaque fois que je l'entendais me dire qu'il me désirait plus que tout au monde, mon souffle se coupait, ma peau devenait moite. C'était comme si je filais à cent à l'heure vers une destination inconnue dans une voiture aux freins sectionnés.

Mais j'avais envie qu'il me le redise, encore et encore.

Alors je m'habillais avec soin. Un jean déchiré juste à la naissance de la fesse, un t-shirt noir très ajusté sous une ample chemise blanche.

Je baissais comme sans le faire exprès la bretelle de mon t-shirt et je laissais apercevoir un sein à demi-nu, j'attachais mes cheveux en queue de cheval austère, puis je les détachais d'un geste apparemment absent, quand je savais que la lumière allait se refléter dans ma chevelure.

On a joué à ce petit jeu pendant quelque temps, et puis un jour on n'a plus pu résister, ni l'un, ni l'autre.

Chapitre 22

Qu'est-ce que j'en ai à foutre de ce Français, pense Laura.

J'ai deux affaires de trafic de drogue, une de prostitution de mineurs, et une affaire de racket à régler de toute urgence, et on me colle ce type qui ne va rien comprendre à ce qui se passe à Rome. Il va falloir tout lui apprendre et le tenir par la main, comme un bébé.

C'est parce que je suis une femme, bien sûr, Di Paolo me demande de le materner, ce Français, mais bordel, je n'ai pas que ça à foutre. Rien à battre, je ferai le minimum, et après ce mec peut aller se faire voir.

Et puis un bébé, moi j'en ai un vrai à la maison. Aujourd'hui c'est ma mère qui s'occupe de mon petit Andrea. Elle va encore râler parce que je rentre tard.

Mais *porca miseria*, pourquoi moi, pourquoi c'est moi qui dois aller le chercher à Fiumicino, et à presque vingt-deux heures en plus. Et encore, seulement si l'avion n'a pas de retard.

Cet enfoiré de Di Paolo aurait pu y aller, lui. Oui c'est vrai que je parle français et que Di Paolo ne sait même pas demander un café en anglais, alors le français, tu parles. Mais putain, ce Français, il n ' aurait pas pu apprendre l'italien, un peu ? Pourquoi c'est toujours à nous de nous coller les langues étrangères ?

Dans l'immense parking de l'aéroport de Fiumicino, Laura Tonacci gare sa Lancia bleu et blanc aux portières marquées du mot *Polizia* en grosses lettres majuscules.

Elle se dirige vers le hall des arrivées d'un pas énergique en dépit de ses talons hauts. Malgré sa bouche pincée par la mauvaise humeur, ses yeux verts en amande, son nez droit et ses pommettes hautes forment un ensemble harmonieux.

Ses cheveux châtains bouclés sont disciplinés à grand-peine par un chignon qui tient grâce à un crayon qu'elle a planté dedans. Des petites boucles serrées s'en échappent et voltigent tout autour de son visage.

Tout en parcourant rapidement le couloir qui mène à la salle des arrivées, elle tire sur le pantalon de lin crème qui sangle une taille fine.

Elle aperçoit son reflet dans un miroir et remarque que les boutons de son chemisier de soie, d'un beige plus soutenu, baillent un peu au milieu et laissent entrevoir la dentelle de son soutien-gorge.

Ce sera comme ce sera, pense-t-elle, après tout, j'ai travaillé toute la journée. Elle pince les lèvres, de plus en plus énervée.

Pour une fois, l'avion est à l'heure. Elle s'est munie d'une pancarte avec le nom de Thomas Sturm, préparée par Ettore, le jeune stagiaire qui la regarde toujours avec des yeux de merlan frit.

Il est amoureux d'elle, en secret croit-il, alors que tout le monde le chambre à ce sujet. Mais il s'acquitte vite et bien de toutes les corvées qu'elle lui impose, et ça, ça n'a pas de prix.

Elle se joint à la masse compacte de gens qui attendent les voyageurs en provenance de Paris et observe le flux continu de voyageurs.

Ce beau mec aux tempes grisonnantes qui se dirige droit sur elle, ce n'est sûrement pas lui.

Le Français officier de police judiciaire, il doit sûrement ressembler à Maigret, la cinquantaine bien sonnée et la bedaine qui déborde de la taille du pantalon grâce aux bons petits plats que lui mitonne madame Maigret.

Le beau mec s'arrête devant elle.

« Commissaire Di Paolo ? C'est moi que vous attendez, je crois. »

Laura Tonacci est troublée. La voix grave de Sturm, son physique sec et athlétique de marathonien, ses cheveux grisonnants mais toujours abondants effacent en un éclair l'image du quinqua au ventre confortable.

Elle observe du coin de l'œil sa silhouette musclée, sa haute taille, et son léger hâle, sûrement le résultat de sports en extérieur.

Désarçonnée, elle jette sa pancarte dans un bac de recyclage tout proche, le regarde droit dans les yeux, qu'il a bruns avec des petites nuances de vert.

Toute sa mauvaise humeur a disparu d'un coup. Elle ressent un petit choc au niveau de l'estomac, mais le moment ne dure pas, et elle reprend très vite le contrôle sur elle-même.

« Je suis l'inspectrice Tonacci. Le commissaire Di Paolo n'a pas pu se déplacer. Il vous prie de l'excuser. »

« Merci d'être venue, inspectrice. Je suis le

capitaine Sturm. »

« Heureuse de vous rencontrer, capitaine. »

« Moi de même, mais appelez-moi Thomas, je vous en prie. »

« Seulement si vous m'appelez Laura. Et on peut se tutoyer. Il est où, ton hôtel ? »

« Dans le Trastevere, pas loin de la galerie où je dois aller demain matin. »

« J'ai pris une voiture de service, je vais t'y emmener, si tu es d'accord. »

Les phares de la voiture de police percent l'obscurité pendant que Laura conduit dans les rues désertes.

Elle reste silencieuse, et Sturm commence à lui parler du meurtre de Julie Thouvenet et de la raison pour laquelle il est venu à Rome.

« Je vais commencer par interroger la famille Santelli, où elle a été fille au pair. Mais après, j'aurai besoin de ton aide. Je ne sais pas où elle a atterri. »

« Les hôtels ou les locations Airbnb sont tenus de transmettre les coordonnées de leurs clients. Ça devrait être assez facile de retrouver sa trace. »

« J'aurai aussi besoin de ton aide pour connaître la législation sur les accouchements sous X et les agences d'adoption. »

« Moi je ne m'y connais pas, mais j'ai un ami avocat. Il pourra me renseigner. »

« Et j'ai encore un service à te demander. Tu veux bien faire l'interprète pendant mon séjour ? »

« Évidemment, » dit Laura en lui coulant un regard en biais.

Cette voix grave et ce grand corps masculin à côté d'elle lui rappellent qu'elle n'a pas fait l'amour depuis trois mois.

Depuis qu'elle a découvert ce connard de Gaetano en train de s'envoyer la nounou ukrainienne, une grande perche aux yeux de faïence bleue et aux cheveux filasse.

Laura vit seule avec son bébé, maintenant. Et elle travaille, beaucoup, tout le temps.

Elle s'est jurée que la prochaine nounou aurait trente kilos de trop et une moustache, mais elle ne l'a pas encore trouvée, et c'est sa mère qui garde l'adorable petit Andrea.

Mais sa *mamma* ronchonne de plus en plus, alors elle se voit mal lui demander de garder son petit bout de chou aussi pendant le week-end. Ce qui signifie que sa vie sociale ressemble au désert du Kalahari.

Et le corps d'un homme, qu'est-ce que ça lui manque. Mais l'avouer ? Ça, jamais.

oOo

L'hôtel Tulipano où Sturm a réservé une chambre est au fond d'une cour, au second étage d'un immeuble dont la façade n'a pas été ravalée depuis longtemps. Les murs sont noirs, et par endroits la peinture s'écaille.

Des éclats de voix lui parviennent de plusieurs directions par les fenêtres ouvertes, où du linge sèche sur des cordes tendues.

Un chat noir au pelage abondant et parsemé de

brindilles le regarde passer, puis détourne les yeux et s'étire de tout son long sur les pavés.

Je n'ai peut-être pas très bien choisi l'hôtel, se dit Sturm. Tant pis, ce n'est pas pour longtemps.

Dès la réception, cependant, le contraste avec l'aspect extérieur de l'immeuble est frappant. Un délicat bureau de bois brun et de cuir vert foncé tient lieu de comptoir et un long tapis en épaisse laine rouge conduit à l'ascenseur.

Sturm appuie sur la sonnette posée sur le bureau.

En attendant l'arrivée du réceptionniste, il s'installe dans l'un des deux fauteuils placés de biais et regarde autour de lui.

Le buste en bronze d'un empereur romain a l'air très sévère, mais un unique tableau abstrait de grandes dimensions accroché à un mur blanc introduit une note de couleur vive. L'ensemble est d'une élégance feutrée.

Le réceptionniste est un homme d'une trentaine d'années, engoncé dans un costume bleu marine trop étroit pour lui. Étonnant, se dit Sturm. Il sait à quel point l'élégance masculine compte en Italie.

Il compulse son ordinateur. « Vous avez la chambre dix, au fond du couloir, » dit-il lors qu'il lève les yeux de son écran. « Le petit-déjeuner est servi à partir de sept heures et jusqu'à onze heures. »

« Votre français est excellent. »

« Merci, monsieur Sturm. »

« Mais vous n'avez pas l'accent italien, il me

semble. »
« En effet, je viens d'Amsterdam. »

Le réceptionniste n'en dit pas plus. Il n'a pas envie de se livrer, et Sturm n'insiste pas. Son métier l'incite à poser beaucoup de questions, mais il sait aussi quand il vaut mieux ne pas le faire.
« Bon séjour chez nous, » lui dit l'homme en lui tendant une clé magnétique.

Sturm pénètre dans une vaste chambre qui lui confirme que son choix d'hôtel n'est pas si mauvais que cela en fin de compte.

Le lit, dont la tête en fer forgé forme de gracieuses arabesques contre l'un des murs, est doté d'un épais matelas qui semble tout neuf.
Dans l'un des angles de la pièce, un secrétaire en marquèterie, une table basse ronde et quelques fauteuils de velours rouge sombre font office de salon. Pas d'art abstrait ici, mais une copie de bas-relief antique accrochée au-dessus du secrétaire.

La chambre donne sur une terrasse. Sturm y fait quelques pas, et sent la chaleur qui monte de la pierre sous ses pieds.
Il pose ses mains sur la balustrade, et aperçoit le jardin au-dessous de la terrasse.
Un tourniquet y diffuse une fine brume sur la végétation. Avec cette chaleur, l'arrosage se fait la nuit pour éviter que l'eau ne s'évapore sans nourrir les plantes.
Il entend le léger crépitement des gouttes d'eau

qui atterrissent sur les fleurs et les brins d'herbe.

Le jardin exhale un parfum de terre mouillée mêlé à celui des fleurs dont il devine la silhouette. Au loin, les mille lumières de la ville. Cette ville d'une beauté fatiguée et pourtant resplendissante.

Dommage que je ne sois venu à Rome que pour enquêter sur un meurtre, pense Sturm.

Sans aucune raison particulière, le visage de Laura Tonacci lui passe par la tête. Il pense à ses yeux verts, à ses hautes pommettes et à ses lèvres pleines.

Bon sang, concentre-toi, se morigène-t-il à mi-voix.

Chapitre 23 - Mercredi

La famille Santelli chez laquelle Sturm doit se rendre ce matin à neuf heures habite à quelques centaines de mètres de son hôtel, pas très loin du jardin botanique.

Il ne fait pas encore trop chaud, je vais profiter de la fraicheur matinale pour y aller à pied, pense Sturm.

Il passe sans un regard devant la table chargée de brioches, de croissants fourrés à la confiture et de madeleines joufflues que le gérant a disposés avec art sur une table ronde, recouverte d'une nappe blanche qui arrive jusqu'au sol.

Son petit déjeuner, ce sera seulement un café, mais un café de compétition, dont l'arôme emplit la salle du petit déjeuner, et qui irrigue chacun des nerfs de son corps en aiguisant ses sens.

La galerie Francesco Santelli n'est pas encore ouverte lorsqu'il arrive. Sturm pénètre dans l'immeuble par une porte cochère et monte l'escalier monumental, jusqu'à l'appartement que la famille occupe au premier étage.

Une femme brune répond à son coup de sonnette. Elle a de beaux yeux d'un marron clair, très vifs, que Sturm remarque également chez le petit garçon qui se tient juste derrière elle, l'air espiègle.

« Madame Santelli, » commence Sturm.

« L'inspecteur français, je crois ? Entrez, je vous prie. » Elle parle français avec un fort accent. Mais elle parle français, c'est l'essentiel.

« Euh, capitaine, en fait, » la reprend Sturm. Pas sûr qu'elle connaisse la différence, mais lui, il préfère mettre les points sur les i.

Sturm suit son hôtesse dans un hall qui dessert plusieurs pièces et débouche sur le salon.

C'est une grande pièce dotée de trois fenêtres en encorbellement, par lesquelles pénètre une lumière éblouissante. Le plancher a dû être poncé récemment et brille d'un éclat discret. Un canapé d'angle recouvert d'un tissu à reliefs, une table basse en verre, quelques fauteuils forment un ensemble d'un luxe retenu.

Mais ce qui impressionne Sturm, ce sont les tableaux. Accrochés aux murs, encadrés de bois ou de métal, ils offrent un spectacle saisissant où domine le figuratif.

« Filippo, va jouer dans ta chambre, *amore*. »

« Je peux jouer à un jeu sur l'IPad ? »

« Non, mon cœur, ce n'est pas encore l'heure. Joue plutôt aux Lego. »

Le petit garçon se retire sans protester davantage, et Sturm l'entend qui se raconte à lui-même une histoire de trains et de voitures magiques. Il fait tous les bruitages à mi-voix, et ses imitations sont d'une justesse remarquable.

Dès qu'ils sont seuls, Béatrice Santelli lui indique un fauteuil, s'assied sur le canapé et attend.

« Vous savez pourquoi je viens, » commence Sturm.

« Oui, j'ai appris la mort de Julie Thouvenet par le

commissaire Di Paolo. Il m'a prévenue de votre visite. Quelle tragédie. »

« Pour respecter la procédure, je dois vous demander où vous étiez samedi dernier. »

« Mais j'étais chez moi, avec mon fils. Il ne va pas à l'école le samedi matin, c'est moi qui m'occupe de lui.»

« Et votre mari ? »

« Il était à la galerie toute la journée, et nous avons passé la soirée ensemble. »

Béatrice parle d'une voix assurée. Il est temps d'en arriver au fait, pense Sturm.

« Parlez-moi du séjour de Julie chez vous. »

Très à l'aise jusque-là, elle fait une pause. Puis elle soupire et recommence à parler.

« Il y a deux ans, donc. Filippo avait trois ans et demi, il commençait l'école maternelle, et j'avais besoin de quelqu'un pour aller le chercher l'après-midi et rester avec lui jusqu'à ce que je revienne. »

« Quel est votre métier ? »

« Je suis choriste à l'Opéra. »

« Vous travaillez plutôt en soirée, donc. »

« Seulement les soirs de représentation. Les répétitions se font dans la journée. »

« Ça représentait combien d'heures par semaine, pour Julie ?»

« Ça dépendait des jours. Les soirs de représentation, je rentrais très tard. Évidemment le lendemain, je donnais congé à Julie pour rattraper ça. »

« Elle prenait aussi des cours d'italien, il me semble. »

Béatrice Santelli hoche la tête. « Ils avaient lieu le matin, à l'université de la Sapienza, trois fois par semaine. Un cours spécial pour étrangers. Ça n'interférait jamais avec les heures où elle gardait Filippo. »

« Parlez-moi de vos relations avec elle. »

« Au début, on était très contents. Filippo s'entendait bien avec elle, mon mari et moi aussi. Elle s'intéressait à l'art, et comme elle nous avait été recommandée par le collègue galeriste à Paris, je lui faisais une confiance absolue. »

Béatrice Santelli s'arrête, et son visage se contracte. La douleur la fait presque grimacer. Nous y voilà, pense Sturm, elle va cracher le morceau. Mais elle parvient à ne rien dire de la raison qui l'a poussée à se disputer avec Julie.

« Elle voulait travailler dans le domaine artistique, se familiariser avec le travail de galeriste. Francesco, mon mari, a accepté qu'elle vienne l'aider à la galerie de temps en temps, » dit-elle d'un ton neutre.

« Donc, elle était à la fois fille au pair et stagiaire, c'est ça ? » dit Sturm, bien décidé à insister sur ce qui s'était passé deux ans auparavant, jusqu'à ce qu'il parvienne à arracher la vérité à Béatrice.

« Oui, Francesco devait lui apprendre les ficelles du métier. De temps en temps, elle l'aidait à la galerie.»

« Pour y faire quoi, au juste ? »

« Pour l'aider avec une grosse succession. »

Sa voix se brise. Il lui faut quelques instants avant de réussir à contrôler son émotion.

« Francesco lui a aussi enseigné l'histoire de l'art, enfin surtout les peintres du vingtième siècle. Elle avait vraiment envie d'apprendre, et elle était très douée. Et puis… »

Elle s'arrête, soupire, se sert un verre d'eau de la

bouteille placée sur la table basse. Elle en propose à Sturm, qui refuse poliment. Elle fait tout ce qu'elle peut pour retarder le moment de parler, pense-t-il.

Elle boit quelques gorgées d'eau de son verre et reprend enfin.

« Un jour… C'était l'hiver, j'avais attrapé un rhume, ma voix était prise, je ne pouvais pas chanter. J'ai quitté la répétition et je suis rentrée plus tôt que prévu. C'est tellement classique que je n'ai même pas besoin de vous le raconter, n'est-ce pas ? »

« Dites-le-moi quand même. »

« Ils étaient à la cuisine, ils s'embrassaient, debout, elle contre le mur, sa cuisse levée posée haut sur celle de mon mari, sa main à lui… »

De nouveau, elle s'arrête. Les gestes intimes que son mari avait pour elle, c'était trop dur de les voir refaits avec une autre. Trop dur à raconter, aussi.

« Qu'ont-ils fait lorsqu'ils vous ont vue ? »

« Ce moment où je les ai surpris, j'ai eu l'impression qu'il avait duré une éternité. J'aurais dû quitter Francesco, là, tout de suite. »

Elle s'arrête, engluée dans les souvenirs qu'elle avait voulu effacer.

Sturm ne dit rien. C'est son silence, il le sait, qui va permettre à Béatrice Santelli de trouver les mots pour lui raconter son histoire.

« J'ai demandé à Julie de partir, le soir-même, » reprend la femme. « Quand elle a compris ce que je lui disais, elle a fait un malaise. »

« Quel genre de malaise ? »

« Elle a perdu l'équilibre, et elle s'est effondrée sur le sol. Elle s'est évanouie. Mais j'étais tellement en colère que j'ai insisté pour qu'elle s'en aille quand même sur le champ. »

« Et votre mari ? Comment a-t-il réagi ? »

« Il est descendu avec elle, je crois qu'il est allé lui trouver un taxi et un hôtel, je ne sais pas exactement. Il n'est revenu que le lendemain. On s'est disputés pendant des heures. Et en fin de compte, on a décidé de rester ensemble pour le bien de Filippo. »

Comme si les enfants étaient dupes, pense Sturm. En fait, ils savent très bien que leurs parents font semblant. Alors ils apprennent à faire semblant, eux aussi. Ils apprennent à marcher sur des œufs et à ne surtout pas dire ce qu'ils pensent.

« Savez-vous où Julie est allée loger par la suite ?»

« Non, et j'étais trop remontée contre elle pour avoir envie de le savoir. Mais Francesco en sait peut-être davantage. Vous pouvez aller lui parler, il est déjà à la galerie, il prépare l'ouverture, à dix heures. »

« Si vous voulez bien le prévenir de mon arrivée, je descends tout de suite. »

Au moment de prendre congé, Sturm lui donne sa carte, comme il le fait toujours, et lui recommande de l'appeler si un détail lui revient.

Puis, à brûle-pourpoint, il lui pose la question principale, celle pour laquelle il est venu. Il crée la surprise pour tenter d'obtenir la sincérité.

« Saviez-vous que Julie était enceinte ? »

« Au moment où elle a été assassinée ? »

« Au moment où elle est partie de chez vous. Elle était sans doute enceinte de deux ou trois mois. »

Béatrice Santelli reste interdite. « Je n'étais pas au

courant, » finit-elle par dire, le visage agité d'émotions contradictoires.

Sturm devine qu'elle est en train de reconstituer les événements à toute vitesse.

La scène qu'elle a surprise entre Julie et son mari en rentrant trop tôt ce jour-là, ce n'était pas juste un coup de folie d'un soir, comme elle avait toujours eu envie de le croire.

Ça avait dû se produire bien d'autres fois auparavant, elle s'en rend compte maintenant.

Si elle avait su que Julie était enceinte, Béatrice aurait-elle pu ressentir un peu de compassion pour cette très jeune femme, qu'elle a mis à la porte en plein hiver, seule en terre étrangère ?

Sturm l'espère sans trop y croire.

Chapitre 24

Sturm frappe à la porte arrière de la galerie et entre sans attendre de réponse.

Il est d'abord frappé par l'immense tapis aux motifs persans dans plusieurs tons de rouge sombre, qui confère à la galerie une atmosphère de confort luxueux. Et puis il aperçoit les quelques tableaux exposés sur les parois, et de rares sculptures placées sur des fragments de colonnes doriques.

Le dépouillement du lieu met en relief chacun des objets exposés, les fait paraître singuliers et précieux.

Francesco Santelli est assis à un bureau de verre en demi-lune. Il travaille sur un IPad dont l'écran est chargé d'images lumineuses. Ses doigts caressent d'un geste sûr la surface brillante de sa tablette et agrandissent certains détails, ou bien les font disparaître.

Élancé, très brun, avec des yeux verts qui tranchent sur sa peau bistre, il ne passe pas inaperçu. Ses cheveux bouclés adoucissent un visage anguleux au nez aquilin, un peu de travers, qui lui donne une beauté virile.

Il détache ses yeux de son écran et se lève pour saluer Sturm. « Capitaine Sturm, n'est-ce pas ? »

Il parle un français soigné, à l'accent à peine perceptible. Il invite Sturm à s'asseoir sur une chaise à l'aspect fragile. « Ma femme m'a averti de votre visite. Elle vous a déjà tout raconté, n'est-ce pas ? »

« Tout, peut-être pas. Votre histoire avec Julie Thouvenet, si. J'ai besoin de mettre au clair quelques petites choses à ce sujet. Saviez-vous qu'elle était enceinte en partant de chez vous ? »

Sturm lui a assené cette information sans ménagements, pour évaluer la réaction de Santelli à chaud. Francesco Santelli pâlit, il a l'air effondré par ce que Sturm vient de lui apprendre.

« Enceinte ? Je n'en avais pas la moindre idée. Savez-vous si l'enfant est né ou bien si elle… »

Il n'arrive pas à prononcer le mot avortement.

« D'après l'autopsie, il y a bien eu un accouchement, » dit Sturm d'un ton uni.

« Où est l'enfant, alors ? »

Le ton de Sturm durcit. « C'est ce que je veux découvrir. »

Une ombre passe sur le visage de Santelli. Il hésite. Il se rend compte de ce qu'implique l'annonce de la grossesse de Julie.

« Vous pensez que l'enfant pourrait être de moi? » dit-il enfin d'une voix mal assurée.

« Et vous, vous en pensez quoi ? »

« C'est impossible, » dit Santelli, la mâchoire contractée, « elle m'avait dit qu'elle prenait la pilule. Et on n'a pas fait l'amour si souvent que ça. »

« Il suffit d'une fois, Monsieur Santelli. »

« Elle a dû rencontrer un garçon à la fac, dans ses cours d'italien. »

« Pourquoi avez-vous tant de mal à croire que vous pourriez être le père ? »

Santelli serre les lèvres jusqu'à ce qu'elles ne forment plus qu'une mince ligne, et regarde le tapis sans rien dire. Sturm essaie une autre approche.

« Pour l'instant, dites-moi comment ça s'est terminé, le soir où votre épouse vous a surpris, » dit-il.

« Je lui ai pris une chambre d'hôtel pour une semaine. Je suis resté avec elle, la première nuit. Elle avait fait un malaise, je voulais veiller sur elle. »

Il s'est bien comporté, pour une fois, pense Sturm.

« Et vous êtes resté en contact avec elle après la première nuit ? » dit-il.

« Il fallait d'abord que j'arrange les choses avec ma femme. Quand je suis revenu voir Julie, deux jours plus tard, elle avait disparu en emportant toutes ses affaires. Et en plus, impossible de la joindre, elle m'avait bloqué sur son téléphone. »

Sturm se penche vers l'avant. Son regard presse Santelli de répondre. Il faut qu'il sache où Julie est allée.

« Avez-vous essayé de la retrouver ? »

Sa voix résonne un peu trop fort dans le silence de la galerie. Santelli soulève un peu les deux mains en signe d'impuissance.

« J'ai posé des questions à l'hôtel où elle logeait, mais ils ne savaient rien. J'ai fini par lâcher l'affaire. J'étais vexé qu'elle ne m'ait même pas laissé un message sur WhatsApp. J'étais loin de me douter … »

Santelli laisse de nouveau sa phrase en suspens. Un long silence s'installe. Santelli paraît absent au monde, absorbé par ses pensées.

« Parlez-moi des travaux qu'elle faisait pour vous, » reprend Sturm, pour ramener Santelli à la réalité.

Santelli sort de sa rêverie. Il soupire avant de se mettre à parler.

« Le travail de Julie à la galerie ? Elle m'a surtout aidé pour une grosse affaire d'héritage. Une vieille dame, Ilaria Rossi, qui est morte en laissant une collection de tableaux. Ses héritiers m'ont demandé de les répertorier et de les évaluer. »

« Pourquoi se sont-ils adressés à vous ? »

« Ils ont dû penser que je saurais y faire, puisque que je suis spécialiste de l'École de Paris. »

Santelli le dit sans fausse modestie mais sans se vanter non plus. Sturm n'a jamais entendu parler de cette école.

« Expliquez-moi ce que c'est. »

« L'École de Paris, ce sont des peintres comme Kisling, Modigliani, Foujita ou Soutine, pour ne parler que de quelques-uns. »

Lorsque Santelli égrène ces noms les uns après les autres, Sturm sent chez lui une aisance née d'une longue familiarité avec eux.

« Ils ont tous le même style ? » demande-t-il, intrigué de se retrouver confronté une fois de plus au nom de Modigliani.

« Pas du tout, mais ils se sont retrouvés à Paris au même moment, entre 1910 et 1930, à peu près. A l'époque, Paris, c'était le centre du monde de l'art. »

« Et qu'avez-vous trouvé chez cette dame ? »

« Il y en avait pour des centaines de millions d'euros, chez elle. Deux Modigliani, notamment, d'une beauté renversante. Un Pascin. Un Chagall, entre autres.»

« Mais Julie Thouvenet n'était qu'une débutante.

Quel a été son rôle dans tout ça ? »

« Une débutante, oui, mais elle était exceptionnelle. Et ce n'est pas à vous que je vais apprendre que la valeur n'attend pas le nombre des années. »

Sturm reconnaît la phrase. Un vague souvenir du lycée, mais il ne parvient pas à se rappeler qui l'a écrite. Il garde un visage impassible. Santelli continue.

« Elle m'a aidé à répertorier les tableaux. C'était un gros travail. Ça nous a pris deux mois. »

Deux mois au cours desquels ils étaient devenus de plus en plus proches, pense Sturm. Et qui marquent peut-être le début de cette grossesse secrète. Si c'est bien Santelli le père.

« Et puis elle a disparu. Si j'avais su qu'elle était enceinte... »

Santelli ne termine pas sa phrase. La rencontre de Julie Thouvenet a fait de son mariage un champ de ruines et a changé le cours de sa vie. Et peut-être que Santelli pense à l'enfant qui aurait pu être le sien.

Mais Sturm n'a pas beaucoup de patience pour ces regrets tardifs de la part d'un homme qui n'a fait aucun effort pour retrouver Julie après qu'elle a quitté Rome.

Sturm se lève, prêt à s'en aller maintenant. « J'ai une autre question, » dit-il à Santelli qui le raccompagne à la porte, « Julie avait des images de plusieurs tableaux de Modigliani sur l'un de ses téléphones. Est-ce que vous savez pourquoi ? »

Santelli a retrouvé son calme. Plus aucune trace de l'émotion qu'il a ressentie tout à l'heure. Son visage est un masque d'indifférence.

« Aucune idée, » dit-il.

En sortant de la galerie, Sturm traverse la rue pour marcher le long du Tibre, à l'ombre des arbres dont les branches les plus hautes s'arquent et touchent presque la surface de l'eau. Le soleil crée des jeux d'ombre et de lumière sur les flots.

Il a l'impression d'avoir fait un pas en avant dans cette galerie d'art luxueuse. Quelque chose qu'il a perçu sans s'en rendre compte. Un détail, ou une omission. Mais c'est plus une intuition qu'une avancée sur laquelle il peut mettre des mots.

Il a besoin de se poser pour penser à ce qu'il vient d'apprendre. Réfléchir, laisser tous les éléments de l'affaire l'imprégner. C'est seulement ainsi que ces fragments disparates se fondront en un tout cohérent. Et c'est seulement alors qu'il pourra trouver le fil rouge sur lequel tirer pour découvrir l'assassin.

Il retraverse lorsqu'il arrive devant le bar San Donato. Installé devant un espresso, il revoit un à un tous les éléments qu'il a découverts chez les Santelli. Pourquoi Julie a-t-elle fait en sorte qu'on perde sa trace ? Quel genre de personne agit ainsi ?

« Quelqu'un qui se sent en danger, » murmure Sturm à mi-voix pour répondre à sa propre question.

Quelle menace fuyait-elle ? Était-ce Santelli lui-même ? Et où est-elle allée pour se cacher ?

Chaque jour qui passe rend la réponse plus difficile à découvrir. Et dans cette métropole qu'il connait mal, il part avec un sérieux handicap.

Intermezzo

Faire l'amour en cachette, debout contre un mur ou couchée sur la table de la cuisine, jamais sur un lit.

Le froid du mur de briques contre lequel je m'appuie, effacé par le désir qui nous consume. Être prise dans une étreinte passionnée, où je me fonds tout entière.

Recevoir un regard brûlant de désir pendant que je note sur un fichier la provenance d'une statuette en bronze et savoir que plus tard, ce désir se déploiera sur moi et investira mon corps tout entier.

Recevoir du plaisir et en donner, en secret. Je vis un amour dont personne ne sait rien, et pour moi c'est une sensation intense, extrême.

J'ai l'impression d'être enfin semblable à la femme qui m'a donné la vie, de la rejoindre, de me mirer en elle. Comme elle, j'aime et je suis aimée, comme elle, je dois garder le secret.

Avec Francesco, j'ai une vie souterraine qui donne à ma vie de tous les jours des couleurs étincelantes.

Quand je les vois ensemble, Béatrice avec Filippo, ou Francesco avec Béatrice et son fils, je les trouve beaux, tellement beaux que ça me fait mal. Pour rien au monde je ne briserais l'harmonie de leur famille.

Je veux juste savourer ce désir que Francesco a pour moi.

Ce désir pour moi que ma mère n'a pas eu.

Chapitre 25

Sturm quitte le café, marche jusqu'aux quais et contemple un moment le Tibre, dont les flots grisâtres sont bouillonnants à cet endroit. Encore absorbé par ses pensées, il se dirige sans se presser vers les petites venelles aux pavés inégaux du quartier.

Il a besoin d'établir un plan d'action avec Laura Tonacci. Il compose son numéro et lui raconte le départ précipité de Julie Thouvenet, un soir d'hiver.

« Personne ne sait où elle est allée par la suite. Est-ce que tu as réussi à retrouver sa trace ? »

« Je n'ai rien trouvé à Rome, à part les deux nuits d'hôtel. Alors j'ai élargi la recherche à tout le territoire italien, et bingo ! »

Sturm pousse un discret soupir de soulagement. Ce n'était pas gagné d'avance, de retrouver la trace de Julie dans un pays où il n'a pas ses repères habituels.

« Alors, elle est allée où ? »

« A Livourne, en Toscane. Elle a pris un billet de train et un Airbnb. »

« Pour y faire quoi, je me le demande, » dit Sturm.

« Tu es prêt pour une petite virée en voiture ? On va aller le découvrir ensemble. Tu es où ? »

« Café San Donato. »

« Je passe te prendre dans un quart d'heure.

À peine Sturm est-il revenu devant le café San Donato qu'une Alfa Romeo Giulietta rouge cerise s'arrête au bord du trottoir, juste devant lui. Laura lui ouvre la portière et démarre en trombe aussitôt que Sturm s'installe à côté d'elle. Ses pneus crissent sur l'asphalte et laissent deux traînées noires dans leur sillage.

C'est sa voiture personnelle, sans aucun doute, et elle est neuve, comme en témoigne le parfum de cuir qui émane des sièges, ainsi que le système de navigation saisissant de réalisme.

Laura y a déjà entré leur destination et elle suit l'itinéraire indiqué en conduisant d'une main nerveuse mais sûre. Elle s'engage sur l'antique Via Aurelia qui mène à l'autoroute.

« On en a pour presque quatre heures de route, tu peux mettre de la musique si tu veux. »

« On n'aurait pas mieux fait de prendre l'avion ? » demande Sturm en cherchant sur l'écran tactile une station qui diffuse autre chose que des chansons en italien auxquelles il ne comprend rien.

« Ç'aurait été encore plus long. Il n'y a pas de liaison directe. Et le train met près de quatre heures aussi, alors pourquoi se priver de voyager dans cette petite beauté ? » dit Laura en tapotant son volant.

Décidément mes co-équipières ont des goûts de luxe, se dit Sturm en pensant à la puissante BMW d'Hélène Sennevières. Et maintenant cette Alfa Romeo flamboyante, aux lignes aérodynamiques.

Sturm a une pensée pour sa petite 306. Il la conduit avec plaisir, mais comparée à ces monstres, la 306 est une limace. Hors de question de faire avec elle les pointes de vitesse dont la Giulietta est capable. Sans même parler de la BM.

Il finit par trouver une station qui diffuse du rock.

Les accords des Rolling Stones emplissent l'habitacle. C'est justement le morceau sur lequel il travaillait avec Perronet samedi dernier. Avec tout ce qui s'est passé entretemps, la répétition de *Satisfaction* dans le garage lui paraît très lointaine.

« Ce sont les Rolling Stones, non ? Tu aimes bien ça ? Moi je trouve que c'est une musique de vieux. »

« Tu veux sûrement dire que c'est un rock classique,» dit Sturm, piqué au vif.

« C'est bruyant quand même, tu ne trouves pas ? »

« Si tu savais comme c'est dur de jouer ce morceau, tu ne dirais plus ça. »

« Ah, tu fais de la musique ? Tu n'as pas une tête de rocker. »

« Tu n'as pas une tête de flic non plus, Laura. »

« C'est quoi ton instrument ? »

« La batterie. »

« Tu aimes le bruit, quoi. »

« Je n'ai pas dit que je jouais de la grosse caisse. »

Tous les deux éclatent de rire, ils savent que c'est une escarmouche pour rire. Pourtant, Sturm sent qu'il est temps de revenir au cas qui les occupe.

« Dis-moi plutôt si tu as pu joindre ton copain avocat,» dit-il.

« Oui, il m'a fait un topo complet. »

« On peut accoucher sous X en Italie, alors ? »

« Oui, c'est prévu par la loi, et l'anonymat de la mère est préservé. Mais si elle est d'accord, son identité pourra être révélée à l'enfant qui en fait la demande. »

« C'est pareil en France. Et les règles pour adopter?»

« Il faut être mariés, bien s'entendre dans le couple, avoir des revenus suffisants. Et évidemment il y a une enquête. »

« Pas d'adoption possible pour les célibataires ou les couples du même sexe ? »

« Non. » Laura ne dit rien pendant un instant, le temps de jeter un œil au rétro avant de changer de voie. « Dis-moi, Thomas, tu as des enfants ? » reprend-elle.

« Non, et toi ? »

« J'ai un adorable petit Andrea qui aura bientôt un an, mais je ne suis plus mariée depuis trois mois. »

« Divorcée ? »

« Séparée. »

« Si tu vis seule, qui s'occupe de ton fils quand tu travailles ? Parce qu'on ne pourra pas être de retour à Rome avant cette nuit, au plus tôt. »

« C'est ma mère qui s'en occupe en attendant que je trouve une nounou… ou un second mari. »

« Et alors, tu recherches un mari, en ce moment ?»

« Pas forcément un mari, » répond Laura en se tournant vers Sturm et en le regardant dans les yeux. La Giulietta dévie un peu de sa trajectoire et oblique vers le rail de sécurité.

« Laura, regarde devant toi ! » crie Sturm, en redressant le volant de sa main gauche.

« Je contrôle la situation, bordel, » dit Laura d'une voix coupante, tout en écartant d'un mouvement sec la main de Sturm.

La voiture reprend sa course au milieu de la voie de gauche. La tension de ce moment est palpable.

« Tu te rends compte que je conduis depuis des années, Thomas ? » dit Laura d'une voix tendue.

« C'était juste un réflexe. Excuse-moi. »

« Ne joue plus jamais au chevalier blanc avec moi, d'accord ? »

« Arrête, Laura, je sais bien que tu n'as pas besoin de moi pour te protéger. C'était un réflexe, voilà tout. Tu peux arrêter d'en faire tout un plat ? »

Laura lui jette encore un coup d'œil hostile, avant de garder les yeux fixés sur l'asphalte. Elle garde le silence et conduit, rapide et précise dans chacun de ses gestes.

Quel gaffeur, se dit Sturm.

Le silence se prolonge, alors Sturm se met à chercher les coordonnées de la location Airbnb dans laquelle Julie a trouvé refuge. Il écrit à la propriétaire, qui répond dans la minute, dans un français correct mais très cérémonieux, et il convient d'un rendez-vous avec elle.

Laura approuve, toujours silencieuse. Mais son visage détendu montre que l'atmosphère est plus sereine, maintenant.

« On va manger un morceau, » annonce-t-elle.

Ils s'arrêtent sur une aire d'autoroute, commandent au bar un café et un sandwich. Sturm ouvre le sien pour vérifier qu'il n'y a pas de cornichons à l'intérieur. Mais ce qu'il y trouve, ce sont des feuilles longues et dentelées, d'un vert vif.

« Le truc vert, sur le fromage, c'est quoi ? »

« Des feuilles de roquette. Tu ne connais pas ? »

« Tant que ce ne sont pas des cornichons, je veux bien essayer. »

Il mord dans son sandwich. Il fait une petite grimace lorsque la saveur amère de la roquette arrive sur ses papilles.

« Tu n'aimes pas. »

« Non, non, ce n'est pas ça. Ce petit goût amer n'est pas mal du tout, » dit Sturm en retirant toute la roquette de son sandwich. « Mais je préfère ne pas abuser des bonnes choses. »

Laura éclate de son rire cristallin. « Tu as le droit de dire que tu n'aimes pas ça, tu sais. »

Son humeur orageuse semble être passée. Ils repartent au bout de vingt minutes, rassérénés, pressés d'arriver au but.

« On risque d'avoir des ralentissements, » dit Laura en vérifiant son GPS. « L'autoroute est remplacée par une nationale sur cent kilomètres. Mais tu auras vue sur la Méditerranée presque tout le temps.»

Protégée par le gyrophare qu'elle a fixé sur le toit de sa voiture, Laura ignore avec désinvolture les limitations de vitesse qui se succèdent. Elle se faufile entre les poids-lourds et les voitures, mais ne provoque que de rares appels de phares de protestation.

Sa conduite sportive est plus admirée que critiquée par les autres conducteurs. Merveilleuse Italie, pense Sturm.

Lorsqu'ils rejoignent enfin le dernier tronçon de l'autoroute A12, la circulation est plus fluide, et la Giulietta rouge de Laura file à toute allure. A leur arrivée à Livourne, ils ont gagné près d'une heure sur le temps prévu par le GPS.

« Tu pourrais être pilote de course, » lui dit Sturm. Son admiration est sincère, et il a aussi envie d'effacer le geste malencontreux qu'il a eu tout à l'heure.

« Et tu n'as encore rien vu, » réplique Laura avec des étincelles dans le regard. « Tu es déjà venu à Livourne ? »

« Non, c'est la première fois. C'est moche, tu ne trouves pas ? Si tu compares à Rome ou à Florence, je veux dire. »

« Normal, le port et le centre-ville ont été bombardés pendant la deuxième guerre mondiale. Et la reconstruction s'est faite un peu à la va-vite. Mais si on a le temps, on ira voir les villas du bord de mer. Elles sont en style Art Nouveau, ça vaut le détour. »

L'appartement loué par Julie Thouvenet est situé dans le centre, dans un immeuble de briques rouges un peu fané. Sturm et Laura prennent le vieil ascenseur poussif jusqu'au sixième étage. Une femme menue, aux cheveux gris et à la mise soignée leur ouvre la porte.

« Claudia ? » demande Sturm. Sur Airbnb, les prénoms sont la règle. Il en découle un semblant de familiarité immédiate, mais illusoire.

« C'est moi. Entrez, je vous prie. »

Laura et Sturm pénètrent dans un studio mansardé où domine le blanc. Les murs, mais aussi les meubles, le couvre-lit et les serviettes roulées posées dessus.

« Vous venez pour Julie ? Que se passe-t-il ? »

« Elle a été tuée, » dit Sturm d'une voix neutre.

Le désarroi se peint sur les traits de la logeuse et elle pose sa main sur son cœur, comme pour en ralentir le battement. « Mais c'est horrible ! Une si jeune femme, si belle. Pourquoi, pourquoi ? Qui a pu faire une chose pareille ? »

« C'est ce que nous essayons de savoir. Que pouvez-vous me dire de son séjour dans votre logement? »

La logeuse se hérisse, soupçonneuse tout à coup. «Je veux savoir à qui je parle. Montrez-moi une pièce d'identité s'il vous plait, » dit-elle d'un ton ferme.

Elle examine soigneusement la carte d'identité

professionnelle de Sturm. « On n'est jamais trop prudent par les temps qui courent, vous savez, » dit-elle avec un soupir, en la lui rendant. « Que voulez-vous savoir, au juste ? »

« Tout ce dont vous vous souvenez. »

La femme rassemble ses idées avant de répondre. « Eh bien, elle est arrivée en février, et elle est restée jusqu'en avril, » dit-elle en comptant sur ses doigts. « Elle était charmante. Et puis au bout de trois ou quatre semaines, je me suis aperçue qu'elle était enceinte. Elle était si jeune et si seule. Comme j'habite moi aussi dans l'immeuble, je l'ai prise sous mon aile. »

« Elle s'est confiée à vous ? »

« Oui, elle m'a parlé de sa famille. Mais elle n'a pas voulu me dire qui était le père de son bébé. »

« Vous dites que vous l'avez prise sous votre aile. De quelle façon ? »

« J'allais souvent la voir. Je l'ai aussi accompagnée pour ses rendez-vous à l'hôpital San Gennaro. Elle avait décidé de faire adopter son bébé dès la naissance. »

« Comment se passait sa grossesse ? » interjette Laura. « Est-ce qu'elle a dû rester allongée, par exemple?»

« Non, au contraire, elle était pleine d'énergie, et elle avait un projet, c'est pour ça qu'elle était venue à Livourne. »

« Elle suivait des cours, elle travaillait ? »

« Vous savez que Livourne c'est la ville où Modigliani est né, n'est-ce pas ? »

« Oui, bien sûr, » dit Laura.

Moi je ne le savais pas, pense Sturm, mais son cerveau connecte à toute vitesse des éléments de l'enquête qui paraissaient accessoires.

Il se souvient du nu éblouissant accroché dans le bureau de Pelletier à Paris et des photos dans le téléphone de Julie. C'est la troisième fois que le nom de Modigliani surgit dans cette enquête.

« Elle voulait rencontrer un expert, » poursuit la logeuse, « un spécialiste de l'œuvre de ce peintre. Son nom est Gianni Moreno, il habite à Livourne. Elle l'a vu à deux reprises. »

Le pouls de Sturm s'accélère. Il sent qu'il approche de quelque chose d'important. « Elle vous a dit pourquoi ? »

« Elle ne m'a rien révélé, et pourtant, je le lui ai demandé. Pour une fille aussi jeune, elle était capable d'une discrétion à toute épreuve. Peut-être que l'expert saura vous en dire plus. »

« Savez-vous où elle est allée, après avoir quitté votre logement ? »

« Dans une résidence pour mères célibataires. Je l'ai perdue de vue à ce moment-là. Mais l'assistante sociale qui la suivait pourra vous en dire plus. J'ai son numéro de téléphone, si vous voulez. »

Laura Tonacci et Sturm remercient Claudia et prennent congé, munis des coordonnées de l'expert et de l'assistante sociale. Pour la première fois depuis le début de l'enquête, Sturm voit un motif se dessiner dans la masse d'informations qu'il a récoltées.

Il ouvre Google Maps et tape les adresses fournies par la logeuse.

« Gianni Moreno est le plus proche de nous, » dit Sturm, on va l'appeler en premier. Mais c'est toi qui t'y colles. Ça m'étonnerait qu'il parle français. »

« Pourquoi tu n'apprendrais pas l'italien, un de ces jours ? » dit Laura, une étincelle espiègle dans son regard.

« Pour quoi faire ? Comme interprète, tu es parfaite. »

« Je suis enquêtrice, pas linguiste, » lui répond Laura en lui envoyant une petite bourrade dans les côtes. Sturm bloque sa main avant qu'elle ne puisse lui en donner une seconde.

Elle retrouve tout de suite son sérieux. Elle a cette capacité enviable de pouvoir se concentrer à fond sur un objectif tout en maintenant une distance émotionnelle.

D'un geste rapide, Laura compose le numéro de Moreno. Au bout de la cinquième sonnerie, il répond d'une voix ensommeillée.

« Nous avons besoin de vous voir, de toute urgence, pour la police judiciaire française, » lui dit Laura.

« Je fais ma sieste, maintenant. Rappelez-moi dans une heure. »

« Monsieur Moreno, c'est important. On veut vous parler de Julie Thouvenet. »

« Julie ? Qu'est-ce qui lui arrive ? »

« C'est pour vous en parler qu'on a besoin de venir vous voir. »

« Vous m'avez déjà réveillé, » grommelle Moreno en soupirant, « de toutes façons je ne pourrai pas me rendormir. Mais vous avez intérêt à avoir quelque chose d'intéressant à me dire. »

Chapitre 26

Quand Gianni Moreno ouvre la porte, un basset se met à aboyer de toutes ses forces.

« Ça suffit, Elba, » lui dit son maître, pendant que Laura se baisse pour caresser la petite chienne. Elba se calme d'un seul coup et remue la queue à toute vitesse.

« Elle vous a adoptée, » dit Moreno à Laura. «C'est un privilège. »

De taille moyenne, Moreno est d'une maigreur extrême. Ses joues sont creuses, et son front dégarni est surmonté d'une couronne de cheveux blancs.

Son regard, en revanche, ne semble pas avoir vieilli du tout derrière ses lunettes à double foyer.

« Entrez, je vous prie, » dit-il en s'effaçant. La mauvaise humeur dont il avait fait preuve au téléphone a disparu et a fait place à une politesse exquise.

Il précède ses visiteurs dans un long couloir qui débouche sur une vaste pièce carrée. C'est peut-être un salon, mais la quantité de tableaux accrochés aux murs ou posés par terre fait plutôt penser à un atelier.

Sturm remarque aussi des cartons à dessin pleins à craquer et deux chevalets sur lesquels des natures mortes sont exposées. L'une représente des raisins peints en couleurs lumineuses, l'autre des chrysanthèmes aux couleurs éteintes.

Moreno les conduit jusqu'à un petit boudoir qui donne sur un jardin à l'arrière de la maison. Une femme aussi ridée que lui y est à demi-allongée sur une chaise longue en rotin. Sans doute finit-elle la sieste que leur appel a interrompue.

« Mon épouse, Angela, » annonce Moreno à ses visiteurs.

« Un café ? » propose-t-elle en se levant.

« Très volontiers, » répond Laura, qui s'est mise elle aussi au diapason de la courtoisie du vieux couple.

« Pourquoi Julie Thouvenet est-elle venue vous voir?» attaque Sturm sans attendre.

Laura traduit sa question, puis la réponse de Moreno.

« Je fais des expertises en peinture contemporaine, et je suis aussi collectionneur, comme vous pouvez le constater, » répond Moreno en indiquant d'un geste la pièce encombrée de tableaux qu'ils ont traversée.

« Connaissez-vous Francesco Santelli ? »

« Bien sûr. C'est un galeriste à Rome. »

« Lui aussi, il fait des expertises, non ? »

Moreno fait une moue dédaigneuse et ne répond pas tout de suite. Angela vient d'entrer. Elle porte un plateau chargé de quatre minuscules tasses de porcelaine qui répandent l'arôme capiteux du moka.

Tous prennent un instant pour savourer les deux gorgées de café au goût riche et crémeux que contient chaque tasse. Un pur concentré d'adrénaline.

« J'aurais beaucoup à dire sur les expertises de Santelli, » finit par lâcher Moreno.

« C'est le moment de le faire, » interjette Laura.

Même par cette belle journée, Moreno porte un

gilet de laine sans manches sur une chemise de coton à carreaux bleus. Il le tire vers le bas pour effacer un faux-pli inexistant.

« Il est beaucoup plus introduit que moi, » finit-il par dire. « Je ne veux pas passer pour un envieux. »

« Tout ce que vous nous direz restera entre nous. Et pensez que vous nous aiderez à résoudre le meurtre de Julie Thouvenet, » dit Sturm.

Moreno reste interdit et pose sur Sturm un regard effaré. « Comment, que dites-vous ? Julie Thouvenet a été tuée ? » dit-il enfin d'une voix tremblante.

Il s'enfonce dans son fauteuil et se met à respirer un peu trop fort. Sa femme le force à boire un peu d'eau.

« C'est arrivé quand ? » dit Moreno à voix basse.

« Samedi dernier. »

« Et son bébé ? Que lui est-il arrivé ? »

« On ne sait pas encore. On sait seulement qu'elle voulait le faire adopter à la naissance. »

« C'est une chance, » soupire Moreno. « Son bébé au moins aura été sauvé. Écoutez, si elle a été tuée, les choses sont bien plus graves que je ne l'imaginais. »

Sturm écoute la traduction que Laura réalise de façon fluide, sans aucune hésitation.

« Expliquez-vous, » dit-il de sa voix grave. Cette fois, Moreno ne se fait pas prier pour raconter ce qu'il sait.

« Julie est venue me voir parce qu'elle avait des soupçons. D'après elle, Santelli a délivré un certificat d'authenticité pour un tableau qu'elle considérait comme un faux.

« Quel tableau ? »

« Un portrait de femme, un Modigliani. »

Encore le nom de ce peintre. C'est la quatrième fois, ça commence à faire beaucoup. Je suis impatient de voir ce que Sennevières et Perronet vont trouver à son sujet, pense Sturm.

« Ça a quelque chose à voir avec le legs Rossi ? »

« C'est bien ça, » acquiesce Moreno. « Il faut savoir que les successions sont une occasion fabuleuse pour les faussaires. Il n'y a aucun fichier centralisé qui répertorie les propriétaires des œuvres. »

Une avenue royale pour eux, en effet, pense Sturm. Moreno confirme ce qu'il pressent.

« Il leur suffit de dire que l'œuvre faisait partie de la succession, et le tour est joué. Ça donne une provenance à l'œuvre falsifiée, et après elle peut être revendue sans aucune difficulté. »

« Vous pensez que Santelli trempe dans ce genre de combine ? » demande Laura.

« C'est Julie qui a eu des doutes. Dans le legs Rossi, il y avait deux Modigliani, deux portraits de femme. D'après elle, l'un des deux était faux. Mais Santelli les a authentifiés tous les deux. »

« Vous avez vu les tableaux en question ? »

« Non, Julie Thouvenet est venue me voir avec des photos. Elle avait photographié les deux tableaux sous tous les angles, en gros plan. Elle avait pris des centaines de photos. Un travail remarquable. »

« C'est suffisant pour une expertise, des photos ?»

« Disons que ça peut servir pour une étape préliminaire. Mais après, les photos ne suffisent plus, on doit examiner le tableau lui-même. Il n'y a que ça qui puisse donner une certitude. »

« Et votre conclusion ? »

« Pour moi, d'après les photos, l'un des deux était manifestement faux. »

« Qu'est-ce qui vous a fait penser ça ? »

La voix de Moreno change imperceptiblement. Son savoir d'expert la rend assurée. Le réseau de rides profondes qui forme une géographie compliquée sur sa peau lui donne l'apparence d'un sage. Ce qu'il est vraiment, au fond, pense Sturm.

« Dans la signature, » dit Moreno, « une lettre du milieu, le *g*, était imprécise, presque tremblée. Or Modigliani est connu pour sa maitrise du trait, de la ligne pure, dans ses portraits. Et à plus forte raison dans sa signature. »

« La main du peintre aurait pu glisser, ou alors quelqu'un l'a dérangé, ce n'est pas impossible, non ? » objecte Sturm.

« J'en doute, mais même en admettant que vous ayez raison, il y a autre chose qui m'a fait tiquer. C'était un nu, un buste de femme. Le tableau portait le nom de la compagne de Modigliani, Jeanne Hébuterne. Et ça, c'est vraiment impossible. »

« Comment ça, impossible ? » proteste Laura. « On ne compte plus le nombre de peintres qui ont pris leur compagne pour modèle. »

« Mais pas Modigliani. Pour lui, si une femme se laisse peindre nue, c'est comme si elle se donnait au peintre. »

« Étonnant, quand même, pour un peintre qui a eu une vie amoureuse aussi mouvementée, » dit Laura.

« Tu sais ça comment, toi ? » demande Sturm, un peu étonné de la voir si à l'aise pour parler de peinture.

« En Italie, on étudie l'histoire de l'art au lycée, figure-toi. » Puis elle s'adresse de nouveau à Moreno.

« Donc, pourquoi n'aurait-il pas pu peindre Jeanne Hébuterne en tenue d'Ève ? »

« Modigliani respectait profondément les femmes qui lui ont servi de modèle pour ses tableaux de nu. Mais il n'a jamais peint nues les femmes qu'il a aimées. Et surtout pas Jeanne Hébuterne qui a été la femme de sa vie, son plus grand amour. »

Sturm prend des notes abondantes sur son calepin pendant que Moreno explique toutes les raisons qui l'ont poussé à contredire les conclusions de son collègue de Rome. Il base ses analyses sur la ligne qu'affectionnait Modigliani, les caractéristiques de son coup de pinceau, et les couleurs qu'il employait de préférence.

« Savez-vous si Julie a averti Santelli ? » demande-t-il à Moreno.

« Je le lui ai déconseillé. »

« Pourquoi ça ? »

« De son vivant, Modigliani était considéré à l'égal des plus grands, mais il n'a vendu presque aucune toile. Par contre, dès qu'il est mort, sa cote a grimpé en flèche. Des faux ont tout de suite été fabriqués pour en profiter. »

Moreno s'interrompt et toussote deux ou trois fois de suite. Cette longue conversation le fatigue. Sa femme lui tend un autre verre d'eau. Il en boit quelques gorgées avant de continuer.

« Maintenant, ses tableaux atteignent des centaines de millions de dollars dans les ventes aux enchères. Des sommes pareilles, ça a donné des idées à beaucoup de faussaires, aujourd'hui aussi. Et ils peuvent être féroces. J'ai eu peur pour elle. »

« Vous soupçonnez Santelli, alors ? »

« Je ne dis pas que Santelli est complice, mais juste qu'étant donné les sommes en jeu, il a pu être tenté d'authentifier ce qui n'aurait pas dû l'être. »

« Ce qui n'est pas très différent de la complicité, » dit Sturm. « Vous seriez prêt à témoigner contre lui s'il s'avère qu'il a sciemment authentifié un faux ? »

« J'ai déjà fait ça, vous savez. Il y a quelques années, j'ai fait fermer une exposition à Gênes, où il n'y avait pas moins de vingt-deux faux Modigliani. Depuis ce moment-là, je suis devenu un paria dans le milieu de l'art. »

« Le cas de Santelli est différent. Il est considéré comme une autorité sur l'École de Paris. S'il apporte sa caution à une fraude, c'est très grave. Il y aura des conséquences. »

« J'ai quatre-vingt-cinq ans, mon épouse en a quatre-vingt-trois. Il nous sera difficile de nous déplacer jusqu'à Rome. Sans parler du scandale que ça va provoquer, comme à Gênes. Je ne suis pas sûr d'avoir la force de recommencer. »

« La logistique, je m'en occupe, » dit Laura. « La question est de savoir si vous voulez vous impliquer contre les faussaires. C'est une question de conviction.»

Moreno réfléchit un instant. Il regarde son épouse, qui hoche la tête pour approuver. Leurs visages arborent une expression déterminée.

« Vous avez raison, » dit-il. Son regard semble habité par une flamme nouvelle. « Il est grand temps de démasquer ces gens. Comptez sur moi. »

« Merci, monsieur Moreno. C'est grâce à des témoignages comme les vôtres que la justice peut être rendue, » dit Laura.

Alors qu'ils passent à nouveau par la pièce où Moreno entrepose sa collection, Sturm tombe en arrêt devant un dessin.

C'est un visage de petite fille mélancolique.

Par d'infimes traits ombrés, le peintre a cristallisé son expression languide. Il semble avoir capté l'essence de cette enfant. Ce portrait, c'est un instant d'éternité. Une façon de défier l'écoulement inexorable du temps.

Et Sturm croit y voir Julie Thouvenet enfant. « Ce dessin, » dit-il en se tournant vers Moreno, « j'aimerais l'acheter. »

Le vieil homme secoue la tête. « Il n'est pas à vendre. Pour un collectionneur comme moi, se séparer d'un dessin, c'est presque un deuil. »

Sturm s'arrache à regret à sa contemplation. Ça lui arrive à chaque fois qu'il mène une enquête.

Il pense tellement à la victime qu'il la voit partout. Même sur un dessin qui n'a rien à voir.

Et ça dure jusqu'à ce qu'il trouve le coupable.

Intervalle

Le peintre regarde la toile blanche posée sur son chevalet. Cette surface, pour lui, c'est un défi. Il va inscrire sa vision sur elle, la remplir de formes et de couleurs, la vaincre ainsi.

Il prend le mélange qui va lui servir d'apprêt et dont la composition est connue de lui seul. Il l'applique en larges bandes à l'aide d'un spalter.

Il ne s'arrête que lorsque toute la surface de la toile est recouverte de cet épais enduit blanc. Il dépose la toile contre le mur en attendant qu'elle sèche.

Une autre toile la remplace sur le chevalet. Sur celle-ci, l'enduit blanc est déjà sec. Le peintre saisit une feuille de papier de verre ultra fin, et commence à poncer l'enduit par petits gestes circulaires.

Une fine poussière blanche se répand à ses pieds. Quand il a fini, il passe sa main sur toute la surface de la toile. Il vérifie avec soin la douceur du support, fait quelques retouches avec un coin de la feuille de papier de verre.

Quand il est satisfait de la surface, il prend un crayon et commence à dessiner.

oOo

Le peintre prépare ses couleurs. Il mélange d'abord de l'huile de lin avec de la térébenthine et il y ajoute quelques gouttes d'un flacon sans étiquette. Il ne travaille pas sur une palette, mais dans un petit pot de verre.

Quand l'émulsion est faite, il disperse dedans un peu de couleur, remue et y trempe son pinceau. Sa main glisse sur la douce surface de la toile qu'il a déjà apprêtée. Elle est maintenant recouverte d'une fine couche d'un rouge sombre.

Il dépose la toile à terre et reprend celle qu'il avait laissé sécher la veille.

Il aime travailler sur deux tableaux à la fois, peindre une couche sur une toile pendant que l'autre sèche, ça lui donne l'impression de ne pas perdre de temps.

Quelquefois même, en attendant que le séchage d'un apprêt se termine, il dessine sur un grand carnet de croquis relié de cuir.

Il travaille à la mine de plomb, sans modèle, de mémoire.

Il trace les contours d'un visage de femme et d'un corps nu, offert, sur un divan. Quand il a fini, il estompe les lignes, crée des ombres avec son index, qui petit à petit se charge de matière. Même la paume de sa main se colore.

Mais il ne dessine pas aujourd'hui. Sur la deuxième toile, il applique une mince couche de bleu translucide.

Il regarde son travail d'un œil satisfait. Les couleurs sont lumineuses, plus intenses par endroits.

Dans douze heures, la première couche sera parfaitement sèche.

C'est seulement alors qu'il pourra peindre.

oOo

Le peintre s'approche de la toile apprêtée.

Il choisit les teintes qui vont donner de l'éclat au fond, puis il applique la couleur.

Le front, les sourcils, les paupières. Les ondulations des cheveux bruns en cascade jusqu'à la taille. Puis le cou, les seins menus, le ventre.

Il peint rapidement, à grands coups de pinceau. D'un trait, il délimite des courbes, des ovales.

Puis il retouche quelques ombres, il estompe, il fond certains contours. Plus il travaille, plus ses gestes deviennent amples.

Il n'a pas vraiment besoin de modèle.

Ce peintre qu'il imite, il connaît son œuvre dans les moindres détails. Il a étudié ses tableaux jusqu'à ce qu'ils fassent partie de lui-même. Il connait sa technique par cœur.

D'ailleurs, il ne copie pas un tableau. Il fait mieux. Il invente un tableau que Modigliani aurait pu peindre lui-même s'il avait vécu assez longtemps.

Il ne fait rien d'autre que poursuivre son œuvre, une œuvre qui aurait pu être la sienne.

Et il signe Modigliani sans hésiter, parce qu'au fond, Modigliani, ça aurait pu être lui. C'est lui qui a repris le flambeau, maintenant.

Maintenant il faut parfaire son œuvre, créer le

réseau de craquelures qui vont authentifier son tableau.

Il n'utilisera surtout pas de vernis à craqueler, trop facile à repérer. Lui, il a une technique imparable, qu'il a inventée. Personne ne sait vieillir un tableau aussi bien que lui.

Mais avant cela, il faut attendre que le tableau soit sec à cent pour cent.

oOo

L'homme s'approche de la toile complètement sèche maintenant. Il a peint un nu voluptueux et délicat à la fois, un visage pur, une chevelure virginale, des épaules rondes, des seins parfaits.

Maintenant il va ternir ces couleurs, rendre rugueuse la surface si douce des joues et du cou, flétrir le brillant de la chevelure.

C'est comme s'il déflorait son œuvre, comme s'il en jouissait en l'abîmant, et il ressent un frisson d'excitation à l'idée de la souillure qu'il va lui infliger.

Avec une pince, il enlève une à une les agrafes qui maintiennent la toile sur son châssis.

C'est un petit format, tant mieux, il peut la mettre sans difficulté dans le four qu'il a chauffé au maximum, mais qui est maintenant éteint.

Au bout d'une demi-heure, il met de gros gants ignifugés, sort la toile et la glisse immédiatement dans le congélateur.

Encore une demi-heure d'attente.

Le choc thermique a bien fonctionné comme prévu.

Il doit encore attendre le séchage complet, puis il enduira les craquelures d'un mélange connu de lui seul. C'est cette patine contrôlée avec minutie qui les fera paraître anciennes et qui trompera l'œil de l'expert le plus averti.

Il tend à nouveau la toile sur le châssis, l'agrafe avec soin. Il recule de quelques pas.

Son excitation est tombée, mais il ressent encore sa jouissance, une jouissance charnelle, puissante,

Chapitre 27

La conduite vigoureuse de Laura Tonacci les amène très vite jusqu'à l'hôpital San Gennaro, un peu en dehors de Livourne. Ils ont rendez-vous avec Alessia Ceccarelli, l'assistante sociale qui a suivi Julie pendant sa grossesse et qui s'est sans doute aussi occupée de l'adoption.

« Je ne vais pas pouvoir participer à la conversation, cette fois encore, » dit Sturm alors qu'ils se garent.

« Je te ferai un compte-rendu complet. Mais ça ne te ferait pas de mal d'apprendre l'italien. »

Sturm hausse les épaules. « Je me débrouille un peu en anglais, mais là tu m'en demandes trop. »

« Tu me fends le cœur, » dit Laura d'un ton léger, les yeux plissés tant elle sourit.

Le bureau de l'assistante sociale se trouve au rez-de-chaussée de l'aile de pédiatrie. Laura toque discrètement. Pas de réponse. Elle recommence avec plus de force.

Alessia Ceccarelli leur ouvre la porte et les invite à s'asseoir. Son visage rond, ses cheveux gris et ses boucles d'oreilles discrètes lui donnent l'air bienveillant. Elle doit avoir la cinquantaine.

« On a cru que vous nous aviez fait faux bond. »

« Pardonnez-moi, je ne vous ai pas entendus la

première fois. L'air conditionné est très bruyant, mais par cette chaleur, je ne peux pas m'en passer. Que puis-je faire pour vous ? »

Alessia Ceccarelli écoute attentivement pendant que Laura expose les raisons de leur visite. Au fur et à mesure que le récit de Laura avance, le visage de l'assistante sociale se ferme et les rides sur son front s'approfondissent.

« Oui, je me suis occupée de cette jeune Française,» dit-elle. La douceur et la compassion ont disparu de sa voix. « Mais il m'est impossible de vous révéler quoi que ce soit, » ajoute-t-elle d'un ton ferme et sans appel.

Sturm se penche vers Laura. « Dis-lui que ça pourrait nous aider à découvrir son assassin, » lui souffle-t-il. L'assistante sociale comprend sans avoir besoin de traduction.

« Même avec une commission rogatoire, cette information ne peut vous être donnée, » tranche-t-elle.

Laura insiste encore, parle avec un débit rapide. Alessia Ceccarelli serre les lèvres. Son visage ne montre plus aucune amabilité. Elle se lève pour signifier la fin de l'entretien.

« Impossible de la faire changer d'avis, » peste Laura en sortant.

« Est-ce que tu pourrais faire appel à quelqu'un, un juge, un procureur ? »

« Non, tu sais bien, ici comme chez vous, les services sont régionalisés. Moi, je suis de Rome, et en Toscane, je ne connais pas grand-monde. »

« Alors, on est coincés ? »

« Peut-être pas. »

« Explique-toi. »

« C'est juste une idée, je t'en parlerai plus tard, si jamais ça marche. »

Laura prend son téléphone et appelle quelqu'un, un homme selon ce que Sturm peut entendre. La conversation est chaleureuse et dure une dizaine de minutes.

Lorsqu'elle raccroche, Laura sourit, de l'air du chat qui vient d'avaler le canari.

« Alors ? »

« Alors rien. On rentre à Rome ? »

« On n'a plus rien à faire à Livourne. Allons-y. »

Laura pose un gyrophare bleu sur le toit de son Alfa Romeo, mais il ne sert pas à grand-chose. Les encombrements de l'heure de pointe ont déjà commencé, et il leur faut quand même une bonne vingtaine de minutes pour sortir de la ville.

Lorsqu'ils rejoignent enfin l'autoroute, en revanche, le long ruban d'asphalte est presque vide. Laura pousse le moteur bien au-delà de la vitesse autorisée, protégée par son gyrophare et par sa conduite assurée.

Comme la route longe la côte, Sturm aperçoit la mer à plusieurs reprises. A chaque fois son éclat sous le soleil couchant l'éblouit.

Mais la nuit tombe et Sturm commence à trouver son rôle de passager monotone.

« Je peux te relayer au volant, si tu veux. »

« D'accord, à la prochaine aire de repos. »

Ils changent de place une dizaine de kilomètres plus loin. Avec ses accélérations foudroyantes, l'Alfa

Romeo transmet à Sturm une bouffée d'énergie. Dès qu'il atteint la vitesse de croisière, Laura incline son siège et s'endort avec la rapidité d'un bébé.

Sturm regarde son cou gracile et ses boucles brunes en désordre.

En position fœtale, elle lui tourne le dos. La finesse de sa taille fait ressortir l'arrondi de ses fesses. La voir ainsi endormie remue quelque chose de profond au fond de lui, une réaction impossible à ignorer.

Elle est ravissante, pense Sturm, et elle a du sex-appeal, aussi. Le genre de sexy qui fait vibrer, presque comme un réflexe conditionné.

oOo

« J'ai dormi longtemps ? » demande Laura en baillant.

« Presque deux heures. On sera à Rome dans une demi-heure. »

« Tu n'as même pas mis de musique. Tu ne t'es pas trop ennuyé ? »

« J'ai veillé sur ton sommeil, » lui dit Sturm avec un petit sourire en coin. Et puis j'ai pensé à ce que nous a dit Gianni Moreno. »

« Comme quoi, par exemple, » demande Laura en étirant ses bras un à un.

A chaque fois, sa poitrine menue ressort et tend le fin tissu qui la recouvre. Sturm voit la pointe de ses seins dressée sous ses vêtements. A-t-elle fait un rêve érotique ? Il y pense aussi.

Une puissante vague de désir déferle sur lui, complètement inattendue.

Leurs yeux se croisent une seconde, et il perçoit un

éclair fugace dans ceux de Laura. Vite, parler de boulot.

« Ça explique le téléphone plein de photos de tableaux que j'ai trouvé caché dans la chambre de la victime, » lui dit-il.

« Un an après son retour de Rome… Elle n'avait toujours pas renoncé à révéler ce qu'elle avait découvert, tu crois ? »

« Ou alors elle voulait encore faire une autre expertise. C'est peut-être pour ça qu'elle avait choisi de faire un stage dans une galerie d'art, à Paris. »

Sturm attrape son téléphone, en essayant d'ignorer l'onde de chaleur qu'il vient de ressentir en pensant à Laura. « Je viens de recevoir des documents que Julie avait conservés sur son téléphone. Il y avait deux interviews de Gianni Moreno. Mais elles sont en italien, je n'ai pas pu les lire. »

Laura tend le bras. « Passe-moi ton téléphone, je vais te les traduire. »

Sturm déverrouille son terminal de l'index et le lui donne. Elle trouve le message de Troisvallets en quelques secondes.

« Moreno raconte qu'il a détecté que plusieurs tableaux de Modigliani étaient des faux, alors même qu'ils avaient été authentifiés par d'autres experts…. Attends, ça c'est intéressant. Il dit qu'il a souvent craint pour sa vie. »

« Pourtant il vient d'accepter de témoigner. Il est courageux, » dit Sturm. Il admire le vieil homme, son engagement pour l'art, et sa pugnacité.

« Il va falloir qu'on retourne voir Santelli. »

« Oui, j'ai l'intention d'y aller dès demain matin. »

« Je t'accompagnerai. Ça le surprendra, il lâchera peut-être quelque chose. »

Ils sont arrivés devant l'hôtel de Sturm. Il se gare le long du trottoir. Ils se regardent tous deux un instant de trop.

Sturm se lance. « Je t'offre un verre sur la terrasse de ma chambre ? »

Un sourire éclaire le visage de Laura. « Je me demandais quand tu allais te décider, » dit-elle.

Chapitre 28

Dès qu'ils ont franchi la porte de la chambre, leurs bouches se cherchent et se collent l'une à l'autre. Laura commence à enlever ses légers vêtements d'été.

Sturm prend ses mains dans les siennes et l'arrête.

« Je veux savourer ce moment, » lui murmure-t-il tout en lui embrassant l'oreille. Il déboutonne son chemisier, puis il la dénude avec lenteur.

Il regarde son corps illuminé par la faible lumière de la lune et profite de chaque mouvement pour la caresser.

Laura frissonne et se colle encore plus contre lui. Elle lui arrache presque son t-shirt, défait le ceinturon de son jean. Sturm l'arrête un moment, juste le temps de retirer une capote de la poche arrière de son jean et de l'enfiler, tandis que Laura se love étroitement contre lui. Puis il la pénètre, debout contre le mur.

Elle est étroite, douce comme du velours. Impossible que cette femme ait eu un enfant tant elle est serrée. Laura gémit.

Il n'y a pas de climatisation dans la chambre. Très vite, un voile de sueur les recouvre, rend leurs peaux glissantes.

Sturm prend Laura par la main. Il la conduit sur la terrasse et pose sur le sol l'un des épais matelas de mousse qui recouvrent les chaises longues.

Il se met sur un côté, attire Laura vers lui et lui fait

poser la cuisse au-dessus de la sienne. Laura s'accroche à sa taille, l'attire vers elle.

L'air frais de la nuit les enveloppe, sèche la sueur qui faisait glisser leurs peaux l'une contre l'autre dans la chambre. Les plantes du jardin exhalent une senteur troublante, humide et chaude. Le plaisir les saisit, l'un après l'autre. Ils se détachent enfin, épuisés.

Sturm va chercher dans le petit frigo deux bouteilles d'eau glacée, qu'ils boivent allongés sur le lit, dans la chambre. Laura est contre le mur, appuyée sur deux coussins posés sur la tête de lit, tandis que Sturm est allongé sur le côté, la tête vers la terrasse.

Laura est rêveuse. De la pointe de son pied, elle caresse la cuisse de Sturm.

« Le truc que tu as fait, tout à l'heure, sur la terrasse. C'était incroyable. »

« Laura, tu sais, tu es comme une tartelette à la rhubarbe, » dit Sturm.

« Une tartelette, moi ? » Laura bondit sur lui et lui maintient les deux épaules sur le matelas.

« Oui, acerbe au départ, mais délicieuse quand on rajoute un peu de sucre. »

Laura se met à califourchon sur lui et commence un lent mouvement de va-et-vient.

« Je ne sais pas trop si c'est du lard ou du cochon, mais je vais le prendre comme un compliment. »

« C'en est vraiment un, » lui dit-il en déposant un baiser sur sa main. Et sans effort apparent, il se libère, la renverse sur le dos et s'allonge sur elle.

oOo

Dans la salle du petit-déjeuner, le lendemain

matin, le réceptionniste néerlandais regarde l'entrée de Laura et Sturm avec une expression nostalgique sur son visage.

Laura s'adresse à lui en italien. C'est son métier de connaître les gens, comme Sturm. Et elle a envie de comprendre ce regard qu'il leur a lancé.

« Vous êtes le gérant ou le propriétaire ? » commence-t-elle sur le ton de la conversation. Ça n'en a pas du tout l'air, mais en fait elle l'interroge.

« Le propriétaire, depuis cinq ans. »

« Et pourquoi vous êtes-vous installé à Rome ? » Elle a tout de suite noté son accent étranger. Nord de l'Europe, estime-t-elle.

« J'ai rencontré ma compagne à Amsterdam. Une Italienne. On a acheté cet hôtel ensemble et on l'a rénové. Il y a encore beaucoup à faire, d'ailleurs. »

« Et votre compagne, alors ? »

« Elle m'a quitté il y a presque deux mois. Et je suis coincé ici avec une tonne de dettes. »

La voilà, l'origine de sa nostalgie. Laura et Sturm sont sortis de la chambre avec, sur leur visage, tous les signes d'une nuit heureuse. Le bien-être éclatant de ce couple claironne l'amour et la jouissance, et ça ne peut que réveiller la souffrance de cet homme.

Laura frissonne. La perte d'amour, elle connaît ça, elle aussi. Mais la nostalgie, la mélancolie, le regret ? Sûrement pas. Faire l'amour avec Sturm a été un puissant antidote.

Et elle y aura recours, avec lui ou un autre, jusqu'à ce que la douleur de la perte disparaisse.

oOo

Lorsqu'ils arrivent à la galerie de Francesco Santelli, Sturm et Laura ont mis au point une stratégie. C'est Laura qui va poser des questions, Sturm n'interviendra que s'il détecte chez Santelli des hésitations ou des mensonges.

Santelli les attend, mince et élégant malgré la chaleur déjà forte. Ils s'installent tous trois autour du bureau de verre.

« J'aurais quelques questions à vous poser sur le legs Rossi. »

Santelli sourit, joint le bout de ses doigts, puis les croise, et pose le petit dôme ainsi formé sur la table, comme un prélat plein d'onction, ou un politique interrogé à la télévision. Il n'a plus rien de l'amant sincère, effondré à l'annonce de la grossesse de Julie Thouvenet.

« Vous n'êtes pas sans savoir que toute information sur le legs Rossi est confidentielle, » lâche-t-il, ironique et serein.

« Pour l'instant, ceci n'est rien de plus qu'une petite conversation amicale, » réplique Laura, elle aussi impassible. « Mais je peux revenir dès demain avec une commission rogatoire et examiner vos affaires une à une. A vous de voir. »

« Je ne comprends pas, quel est le problème ? »

« Nous avons besoin de quelques précisions sur les deux Modigliani. »

« Mais en quoi est-ce que cela concerne le meurtre de Julie ? »

« Vous le saurez en temps utile. »

« Pouvez-vous au moins me dire pourquoi vous vous intéressez à ces tableaux-là, justement ? » demande Santelli, sans se départir de son ton flegmatique.

« Répondez d'abord à ma question, je vous prie. »

« Que voulez-vous savoir ? »

« Décrivez-les, pour commencer. »

Santelli passe la main dans sa chevelure brune, chasse une boucle de son front, réfléchit un instant avant de se lancer.

« Il s'agit de deux portraits de Jeanne Hébuterne, la compagne de l'artiste. Dans l'un, seul son visage apparaît. Elle porte un petit chapeau rond et un collier de perles. L'autre la représente nue, de trois-quarts, mais l'artiste n'a montré que le buste. »

Il s'arrête, les regarde et attend la question suivante.

« Vous les avez authentifiés, tous les deux ? » demande Laura.

« Absolument. »

« Est-il possible que l'un des deux soit faux ? »

« Ce sont bien d'authentiques Modigliani. Je suis formel. Qu'est-ce qui vous fait croire le contraire ? »

« Nous voulons soumettre ces deux tableaux à une contre-expertise. »

« Mais enfin, l'expert, c'est moi. »

« Vous n'êtes pas l'unique spécialiste de Modigliani sur la place. »

Santelli serre les lèvres. La remarque l'a piqué. Sa voix se teinte d'une nuance rauque, une nuance éphémère, à peine perceptible, une nuance qu'il maîtrise aussitôt.

Mais pour Sturm, cette légère modulation suffit à indiquer qu'ils ont marqué un point, peut-être même un point essentiel.

« De toutes les façons, ces deux tableaux ne sont plus chez les héritiers Rossi, » dit Santelli d'une voix coupante. Ils vont être mis en vente chez Sotheby's en septembre prochain. Toute la collection aussi, d'ailleurs. »

« La vente aura lieu à Rome ? »

« Non, à Paris. Je serai présent. »

« Quelle est la mise à prix ? »

« On va démarrer à cinq millions d'euros pour chacun des Modigliani. Vous voulez faire une offre ? »

Santelli a retrouvé toute son assurance. Un sourire narquois flotte sur ses lèvres. Avec sa plaisanterie sur les enchères, il a trouvé une manière détournée de rappeler aux enquêteurs leurs maigres salaires.

L'ironie du galeriste n'a échappé ni à Sturm ni à Laura. Encore une raison de le coincer, si c'est lui le coupable.

« Attendez-vous à une visite de l'Office central de lutte contre le trafic de biens culturels, » réplique Laura.

Santelli réussit à paraître à la fois scandalisé et hautain. « Toutes les affaires que je traite sont légales, à cent pour cent, » proteste-t-il.

« Julie Thouvenet n'en était pas si sûre, » lui dit Sturm en guise de flèche de Parthe. Il se lève, imité par Laura Tonacci et met fin à l'entretien.

Il espère que sa dernière remarque fera gamberger Santelli. Sauf si son arrogance d'expert lui fait considérer Julie comme une gamine sans importance.

Dans les deux cas, il commettra une erreur. Et Sturm sera là pour le cueillir.

Chapitre 29 – Jeudi

La Giulietta de Laura, garée en plein soleil, est déjà brûlante. Laura la déverrouille d'un bip, se penche, met la clim en route pour rafraîchir l'habitacle et cherche ses lunettes de soleil dans la boîte à gants.

Debout à côté de la portière, Sturm la regarde. Lorsqu'elle émerge, avec les lunettes qu'elle est allée repêcher, une vague de désir déferle sur lui. Le souvenir de la nuit dernière est encore vivace et lui donne envie de caresser ses courbes.

Il réprime ce désir, mais sa chair le trahit. Il s'éloigne de quelques pas pour atténuer le gonflement intempestif au centre de son corps. Il finit par mettre sa veste sur son avant-bras, qu'il tient replié pour le dissimuler.

Le portable de Laura sonne. Elle échange quelques mots avec son correspondant, puis raccroche, l'air triomphant.

« Je vais recevoir une copie du dossier de l'assistante sociale à propos de Julie. Cet après-midi. »

« Tu as réussi à amadouer Ceccarelli ? »

« Aucune chance. Mais quand on ne réussit pas à rentrer par la porte, il faut quelquefois essayer la fenêtre. »

« Attends, tu veux bien arrêter de parler comme le Yi-Qing ? »

Elle éclate d'un rire frais et joyeux. « Je ne sais pas ce que c'est, le machin Qing, mais j'ai quelques amis.»

« Quel genre d'amis ? »

« Je dois protéger mes sources. Disons que c'est quelqu'un qui me doit une faveur. Un hacker. »

« Ça nous enlève une sacrée épine du pied, alors je crois que je préfère ne pas en savoir davantage, au fond.»

La température est devenue plus supportable dans la voiture. Laura s'installe au volant et, avant même que Sturm ait bouclé sa ceinture, elle démarre sur les chapeaux de roues en direction de l'aéroport de Fiumicino.

Sturm prend un vol en fin de matinée, et il leur reste peu de temps pour arriver à l'aéroport. Mais avec la conduite sportive qui a la préférence de Laura, Sturm devrait réussir à prendre son avion.

« Même si tu es en retard, je te ferai passer les contrôles de sécurité en express, » le rassure Laura.

« Encore quelqu'un que tu connais ? »

« Mais non, je suis flic, c'est un droit. »

« Tu vas continuer à enquêter à Rome, alors, » lui dit Sturm, avec l'un de ces sauts du coq à l'âne dont il a le secret.

« A Rome, ou ailleurs. Je te le dirai lorsque j'aurai lu le dossier que je viens de recevoir. Et je vais garder l'œil sur Santelli. »

Comme Laura l'avait prévu, ils sont arrivés à l'aéroport à temps, et Sturm se met dans la file d'attente pour les contrôles de sécurité.

Il refuse que Laura joue de son statut d'inspectrice de la police judiciaire pour le faire passer devant tous ceux qui patientent. Il n'aime pas les passe-droits, et de toutes façons, pour lui, l'attente fait partie intégrante du voyage.

« Je t'appelle dès mon arrivée à Paris, d'accord ?» dit Sturm en enveloppant Laura dans une longue étreinte.

« J'y compte bien. Je te tiens au courant, » dit Laura, qui se détache de lui dès que son portable sonne. Elle jette un coup d'œil à l'écran. « C'est le commissaire Di Paolo. Il faut que je file lui faire mon rapport. »

Sturm la suit du regard pendant qu'elle s'en va, à pas pressés, reprendre le cours de sa vie.

Une femme au caractère rugueux et au tempérament de feu. La nuit qu'ils ont vécue a été une belle découverte. Il recommencerait volontiers l'expérience. Dommage que près de mille cinq cents kilomètres les séparent.

Mais surtout, dommage que son inconscient lui rappelle précisément maintenant, avec impertinence et sans le moindre à-propos, qu'il est amoureux d'Alice.

oOo

En descendant de l'avion, à Roissy, Sturm retrouve avec bonheur les vingt-sept degrés d'une journée de juin. Après les trente-trois degrés qui l'ont fait transpirer à Rome, il frissonne presque.

Il se dirige vers l'un des restaurants de l'aérogare et prend sa place dans la file d'attente. Il va passer quelques coups de fil en attendant son tour.

Son premier appel est pour Laura. Il tombe directement sur sa boîte vocale. Il ne laisse aucun message. Il a beau être un homme de parole, c'est déjà comme si leur brève rencontre était loin dans le passé.

Sturm a appris, tôt dans la vie, à ne pas trop

s'attacher aux gens ou aux choses. Trop souvent, ils disparaissaient sans laisser de traces, ou bien c'était lui qui devait s'en aller, à cause du énième déménagement de ses parents.

Ses musiciens de parents, qui le laissaient souvent chez son grand-père en Alsace, et qui l'aimaient bien sans vraiment se préoccuper de son sort tant ils galéraient pour trouver des contrats.

C'est peut-être la raison pour laquelle il vit seul à quarante ans. Les filles viennent à lui, pourtant. Elles étaient toujours venues à lui sans qu'il ait besoin de faire d'effort, attirées par son allure athlétique et son visage ouvert. Mais son aspect attirant cachait une indéniable réserve.

Ses copines finissaient par repartir lorsqu'elles s'apercevaient, au bout d'un temps plus ou moins long, que ce qu'elles prenaient pour une liaison n'était rien de plus qu'une amitié amoureuse, voire de la simple camaraderie avec des avantages en nature, comme disent les Américains.

oOo

« Un sandwich jambon-fromage, sans cornichons, et une Pelforth, » demande-t-il au bar.

Il mange debout, en vérifiant sa boîte mail. Il n'a reçu que de rares messages des membres de son groupe. Chacun d'eux a mené sa barque en toute indépendance. C'est justement cette liberté d'action qui les motive.

Dix minutes plus tard, il sort du terminal à grandes enjambées, obsédé une fois de plus par la tâche à accomplir.

La personne qui a tué Julie Thouvenet est peut-être en train de détruire des preuves en ce moment-même.

Il ne la laissera pas faire.

Chapitre 30

Lorsque Sturm va saluer Perronet et Sennevières dans leur bureau sous les combles, la chaleur y est toujours étouffante, et le ventilateur ne semble pas de taille à lutter contre elle.

Des bouteilles d'eau couvertes de buée sont posées sur chaque bureau, comme de petites oasis dans le désert.

« Alors, tu nous as ramené du limoncello ? » demande Perronet en reculant sa chaise de son bureau.

« Ou bien une bonne bouteille de Chianti ? » renchérit Sennevières.

« Je n'ai pas trop eu le temps de faire la route du vin, mais j'ai quand même pensé à vous, » dit Sturm en sortant de son sac une grande boîte de pralinés emballés dans du papier doré qu'il s'est procurée in extremis au duty-free de l'aéroport, et qu'il offre à la ronde.

« On se retrouve à dix-sept heures pour faire le point, » dit Sturm en sortant du bureau de ses co-équipiers.

Il toque à la porte de Léa Guérin, grande ouverte comme d'habitude.

« Quelles nouvelles ? » demande la commissaire. « Di Paolo m'a dit que tu as fait des étincelles, à Rome.»

Elle écoute le compte-rendu que Sturm lui fait de son voyage. L'affaire de l'expertise du tableau de

Modigliani l'intrigue.

« Santelli aurait eu la motivation pour un assassinat. Mais est-ce que ça te semble plausible ? »

« Si c'est lui, il n'a pas pu faire ça lui-même. Il était à Rome au moment du meurtre, et c'est confirmé par sa femme. En plus, il avait l'air sincèrement attaché à Julie, au moins lors du premier entretien. Il est devenu plus froid après. »

« Avec des enjeux financiers pareils, l'attachement peut passer au second plan. Surtout que son histoire avec Julie Thouvenet a donné un sérieux coup dans l'aile à son mariage. Il a pu vouloir se venger. »

« Peut-être. Mais si c'est le cas, il a fallu qu'il trouve quelqu'un pour faire le sale boulot en France pendant que lui était à Rome. »

« Il a des contacts avec un galeriste parisien, non?»

Sturm acquiesce. « Je vais l'interroger à nouveau. »

« Vérifie avec eux l'hypothèse d'un faux Modigliani. Et j'attends ton rapport pour ce soir, » conclut la commissaire, en se levant pour le raccompagner à la porte.

Sturm retrouve son petit bureau sans fenêtre avec un certain plaisir, celui de réintégrer un lieu dont chaque recoin lui est familier. Il est presque dix-sept heures, et Perronet et Sennevières arrivent de concert pour lui faire leur rapport.

« Sennevières, à toi l'honneur, » dit Sturm dès qu'ils se sont assis tous les trois.

« Pas grand-chose, de mon côté. Impossible de savoir qui étaient les parents biologiques de Julie. Elle seule en aurait eu le droit, si elle était encore en vie. »

« Mais le nom figure bien dans le dossier ? »

« Oui, mais on n'a pas le droit d'y accéder. »

Je me demande s'il y a un moyen de l'obtenir officieusement, pense Sturm. Le hacker que connaît Laura, voilà une solution. Mais il ne peut pas préconiser ce genre d'action à haute voix.

« Parfois quand on ne peut pas passer par la porte, il faut passer par la fenêtre, » se surprend à dire Sturm.

Décidément, Laura a déteint sur lui, bien plus qu'il ne l'imagine. Pour quelqu'un comme Sturm, qui respecte les procédures à la virgule près, c'est un changement profond.

Il ne peut pas demander à Clément Troisvallets de se charger de ce travail qui, au bout du compte, n'est pas très différent d'une effraction, et à l'encontre d'un service de l'État, en plus.

Le jeune génie de l'informatique qu'emploie la PJ n'est pas censé hacker, même si c'est pour une bonne cause. Par contre le contact de Laura n'aura pas ce genre de scrupules.

« Et toi, tu en es où ? » reprend Sturm, en se tournant vers Perronet.

« Je n'ai pas grand-chose de nouveau. J'ai interrogé les jumeaux, Romain et Ophélie. Évidemment ce sont des jumeaux dizygotes. »

« C'est-à-dire ? » demande Sturm.

Ça l'agace un peu, le goût de Perronet pour les mots compliqués. C'est son passé de premier de la classe qui ressurgit. Ça n'a pas dû lui faire que des amis, lorsqu'il était au collège, pense Sturm.

« Pas des vrais jumeaux, quoi, » se rattrape tout de suite Perronet. « Ça se voit même dans leur façon de s'habiller. Romain est très comme il faut, avec son polo bleu-marine. Ophélie, c'est une autre histoire. Elle ne s'habille qu'en noir, et son maquillage, on dirait la famille Adams. »

« C'est sa période gothique, » commente Hélène. « Je parie qu'elle a un trait d'eyeliner bien baveux sur la paupière. »

« Bien vu. Et pour lui arracher une phrase, il faut se lever tôt. Ils sont tous les deux inscrits à Sainte Philomène, Sainte Phi pour les intimes, le même lycée privé que leur grande sœur fréquentait. »

« Ils portent l'uniforme, dans cet établissement, alors je suppose que la petite Ophélie est beaucoup moins gothique quand elle va en classe. »

« Exact, Ste Phi est assez strict sur la question des vêtements. A part ça, ils ont seize ans et demi, et ils sont en classe de première. »

« On sait déjà tout ça. Courage, Cyril, dis-nous que tu as appris quelque chose de plus. »

« C'était juste pour vous donner le contexte, » se justifie Perronet, vexé par l'ironie de son chef. « Le meurtre a bouleversé leur mère, elle n'arrive plus du tout à s'occuper des jumeaux, et même s'ils sont déjà grands, ça les perturbe beaucoup. Surtout Ophélie. »

« Qu'est-ce qui te fait dire ça ?»

« Son père m'a dit que sa fille avait été arrêtée la veille à bord d'une voiture volée. C'est un petit voyou de Trappes qui était au volant, un jeune avec un casier judiciaire déjà long comme le bras. Et on a trouvé deux doses d'ecstasy dans sa poche. Le père n'en revenait pas. Il n'arrêtait pas de dire que ce n'était pas le genre d'Ophélie. »

« Elle est en crise, » dit Hélène, « et ce genre de comportement est une façon d'éviter d'exprimer les émotions quand elles sont trop pénibles. »

« Peut-être. Le frère, Romain, c'est un peu différent. C'est un sportif, il est dingue de voile, et comme ils ont un huit mètres amarré à Deauville, il y va presque tous les week-ends. »

Sennevières rétropédale. « Je suppose que ça dépend des caractères, » dit-elle.

« Il m'a raconté leur enfance, et il m'a dit que Julie avait beaucoup changé à son retour d'Italie. Plus renfermée, d'après lui. »

« On peut comprendre pourquoi, maintenant qu'on sait ce qu'elle a vécu à Rome. »

« Nous, oui, mais lui ou sa sœur n'en savaient rien. Ils lui ont posé quelques questions, elle les a gentiment renvoyés dans les cordes. »

Sturm interrompt l'échange de ses deux adjoints. «Et ses contacts téléphoniques, tu as pu en tirer quelque chose ? »

« Une confirmation de ce que disait son frère. Un certain Aymeric Larue aurait bien voulu sortir avec elle. Il s'est pris deux ou trois râteaux et il a lâché l'affaire.

« Pour résumer, Julie était une fille bien sous tous rapports, un peu sauvage peut-être, et prête à quitter la maison familiale pour étudier l'art. On n'a pas appris grand-chose de plus, sinon, que sa famille ressent très durement son meurtre. C'est un peu décevant, mais passons. »

Sturm feuillette son calepin. « Par rapport aux comptes des Thouvenet, qu'est-ce que tu as trouvé ? »

« Leur situation n'est pas brillante. Leur ferme est hypothéquée jusqu'au trognon. Je me demande comment ils financent leur train de vie. »

« Tu as vérifié s'ils étaient propriétaires d'autres

biens ? Et leur production de légumes bio, ça marche ou pas ? »

« Je suis encore en train de contrôler tout ça. »

« Fais-le rapidement, et toi, Sennevières, donne-lui un coup de main. Il faut qu'on sache rapidement si leur situation financière a quelque chose à voir avec le meurtre. »

Les deux lieutenants acquiescent, et Sturm passe à la dernière tâche qu'il leur avait assignée avant de partir pour l'Italie.

« Je vous avais demandé un topo sur Modigliani, vous en êtes où ? »

« On t'a préparé une petite vidéo, » dit Hélène.

« Mais où est le matériel, le vidéoprojecteur, tout ça ? »

« T'inquiète, on l'a mise sur YouTube, tu peux la voir sur ton téléphone. »

« Et n'importe qui peut la voir aussi, alors ? »

« Non, la vidéo est privée. On en a fait du chemin depuis les années deux mille, » dit Perronet, hilare.

« C'est vrai, je ne suis pas très fûté, je n'en reviens toujours pas qu'on puisse envoyer des images par Internet, c'est de la magie, » répond Sturm du tac-au-tac, en se connectant à YouTube.

La voix familière de Perronet commence le récit tout en commentant de vieilles photos en noir et blanc.

« *Amedeo Modigliani naît dans une famille de la bourgeoisie juive de Livourne le douze juillet 1884. Peu après sa naissance, son père est ruiné. Sa mère est une femme talentueuse et cultivée...* »

« Tu ne m'en voudras pas si je saute les passages

sur son enfance, » dit Sturm en faisant avancer le curseur rapidement.

Avec le sens du détail qui caractérise Perronet, la vidéo fait quarante-cinq minutes. Sturm aussi a le même genre d'approche minutieuse. Mais il piaffe d'impatience lorsque c'est quelqu'un d'autre qui fait la même chose que lui.

« A Paris, Modigliani est apprécié par les autres peintres et expose des toiles au Salon des indépendants, mais ne vend presque rien, » énonce la voix de Perronet, en commentaire de portraits de femme aux yeux vides.

« Il paye souvent ses consommations à la Rotonde grâce à ses dessins. Ce qu'il désire avant tout, c'est faire de la sculpture. Mais il doit y renoncer. La poussière qu'il avale en taillant la pierre et en la polissant lui brûle les poumons, déjà atteints par la tuberculose lorsqu'il était adolescent. »

Sturm fait encore défiler le curseur.

« Lorsque la première guerre mondiale éclate, Modigliani veut s'enrôler, mais ses poumons abîmés le font réformer. Ce rejet l'abat, peut-être jusqu'à la dépression. Sa consommation d'alcool et de haschich augmente. »

« Je m'intéresse plus à ses œuvres qu'à sa vie, » dit Sturm en faisant glisser le curseur vers la droite.

« Chez ce peintre, les deux sont liés. Tu ne peux pas comprendre sa peinture si tu ne connais pas sa vie,» dit Hélène.

« Je ne cherche pas à comprendre Modigliani. Je veux découvrir si sa peinture a un lien avec le meurtre de Julie. Et pour l'instant, je ne vois rien de tel dans ce que vous avez préparé. »

Sturm redémarre la vidéo. Son téléphone commence à donner des signes de fatigue, alors il monte un peu le son.

« Modigliani connaît son premier grand succès fin 1917, lorsqu'une galerie organise une exposition consacrée à lui seul. Les poils pubiens visibles sur l'un des nus exposés causent un scandale. Le succès est au rendez-vous, mais pas les ventes. »

La photo en noir et blanc d'une jeune femme aux longs cheveux bruns qui lui parviennent jusqu'à la taille apparaît. Ses yeux clairs sont immenses et elle ne sourit pas.

« C'est aussi en 1917 qu'il rencontre Jeanne Hébuterne, de quatorze ans sa cadette. Le coup de foudre est immédiat et réciproque. Ils commencent à vivre ensemble et une fille naît de leur union fin 1918.

C'est une période heureuse pour Modigliani. Ses tableaux figurent dans une exposition aux côtés de ceux de Matisse, Picasso et Derain, d'abord à Paris, puis à Londres en 1919. »

« Début 1920, la tuberculose qui avait marqué son adolescence revient. De plus en plus faible, Modigliani refuse cependant les soins et peint sans discontinuer.

Il s'éteint le 24 janvier 1920. Jeanne Hébuterne se suicide trois jours plus tard, alors qu'elle était enceinte de neuf mois. »

« Quelle fin tragique, » dit Sturm en arrêtant la vidéo.

« Ce n'est pas terminé, il y a aussi un passage sur le catalogue de ses œuvres. Il semblerait que la fabrication de faux ait commencé juste après sa mort. »

« Je suis au courant, pour les faux. Votre vidéo est très bien, mais ça ne nous avance à rien de savoir tout ça. »

« Mais tu n'as presque rien vu, » reproche Perronet. « Il y a plein de détails intéressants. »

« Trop long. »

« J'aime faire les choses bien. »

« Tu peux faire les choses très bien et condenser ce que tu as découvert. D'ailleurs, la théorie, ça suffit, » tranche Sturm. « On retourne dès demain à la galerie où travaillait Julie. Sennevières, tu as la clim dans ta BM?»

« Bien sûr. »

« Tu nous conduiras à Paris demain, alors, d'accord ? »

« Oui, chef, » répond-elle en se mettant au garde-à-vous, l'air moqueur.

C'est sûr, elle se détend, et elle commence vraiment à faire partie du groupe.

« On se voit demain. Bonne soirée. »

Sturm salue ses collègues, mais il reste à la PJ. Il a un rapport à rédiger, mais avant cela, il veut encore se renseigner sur ce que le téléphone de Julie a pu révéler.

Troisvallets est absorbé par l'étude d'un diagramme sur l'un de ses écrans lorsque Sturm déboule dans son bureau sur le coup de dix-neuf heures.

« Alors, l'Italie, c'était comment ? »

« J'y étais pour le boulot, tu sais, » réplique Sturm. Il n'a pas vraiment envie de raconter ses aventures et préfère couper court.

Troisvallets saisit au vol l'humeur impatiente de Sturm et revient aux questions de travail sans insister.

« Tu veux savoir ce que j'ai trouvé sur le portable

de Julie Thouvenet, je suppose. »

« Je sais que tu as déjà donné sa liste de contacts à Perronet. Est-ce que tu as trouvé quelque chose sur les réseaux sociaux ? »

« Elle avait des comptes un peu partout, sur Facebook, Twitter et Instagram, mais elle ne postait pas beaucoup. Elle faisait partie des groupes de son lycée, et elle était abonnée à des comptes de peintres et de photographes. »

« Pas surprenant, elle voulait faire des études d'art.»

« Elle est aussi abonnée à des groupes Facebook consacrés à l'adoption, et là, elle a posté quelques messages. »

« Et elle faisait tout ça uniquement sur son téléphone, pas sur son ordi ? »

« Elle recherchait la discrétion, c'est sûr. »

« Je vais étudier tout ça. Tu peux t'arranger pour que le téléphone puisse être utilisé sans code ? »

« Sans code, non, mais je l'ai modifié. C'est maintenant six fois zéro. »

« Je crois que je vais réussir à m'en souvenir, » dit Sturm en embarquant le téléphone.

Julie Thouvenet était membre des groupes *Tout sur l'adoption*, *L'adoption dans tous ses états*, et *Naissance anonyme*, tous trois sur Facebook.

Elle les avait rejoints cinq ans auparavant, sans doute à un moment-clé de son adolescence, à un moment où elle se posait des questions sur sa propre identité.

Sturm ouvre l'historique des publications de Julie.

Malgré cinq ans de présence dans ces groupes, il n'y a guère plus d'une douzaine d'interventions. Tant mieux, il déteste ce genre de lecture.

Il fait rapidement le tour des messages que Julie a postés. Il n'y a rien à en tirer.

Encore une impasse, se dit Sturm. Le temps presse, et je suis encore loin d'avoir trouvé l'assassin.

Frustré par son impuissance, il reprend l'ensemble du dossier de l'enquête et le fourre dans son sac.

De retour dans son deux-pièces, il étale tous les rapports qu'il a écrits sur sa table de cuisine.

Il les relit un à un, il s'imprègne de chaque détail, jusqu'à ce que le sommeil finisse par le terrasser.

Intermezzo

Déjà deux semaines de retard. Mais comment est-ce possible ? D'habitude c'est vingt-sept jours, parfois vingt-huit. Pourvu que ce soit juste un caprice du cycle, et rien d'autre.

J'ai regardé un site médical en ligne. Le stress, les grosses émotions peuvent empêcher l'arrivée des règles.

Et aussi l'oubli de la pilule.

Pourvu que je ne l'aie jamais oubliée. Mais impossible de m'en souvenir, c'est devenu un geste automatique de prendre la pilule tous les soirs à la même heure. Mais c'est justement ça qui fait que je ne m'en souviendrai pas, si je l'ai oubliée.

J'ai quand même acheté sur Internet des bandelettes pour faire un test de grossesse. Mais je n'ai pas le courage de vérifier. Et si c'était positif ?

Fais-le. Ça ne sert à rien de se cacher la tête sous le sable.

« Uriner dans un bocal en verre, y mettre la bandelette, attendre une minute. Si un trait bleu apparaît, félicitations, vous attendez un bébé, » disent les instructions.

J'y vais. J'attends une minute puis je regarde.

La bandelette est restée blanche. Non, voilà un trait

bleu. Mais il est très pâle. De toutes les façons, il faut faire le test deux fois de suite pour confirmer le résultat.

La bande bleue est bien là. Je la regarde fixement. J'attends de ressentir une bouffée d'angoisse, la peur de l'avenir, la crainte de ce que vont dire mes parents. Mais rien de tout ça ne se présente.

Au contraire.

Je croyais avoir peur d'être enceinte, mais je suis inondée de bonheur. J'exulte, j'ai envie de crier et de danser, de l'annoncer au monde entier. Ma joie vient d'un sentiment profond, d'un appel du fin fond de mon corps.

Enfin, je ressens dans ma chair le lien avec ma mère biologique.

Ma mère a eu une histoire d'amour clandestine, j'en suis sûre, et moi aussi j'en ai une. Elle a eu un bébé, et maintenant moi aussi je vais en avoir un. Le bébé de Francesco. Comme elle, je vais garder mon bébé.

Ce bébé, je vais le faire naître. Mais moi, je ne vais pas le faire adopter. Jamais je ne le ferai adopter. Je vais le faire grandir, le chérir, jamais je ne l'abandonnerai. Je vais m'occuper de ce bébé comme j'aurais voulu que ma propre mère s'occupe de moi.

J'accomplis mon destin. Je panserai moi-même les plaies qui m'ont été infligées et je réparerai la souffrance de ma mère. C'est comme un cercle qui se referme enfin.

Chapitre 31 - Vendredi

La BM rutilante d'Hélène, le moteur presque insonore et la clim créent une sorte d'oasis qui surprend après l'étuve de la PJ.

Dans l'atmosphère ouatée de l'habitacle, Sturm et Perronet ruminent leurs pensées en silence, tandis que Sennevières conduit avec souplesse, « en mère de famille, » a-t-elle commenté avec une pointe d'auto-dérision.

Une place se libère rue du Pont-aux-Choux juste au moment où ils passent et Hélène s'y glisse aussitôt en une manœuvre exécutée à la perfection. Pour imposante qu'elle soit, cette voiture s'avère maniable et légère. Mais c'est aussi parce qu'Hélène la conduit d'une main experte.

Tous trois se dirigent à pied vers la galerie Masson Pelletier. La place des Vosges est très animée en ce vendredi après-midi ensoleillé.

Les Parisiens en RTT se mêlent aux touristes qui se rendent à l'hôtel Sully ou qui viennent visiter la maison de Victor Hugo.

Une longue queue s'est formée devant le glacier italien à l'un des angles de la place, et aux terrasses des cafés, toutes les tables sont occupées par des groupes qui mènent des conversations animées.

Sous les arcades, la galerie Masson Pelletier est

déserte, et le seul bruit est celui produit par un climatiseur qui ronronne doucement. L'assistante aux cheveux asymétriques qui avait accueilli Sturm la première fois est toujours là.

« Vous avez rendez-vous ? » demande-t-elle, désireuse de remplir sa fonction de garde-chiourme jusqu'au bout. Ses sourcils sont levés, sa voix est maniérée. Un peu énervante, et si imbue de son rôle qu'elle semble jouer dans une pièce de théâtre.

« Vous ne vous souvenez pas de moi, madame Carignaud? » dit Sturm en lui tendant sa carte d'identité professionnelle. « J'ai vu Monsieur Pelletier il y a quelques jours. »

L'assistante plisse le front. « Je me souviens de vous, mais il n'est pas là aujourd'hui. Monsieur Masson est présent, mais on ne peut pas le voir sans rendez-vous, lui non plus. »

« Annoncez notre visite quand même, je vous prie.»

La courtoisie de Sturm la désarçonne plus sûrement que ne l'aurait fait la brusquerie.

Elle se lève, et sa longue mèche de cheveux teinte en rouge, épargnée par les ciseaux et la tondeuse du coiffeur, lui balaie le visage.

Elle souffle dessus pour l'écarter de sa bouche et pousse de sa main aux ongles laqués de violet la porte qui mène aux bureaux et qui se confond presque avec le mur.

Lorsqu'elle revient, elle leur tient la porte ouverte et leur fait signe d'entrer. Sa mince silhouette gainée de noir ressemble à un point d'exclamation contre le blanc des murs.

Bertrand Masson se lève lorsqu'ils entrent dans le bureau à la lumière tamisée par la verrière.

Les traits acérés et le regard noir derrière ses lunettes à monture dorée, il semble distant, hautain même malgré le halo que ses cheveux presque blancs forment autour de sa calvitie.

« Que puis-je faire pour vous ? » demande-t-il dès que ses visiteurs se sont installés.

« Parlez-moi de votre stagiaire, Julie Thouvenet. Que pouvez-vous me dire à son sujet ? » dit Sturm, tout en notant l'allure générale de Masson. Il semble avoir une cinquantaine d'années, mais son corps mince a conservé l'allure athlétique de sa jeunesse.

« Ah, oui, la stagiaire qui a été assassinée. Je me doutais bien que c'était pour elle que vous veniez. Je l'ai un peu connue, mais comme mon associé a dû vous le dire, je suis rarement à la galerie. »

Tandis que Masson parle, Sturm observe son épaisse moustache poivre et sel qui dissimule en partie des lèvres fines que l'âge a encore aplaties. Une moustache qui l'aide peut-être à dissimuler la vérité, se dit-il.

Il décide d'entrer tout de suite dans le vif du sujet.

« Est-ce qu'elle vous a parlé d'un tableau de Modigliani ? »

« C'est Pelletier qui m'a raconté ses aventures à Livourne. Elle avait des doutes sur l'authenticité d'un portrait. »

Pour l'instant, il ne ment pas, pense Sturm. Il attend que Masson continue de parler.

« Vous voyez ce tableau derrière moi ? » dit

Masson en indiquant le nu qui avait tant frappé Sturm lors de sa première visite par son trait vigoureux et ses couleurs presque charnelles.

« Il est remarquable, » dit Sennevières. Sturm se souvient de sa surprise lorsqu'il avait appris que ce n'était qu'une copie, mais il n'intervient pas.

« Ça va peut-être vous surprendre, mais c'est un faux. Quelqu'un avait essayé de nous le vendre en le faisant passer pour un vrai, mais il est tellement bien fait qu'on l'a gardé, » poursuit Masson. « Modigliani est un peintre qui a inspiré un nombre remarquable de faussaires. »

« C'est la rançon de son succès, sans doute, » dit Perronet. « Existe-t-il un catalogue officiel de ses œuvres ? » poursuit-il. Le dossier qu'il a préparé avec Sennevières lui a indiqué l'existence d'un problème à ce sujet.

« Je vois que vous êtes un connaisseur, » dit Masson avec un demi-sourire oblique. « Vous avez raison, le catalogue définitif est en cours d'élaboration depuis plus de vingt-cinq ans. Les experts se déchirent au sujet de ce qui est authentique ou pas. »

Les explications condescendantes de Masson irritent Sturm au plus haut point. Il décide d'appuyer là où ça fait mal. « Connaissez-vous Gianni Moreno ? » demande-t-il.

Masson se raidit un peu. « Pas personnellement, mais j'ai entendu parler de lui et je connais son travail.»

« Vous lui faites confiance ? »

« Il a quelques belles réussites à son actif, c'est vrai. Mais dans le milieu de l'art, c'est plutôt un outsider, un marginal. »

« Vous avez pourtant recommandé à Julie Thouvenet d'aller le consulter. »

« Pelletier l'a peut-être fait, mais moi, sûrement pas. Moreno a un site Internet et il est assez connu. Elle a très bien pu le trouver toute seule. »

« Et qui a recommandé Julie à la galerie Santelli, c'est Pelletier ? »

« En effet. Nous avons des accords avec Santelli pour toutes sortes de choses. Le stage de Julie, c'était pour rendre service à son père, c'est un client. C'est vraiment dommage que ça se soit terminé en queue de poisson. »

« En queue de poisson… Je vous trouve bien désinvolte, » interjette Sennevières. « Elle a été mise à la porte en pleine nuit, et en plein hiver. Je dirais plutôt que c'était cruel. ».

Masson semble prendre toute l'affaire de très haut.

« C'est vrai que la femme de Santelli a eu une réaction extrême. Elle aurait pu se montrer plus compréhensive, » concède-t-il, l'air indifférent.

« Il y a un témoin qui vous a vu prendre Julie dans vos bras, » dit Sturm, en orientant brusquement la conversation sur un autre terrain. Il cherche à désarçonner Masson, et peut-être qu'ainsi il en révèlera plus qu'il ne l'aurait voulu. « Vous avez tenté votre chance avec elle, vous aussi ? »

Masson éclate d'un gros rire suffisant. « Aucune chance. Je ne les prends pas au berceau, moi, pas comme ce bon vieux Pelletier. »

« Votre associé avait mis Julie dans son lit ? »

« Non, non, ce n'est pas ce que je voulais dire. C'est juste qu'il les aime plutôt jeunes, ses copines, voilà tout. »

La manœuvre a échoué. Masson est plus arrogant que jamais. « Revenons-en à Julie, » reprend Sturm.

Masson hausse les épaules. « Bah, elle s'est offert un petit plaisir avec Santelli, où est le mal ? Ils n'auraient pas dû se faire pincer, c'est tout. »

« Il ne vous est pas venu à l'idée que pour la femme de Santelli, c'était une trahison ? Ou bien que Julie pouvait tomber amoureuse de Santelli ? » demande Sennevières, d'une voix dure, le visage fermé.

Masson prend l'air dégagé et parle avec nonchalance.

« Ce n'était qu'une petite aventure, vous savez. Béatrice Santelli aurait dû savoir qu'en mettant une si belle fille sous son toit, une fille jolie et disponible, elle tentait le diable. Quant à Julie, elle ne pouvait tout de même pas s'attendre à ce que Francesco quitte sa femme et son fils pour elle. »

« Et est-ce qu'elle pouvait s'attendre à ce qu'il authentifie un faux ? » rétorque Perronet. Comme Sennevières, il a lui aussi une expression orageuse sur son visage.

Masson reste de marbre. « A quoi faites-vous allusion ? »

« Selon Moreno, l'un des Modigliani que Santelli a authentifié était un faux. »

« Moreno voit des faux partout, » répond Masson, en écartant l'hypothèse d'un revers de la main. « C'est Santelli, l'expert. Et c'est lui qui a la confiance de maisons comme Sotheby's ou Christie's. »

« Et si Moreno avait raison ? Il a des arguments de poids pour soutenir ce qu'il avance. Et Julie, elle, était persuadée qu'il avait vu juste. »

« Écoutez, Julie Thouvenet était douée pour comprendre la peinture et l'art en général, je veux bien le croire. Mais ce n'était qu'une débutante, une apprentie. Son avis n'a aucune valeur face à celui de Santelli. »

« Pourtant, tout le monde affirme qu'elle avait un talent exceptionnel. Pelletier et Santelli inclus. »

Masson prend l'expression cynique de celui qui s'apprête à dire une vacherie. Il a l'air gourmand en même temps, on voit qu'il savoure d'avance ce qu'il va dire.

« Oui, Pelletier l'appréciait, c'est vrai. Mais Santelli n'avait qu'une idée en tête, c'était de se faire la petite stagiaire. Alors qu'il la trouve exceptionnelle, ça ne m'étonne pas plus que ça. »

« Vous n'avez pas une très haute opinion de votre collègue, on dirait. A votre avis, Santelli aurait-il pu essayer de faire taire Julie ? »

« Vous voulez dire la tuer ? »

« Vous avez compris. »

« Écoutez, beaucoup de fables circulent sur le milieu de l'art. Mais Santelli, assassin ? C'est invraisemblable. »

Les trois enquêteurs prennent congé, quittent la fraîcheur du bureau de Masson et retrouvent l'atmosphère de vacances de la place des Vosges.

Deux filles en robe légère se font un selfie près de l'entrée du square puis maintiennent la barrière ouverte pour une nounou qui a du mal à y entrer avec sa double poussette.

« On va prendre un café et faire le point, » dit

Sturm en entraînant ses co-équipiers vers la terrasse du café Hugo, sous les arcades. « On a bien besoin de prendre l'air après avoir parlé à ce type. Un cynique de première. »

« D'accord avec toi. Les remarques sardoniques de Masson quand il parlait de Julie, c'était vraiment limite,» dit Perronet.

« Dans cette affaire, on tombe sur la peinture à chaque tournant, » commente Sturm dès qu'ils s'installent autour d'une minuscule table ronde.

« Le père a des ennuis financiers, il vend un dessin de prix, » dit Perronet.

« Julie veut faire carrière dans le domaine artistique. Elle fait des stages dans des galeries à Rome et à Paris, » ajoute Sennevières.

« L'autre versant de l'affaire, c'est tout ce qui concerne la filiation. Julie Thouvenet a été adoptée, et on suppose qu'elle a fait adopter son bébé à son tour,» reprend Sturm. « Mais on n'en sait encore rien. »

« Ça ressemble à une répétition de génération en génération, » dit Sennevières, comme absorbée dans ses pensées.

« Une répétition, peut-être. Mais ce n'est pas un destin pour autant, les gens font des choix, » répond Sturm.

« Notre vie est entre nos mains, c'est vrai, mais on est quand même déterminés par plein de choses, » dit Perronet, qui sait que la couleur de sa peau a joué un rôle non négligeable dans sa vie. Mais pour rien au monde il ne la changerait.

Ils restent silencieux un moment, pendant que le jeune serveur qui s'est approché prend leurs commandes. Un café et un verre d'eau pour chacun d'entre eux.

Sturm reprend le fil de leur conversation d'une voix rêveuse.

« Plus j'y pense, plus je me demande si Julie était si bien intégrée que cela dans sa famille adoptive. »

« Qu'est-ce qui te fait dire ça ? » demande Perronet.

« Son départ à l'étranger juste après le bac, son désir d'aller vivre seule à Paris, alors que Garches n'est qu'à une vingtaine de minutes en train. Tout ça évoque plutôt quelqu'un qui ressent un malaise. »

« Et si c'était sa famille, la cause de son malaise ?»

Sennevières pose la question d'un ton de défi, comme s'il lui en coûtait de mettre en doute l'image de famille parfaite que les Thouvenet projettent.

« La plupart du temps, c'est bien la famille qui est en cause, » dit Sturm. « A nous de trouver de quelle façon. »

Chapitre 32 – Samedi

Le portable de Sturm le réveille à sept heures, samedi matin. « Laura, tu es tombée du lit ? » dit-il en étouffant un bâillement.

« Je n'ai pas dormi du tout cette nuit. Mon petit Andrea a eu des cauchemars. Et je tenais à te parler, parce qu'avec tout ce que j'ai à faire aujourd'hui, je n'aurais pas pu t'appeler de la journée. »

« J'ai essayé de te contacter à mon arrivée à Paris, » dit Sturm, mais Laura ne lui laisse pas le temps de se justifier.

« Je voulais te parler de l'accouchement de Julie. »

« Tu as réussi à obtenir une copie de son dossier. Je n'en attendais pas moins de toi. »

« Mais ce n'est pas du tout ce qu'on croyait. Elle a accouché d'un bébé mort-né. »

Cette annonce fait à Sturm l'effet d'une bombe.

« Ça a dû être vraiment très dur pour elle, » poursuit Laura.

Sturm reste silencieux quelques instants. Lui qui n'a pas d'enfants ne peut qu'imaginer la douleur qu'a dû ressentir Julie. Et en plus elle a vécu ce moment de perte dans la solitude la plus absolue.

« Tu es toujours là ? » demande Laura devant son silence.

« Oui, je réfléchissais à la souffrance qu'elle a

éprouvée. Ça a dû être un sacré choc pour elle. C'est sans doute ce qui explique pourquoi elle a refusé les avances de tous les garçons de son âge, lorsqu'elle est rentrée en France. »

« Et elle n'a jamais voulu dire qui était le père. »

« Santelli, c'est un bon candidat, non ? »

« Oui. Mais ça ne sert plus à grand-chose de le savoir, maintenant que Julie est morte. »

« Laura, est-ce que je peux te demander un service? »

« Demande toujours, mais je ne garantis rien. »

« Est-ce que ton hacker pourrait jeter un coup d'œil au dossier d'adoption de Julie elle-même, en France ? »

Laura éclate d'un rire franc, très gai. « Ravie de voir que tu apprécies mes méthodes. Je vais même t'obtenir une copie. Je t'appelle bientôt. *Ciao* ! »

Sturm avale un café, file sous la douche, puis enfile sa tenue de sport. Il n'est pas d'astreinte, ce week-end, et il a besoin d'aller courir, de se vider la tête et de ne penser à rien. La course va lui éclaircir les idées.

C'est justement cet intervalle dans son travail qui lui est nécessaire pour comprendre toutes les conséquences de ce que Laura vient de lui révéler.

Il choisit d'aller au bois de Fausses-Reposes. C'est à une vingtaine de minutes en voiture de chez lui, un peu loin de ses circuits habituels, mais il a envie de se mesurer aux dénivelés pour lesquels ce bois est connu.

En ce début de weekend et à cette heure matinale, il n'y a presque personne en vue sur les routes ou lorsqu'il se gare sur l'aire de stationnement prévue pour les adeptes de sport en plein air. Les cimes des arbres bruissent, agitées par un vent léger. Quelques mésanges se pourchassent de branche en branche avec des pépiements aigus.

Quelques étirements des mollets, des cuisses et des bras pour assouplir ses membres, et il part, lentement d'abord, puis de plus en plus vite jusqu'à ce qu'il atteigne son rythme de croisière.

La brise matinale est fraîche sur sa peau. Il parvient rapidement au moment qu'il attend, le moment où les endorphines sont produites en quantité suffisante pour transformer l'effort en plaisir.

Au bout de deux heures de montées, de descentes et de virages, il a bouclé le parcours qu'il avait prévu. De retour sur l'aire de stationnement, il s'offre quelques instants de repos pour savourer l'effort accompli, avant d'exécuter à nouveau les étirements indispensables à la fin d'une course.

« Sturm, qu'est-ce que tu fais ici, si loin de chez toi? » dit une voix sonore derrière lui.

C'est la voix de Labarrère. Sturm réprime une grimace de contrariété avant de se retourner. C'est vraiment la dernière personne qu'il a envie de rencontrer.

« Salut, Labarrère. Et toi, tu habites dans ce coin ? » répond Sturm sans enthousiasme. Comme à chaque fois, l'autre fait comme s'ils étaient les meilleurs amis du monde. Il doit se douter que c'est ce qui agace Sturm le plus.

Son collègue tient en laisse un berger allemand qui tourne sur lui-même et saute, impatient de débuter sa promenade. Il est accompagné d'une jeune femme blonde d'une trentaine d'années, à la silhouette sportive. Avec son menton carré et ses cheveux très courts, elle dégage une aura de fermeté plus que de séduction ou de sensualité.

« Oui, on vient ici presque tous les jours pour promener notre chien, » dit Labarrère. « Alors tu as trouvé l'assassin de la Louverie ? » continue-t-il. Puis il ajoute, sarcastique, « Est-ce que son nom était peint en lettres de sang sur le mur ? »

Toujours le même goût pour la provocation. Il doit en avoir une bien petite pour être aussi querelleur, se dit Sturm, qui n'a évidemment pas le droit d'évoquer l'enquête en dehors de la PJ. Labarrère le sait aussi bien que lui.

Il fait un effort pour contenir son irritation. « Si tu viens au briefing de lundi matin, tu en sauras autant que tous les autres collègues, » répond-il, serein en apparence.

« Serge, tu ne me présentes pas ? » dit d'un ton sec la jeune femme qui accompagne Labarrère. Elle est contrariée, et ça se voit.

« Si, bien sûr. Sophie, je te présente le capitaine Sturm, un collègue. »

« Enchanté, » dit Sturm à Sophie, qui lui offre une poignée de mains très ferme et décline son prénom et son nom de famille trop vite pour que Sturm le saisisse.

« Sophie est journaliste au Huffington Post, » poursuit Labarrère. « Sophie Champeaux, tu connais peut-être ? » poursuit-il sur le ton du triomphe.

« Non, désolé, je ne vois pas. »

« J'ai une rubrique qui concerne les Hauts-de-Seine, » précise la jeune femme. « Je vais vous envoyer un lien ; ça vous intéressera peut-être. »

« Je ne manquerai pas d'y jeter un coup d'œil, » répond Sturm courtoisement. Ce n'est pas parce qu'il ne supporte pas son compagnon qu'il doit être impoli avec cette inconnue. « Labarrère vous donnera mon numéro de portable. »

« Bien sûr. Kurt, arrête, » dit Labarrère à son chien qui tire tellement sur sa laisse qu'elle semble sur le point de se rompre.

« On y va, Kurt ne tient plus en place, » dit Sophie Champeaux. « Je vous envoie un SMS dès aujourd'hui,» conclut-elle en se tournant vers Sturm.

Sturm remercie et salue rapidement son collègue et sa compagne. Tiens donc, se dit-il, Labarrère se prénomme Serge. Depuis qu'il est arrivé à Garches, seul son nom de famille a été utilisé par lui-même ou par ses collègues.

Découvrir d'un seul coup qu'il a un prénom, une copine et un chien, ça fait une impression bizarre, comme une intimité soudaine, qui le rend moins antipathique que d'habitude. Même s'il continue à se comporter comme une tête à claques de premier ordre.

Mais pour un flic, avoir une copine journaliste, c'est flirter avec le danger, pense Sturm.

Même avec une conscience professionnelle sans faille, on a vite fait de révéler, sans en avoir le moins du monde conscience, un détail qui se retrouvera en cinq colonnes à la une.

Ça peut faire échouer toute une enquête. Ou pire encore, mettre en danger des témoins.

Labarrère semble avoir trouvé son maître, se dit encore Sturm, il file doux devant elle. Et il se vante, encore et toujours. Pour lui, cette fille qui a quinze ans de moins que lui est un trophée de plus, une plume à rajouter à son chapeau.

Le petit *bip* d'un message interrompt ses réflexions. Un numéro qui n'est pas dans sa liste de contacts. C'est le lien promis par Sophie Champeaux. Elle n'a vraiment pas perdu de temps.

Mais il lira son article plus tard. Maintenant il veut profiter de son jour de repos pour jouer de la batterie.

« Tu viens faire une répète avec moi demain matin? » avait proposé Sturm à Perronet, vendredi soir.

« Je ne peux pas. »

« Encore un de tes rendez-vous mystère ? Elle est jolie, au moins ? »

« Je n'ai pas envie d'en parler, » avait répondu Perronet, en baissant les yeux, embarrassé.

« Un jour, tu me le diras, ce que tu fais quand tu n'es pas de service ? »

« Je vais y réfléchir, » avait dit Perronet, de plus en plus mal à l'aise.

Il doit avoir rendez-vous avec la copine dont il refuse d'admettre l'existence, avait pensé Sturm.

Mais pourquoi donc s'obstine-t-il à la cacher ?

Intermezzo

Je suis allée à la fontaine de Trevi ce matin. Il était très tôt, elle n'était pas encore envahie par les hordes de touristes qui se pressent autour d'elle d'habitude pour y prendre des selfies et jeter par-dessus leur épaule une pièce de monnaie dans le bassin.

Partout où mes yeux se posaient, je voyais des statues, dans leur pose parfaite, le palais, les colonnes de l'église St Vincent et Anastase, des maisons de couleur ocre.

Tant de beauté autour de moi, mais dans mon esprit c'était le chaos, un sentiment d'angoisse qui montait et menaçait de me submerger. Je me sentais perdue, totalement perdue.

Que Béatrice me chasse de chez elle, qu'elle me regarde de ses yeux inflexibles, sans aucune tendresse, ça me fait mal, mais je peux le comprendre.

Mais Francesco ? Lui je ne le comprends plus.

J'ai trouvé dans son bureau une liasse de certificats de provenance. Tous préremplis, tous signés. Et tous concernent Modigliani.

Quand je lui ai demandé ce que c'était, il ne m'a pas répondu. Il m'a prise dans ses bras et il m'a embrassée.

« Je suis fou de toi, » a-t-il soufflé dans mon oreille, sa main sur ma cuisse, sous ma jupe. On a fait l'amour avec passion.

C'est comme ça que Béatrice nous a trouvés. Quand elle m'a dit que je devais partir le soir même, je me suis évanouie. Francesco m'a accompagnée, il m'a trouvé un hôtel.

« Je t'aime, » m'a-t-il dit encore une fois, en me serrant contre lui.

Moi aussi, j'ai pensé. Mais tu ne m'as pas expliqué pourquoi tu as tous ces documents.

Mais je n'ai rien dit. J'avais tellement besoin des bras de Francesco. C'était très dur pour moi d'être chassée de leur maison comme ça. Je frissonnais. Il m'a consolée.

Ce matin, pourtant, en me réveillant seule dans ma chambre d'hôtel, c'est la première chose qui m'est venue à l'esprit, comme si j'y avais pensé toute la nuit, en dormant. Et je suis venue devant la fontaine pour penser et essayer de comprendre ce qui m'arrive. Et pour réfléchir à ce que je vais faire.

Qui es-tu vraiment, Francesco ? Depuis combien de temps trompes-tu tout le monde ? Heureusement que j'ai pris toutes ces photos.

Comme si j'avais eu un pressentiment en voyant les deux Modigliani.

Le double jeu de Francesco me hante. Et il y a mon bébé. Dire que c'est Francesco le père.

Dès que j'ai pensé à mon bébé, ma gorge s'est serrée, mon cœur s'est mis à battre la chamade, et pendant un moment je n'ai plus pu respirer.

Puis quand j'ai repris mon souffle, j'ai pris une décision. Une décision sans appel.

Francesco n'en saura jamais rien. Jamais je ne le lui dirai. Je ne veux pas que mon enfant connaisse cet homme qui salit l'œuvre du peintre auquel je consacre ma vie. Même si ma vie est un champ de ruines, maintenant.

Une femme s'est approchée de moi.

« Est-ce que ça va ? » m'a-t-elle dit d'un ton soucieux. C'était une petite femme ronde avec un halo de boucles brunes autour de son visage.

« Oui, ça va bien, » ai-je répondu, même si ma voix tremblait. « Et vous, ça va ?»

Elle m'a tendu un paquet de mouchoirs en papier que j'ai regardé, stupéfaite.

Et c'est seulement à ce moment-là que je me suis aperçue que mon visage était baigné de larmes.

Chapitre 33

Cyril Perronet se regarde d'un œil critique dans le miroir. Sur une chemise de couleur sombre, il porte un costume d'été en lin crème qui dissimule sa minceur et ses muscles bien entretenus, mais qui met en valeur la couleur café de sa peau.

J'enlève le veston ou pas ? se demande-t-il. Pour le trajet à moto, je le garde, je l'enlèverai à l'intérieur.

Ça ira comme ça, se dit-il, agacé par ses propres hésitations.

Ce midi, il est invité à déjeuner chez les parents de Justine pour la première fois. Bien sûr, j'ai envie de faire bonne impression, pense-t-il, mais ils ne vont tout de même pas me juger sur ce que je porte.

Il sort de chez lui, met son casque et enfourche sa moto. Il roule vers Saint Germain en Laye.

Justine n'a rien dit à ses parents sur le père de son bébé, à part son nom.

« Tu veux vraiment jouer à devine qui vient dîner ce soir ? » avait demandé Perronet.

Lui qui est féru de cinéma, il a vu ce vieux film au moins deux fois à la cinémathèque.

Dans le film, c'est Sidney Poitier qui joue le rôle du futur gendre idéal, bien sous tous rapports, que la fille invite à dîner. Sans dire à ses parents que son fiancé est noir, évidemment.

Je ne suis pas sûr d'être à la hauteur du modèle, avait dit Perronet.

« Ce n'est pas ta couleur de peau qui fera tiquer mon père, c'est ton métier. Je préfère le mettre devant le fait accompli. »

« Et s'il refuse de m'accepter ? »

« Alors c'est moi qu'il va perdre, » avait dit Justine sur un ton déterminé. « Mais il m'aime, je le sais, je suis sûre qu'il fera un effort. »

Il s'était rallié au projet de sa copine. Elle a déjà annoncé sa grossesse, même si son ventre se devine à peine. Il est temps de rendre officielle sa présence dans la vie de Justine.

Un jour ou l'autre, il aurait fallu le faire, mais ils ont longtemps hésité. Les démêlés de son père avec la police et la justice ont fait de lui un homme vindicatif, et même haineux.

Il avait clamé son innocence après sa condamnation pour blanchiment d'argent, et il était allé jusqu'à participer à des manifestations en portant une pancarte sur laquelle il avait lui-même écrit en grosses lettres, au marqueur noir, 'tout le monde déteste la police.'

Ridicule ou peut-être touchant pour un homme de son âge, mais un vrai souci pour Cyril.

Perronet se gare devant une maison à un étage, entourée d'une barrière blanche, elle-même doublée d'une haie de buis qui cache le jardin.

Lorsqu'il sonne, Justine vient ouvrir elle-même la barrière à l'entrée du jardin. Elle l'embrasse, puis elle le précède dans l'allée de graviers qui mène à une porte-fenêtre de plain-pied.

Ils entrent dans un salon un peu vieillot, meublé de buffets massifs d'un brun sombre et de fauteuils aux pieds chantournés recouverts de velours bordeaux.

« Maman, je te présente Cyril, » annonce Justine à une femme d'une soixantaine d'années, de très petite taille, et avec un ventre rond.

Ses cheveux blancs ondulés encadrent un visage aux traits fins. Des pattes d'oie au coin des yeux et tout un réseau de fines rides adoucissent l'expression de son visage, pourtant rendu sévère par une paire de lunettes à l'épaisse monture noire.

« Alors c'est vous qui allez faire de moi une grand-mère, » dit Victoria Bouchot en souriant. « Même si j'ai déjà la tête de l'emploi, c'est une grande étape pour moi. »

« Je vous aurais prise pour la sœur de Justine, » dit Cyril en lui tendant le ballotin de pralinés élégamment emballé qu'il a apporté.

Justine l'a briefé la veille, et lui a dit que l'âge était un point sensible pour sa mère.

Cyril a préparé sa flatterie à l'avance, mais Victoria Bouchot se contente d'arquer ses sourcils épilés sans rien dire.

« Où est papa ? » poursuit Justine.

« Il est descendu à la cave chercher des bouteilles de vin. Dites-moi, Cyril, vous buvez de l'alcool ? »

« Un verre de vin ne me fait pas peur, ni même deux, à condition que je ne sois pas en service. »

« C'est juste qu'en vous voyant je me suis demandé si votre religion ne vous l'interdisait pas. »

« Pas de souci. Je mange aussi du bacon. »

Ça commence fort, pense Cyril. Je me demande ce

que va me dire le père.

Hervé Bouchot fait son entrée à ce moment-là, deux bouteilles poussiéreuses à la main.

C'est un homme que le passage du temps a rendu maigre et sec. Le jeans délavé et le polo brodé d'un crocodile qu'il porte font que Cyril se sent tout d'un coup habillé avec trop de recherche dans son costume de lin.

J'en ai trop fait, se dit-il.

De petite taille, le père de Justine semble avoir dans les soixante-dix ans, si l'on en juge par son visage marqué de profondes rides. Les rares cheveux qui lui restent sont blancs et forment une couronne sur le sommet de son crâne.

Les coins de sa bouche pointent vers le bas même lorsqu'il esquisse un sourire, et ça lui donne l'air revêche d'un bouledogue.

« Papa, je te présente Cyril, » recommence Justine.

« Je m'occupe des bouteilles et j'arrive, » dit le père en se précipitant vers la cuisine.

« Je viens t'aider, » dit la mère de Justine.

Cyril et Justine restent seuls, debout au milieu du salon. Ils se regardent et partent dans un fou rire. Ils s'étouffent presque à essayer de le contenir.

« Elle est allée le consoler, » dit Justine.

« Arrête de me faire rire. Il faut que j'aie l'air sérieux. »

« Pense à quelque chose de triste, je ne sais pas moi, les cinq défaites de l'équipe de France de football féminin en coupe du monde. »

« Tu ne m'aides pas, là, » hoquète Cyril en riant de plus belle. Il ferme les yeux et respire profondément jusqu'à ce que la crise passe. Mais il évite soigneusement de regarder Justine, sinon le fou rire le reprend.

Les parents de Justine reviennent au salon, chargés du nécessaire pour l'apéritif. Des petites assiettes remplies de mini-feuilletés, de pizzas miniatures et de saucisses cocktail, et un seau à glace d'où dépasse le col d'une bouteille de champagne.

Hervé Bouchot fait le service, et tous les quatre trinquent. Ils se souhaitent 'santé' et un silence s'installe pendant qu'ils sirotent leurs coupes.

« Racontez-nous comment vous vous êtes rencontrés, » demande Victoria Bouchot.

« Justine ne vous a rien dit ? »

« C'est une grande cachottière. »

« C'était au moment de la semaine de découverte des métiers, à la mairie de Trappes. »

« Je m'en souviens. Justine avait expliqué à des lycéens tout ce qu'on pouvait faire avec une licence de droit. »

« Exact. Et moi, j'étais juste à côté, j'expliquais ce qu'il fallait faire pour entrer dans la police. »

Bouchot sursaute comme si une guêpe l'avait piqué. « Dans la police ? » dit-il. « Vous y faites quoi?»

« Je suis officier de police judiciaire, à Garches. Je suis lieutenant. »

Voilà, le grand aveu est fait. L'air paraît soudain se raréfier tant l'éruption du père de Justine est violente. Sa voix devient tonnante, dépourvue de la moindre trace de bonnes manières.

« Mais enfin, Justine, qu'est-ce qui t'a pris ? Qu'est-ce que j'ai raté dans ton éducation pour que tu me ramènes un flic à la maison ? »

Le père de Justine est tout rouge, il a l'air d'être au bord de l'apoplexie. Sa réaction dépasse, et de loin, ce que Cyril avait imaginé. Il sent ses mains devenir moites et il les essuie sur son pantalon.

« Calme-toi, Hervé, » s'interpose son épouse d'une voix cajoleuse. « Tu ne devrais pas dire ce genre de choses, ce n'est pas gentil. »

L'appel au calme de sa femme a beau être débonnaire, il décuple la rage de Bouchot. « Toi, la ferme ! » crie-t-il, les yeux exorbités, «je ne t'ai pas sonnée. Cette histoire, c'est entre Justine et moi. »

« Tu ne crois tout de même pas que j'allais te demander la permission avant de sortir avec Cyril ? » rétorque Justine.

La jeune femme refuse de céder un pouce, et son attitude a le même effet sur Bouchot qu'un matador qui agite sa muleta devant le taureau. Il rugit.

« Tu aurais pu avoir un peu plus de jugeote ! Après tout ce que j'ai enduré aux mains de la police. Un jour ton copain pourrait être celui qui m'enverra en prison. Et alors tu n'auras plus que tes yeux pour pleurer. »

« Je ne travaille pas à la brigade financière, rassurez-vous, » interjette Cyril. Son ironie passe totalement au-dessus de la tête de Bouchot.

« Rien à foutre. Un flic est un flic, vous vous tenez tous entre vous. Une vraie mafia. »

Pour Cyril, c'est le mot de trop. Cette conversation commence à lui échauffer les oreilles.

« Il ne vous aura pas échappé que la police vous protège de la mafia, au contraire. » dit-il. Son visage est impassible, même s'il bout intérieurement.

« Moi je ne mange pas à la même table qu'un type dans votre genre, » dit Hervé Bouchot en se levant.

Il repousse sa chaise et s'en va. On entend la porte d'entrée claquer au loin, puis le bruit d'un moteur de voiture qui démarre.

Le désastre a pris des proportions épiques.

Le silence s'impose pendant un instant autour de la table. Madame Bouchot se racle la gorge et ajuste la position de ses lunettes sur son nez.

Son regard qui va de l'un à l'autre montre qu'elle cherche désespérément quelque chose à dire pour relancer la conversation et dissiper l'atmosphère pleine d'animosité.

« Dites-moi, Cyril, » commence-t-elle, aimable et pleine de sollicitude, « le soleil ne vous manque pas trop ? »

« Je suis né à Chanteloup les Vignes, madame, » répond Cyril, très calme.

Et Hélène éclate d'un rire nerveux, un rire inextinguible où s'exprime toute la tension de ce moment.

« Bon, on va passer à table, » crie Victoria Bouchot à la cantonade avec juste assez d'enthousiasme pour que personne ne conteste sa décision.

Sans paraître le moins du monde gênée par son faux-pas, elle enlève le quatrième couvert et ramène de la cuisine des bouchées à la reine fumantes, fourrées de champignons et de béchamel crémeuse.

Elle a l'habitude des grossièretés de son mari, de ses colères qui balaient tout sur leur chemin.

Mais ça fait longtemps qu'elle vit avec lui et qu'elle s'en accommode. Maladroite et pataude comme elle est, c'est quand même elle qui le convaincra, à force d'obstination muette, de laisser leur fille mener sa vie à sa guise.

Justine et Cyril se lèvent et se dirigent vers la table en se tenant la main. Le plus dur est passé, mais il va leur falloir du temps pour assimiler la réaction du père. Ils n'ont pas l'indifférence chevronnée dont Victoria Bouchot fait preuve.

« Quand le bébé sera là, tout s'arrangera, » dit Cyril en posant une main légère sur le ventre de Justine.

« Et quand il grandira, on en fera un flic, » ironise Justine. « Ça lui fera les pieds, à papa. »

Chapitre 34 – Lundi

La réunion du lundi matin, c'est un rituel auquel Sturm tient beaucoup. Ce moment de mise en commun d'informations lui redonne foi en son travail, lorsqu'il entend ses collègues exposer leur lutte contre toutes les formes de criminalité – et il y en a beaucoup.

Lorsque Sturm entre, Labarrère est déjà là, entouré de ses co-équipiers. Avec ses épaules carrées, son crâne chauve et ses joues rasées de près, il ressemble à Monsieur Propre, l'anneau d'oreille en moins.

« Vous avez vu la pâtée que le PSG s'est pris hier?» dit-il. « Si vous voulez mon avis, il y a trop de stars dans cette équipe. Ils n'en font qu'à leur tête au lieu de suivre les ordres de l'entraîneur. »

Il refait le match, debout à côté de la fenêtre. Sa petite cour est debout autour de lui, prête à rire aux éclats à la moindre de ses plaisanteries.

La commissaire Guérin entre dans la salle de conférence, et d'un coup, toutes les conversations s'éteignent. La réunion du lundi matin peut commencer.

Léa Guérin s'adresse d'abord à Sennevières et à Sturm. « Bien joué, pour votre opération de lundi soir dernier au Speakeasy. La bande est sous les verrous. » Elle le leur a déjà dit en privé, mais elle tient à les féliciter publiquement aussi.

« La brigade des Stups a fait un super boulot, » dit Sturm.

« Vous aussi, » réplique Léa Guérin d'un ton décidé.

« Allez, fais pas ton modeste, » dit Labarrère en tordant la bouche.

Ça doit le piquer un peu, que Sturm ait un succès auquel il n'est pas associé. Tiens, prends ça dans les dents, pense Sturm sans aucune charité.

« Vous en êtes où de l'enquête sur le meurtre de la Louverie ? » reprend la commissaire.

« On a avancé, mais on n'a pas encore le meurtrier.»

« La Louverie est prioritaire. Labarrère, c'est toi qui prends en charge le dossier des trafiquants de drogue. Il faut remonter jusqu'aux chefs du réseau. »

« Je te transmets les éléments de notre enquête, » acquiesce Sturm du bout des lèvres en regardant Labarrère.

Ça l'énerve de devoir se dessaisir d'un dossier sur lequel son groupe a déjà tant travaillé. D'autant plus que Labarrère va se rengorger si jamais il réussit à coffrer les gros bonnets.

Mais il sait que la commissaire a raison, il vaut mieux qu'il se concentre sur le meurtre. Sans transition, son esprit le mène à Rome et à la galerie Santelli.

« Sturm, tu es toujours avec nous ? » reprend Léa Guérin, qui a remarqué l'air absent de Sturm. « Fais-moi une synthèse de tes résultats jusqu'à présent. »

La voix coupante de son chef ramène Sturm au présent sur le champ. Il se réinsère dans la discussion.

« On a trouvé trois pistes susceptibles de donner une motivation au meurtre de Julie Thouvenet. La première, c'est la recherche de sa mère biologique. On attend encore des réponses, mais on devrait être fixés bientôt. »

« Vous avez réussi à obtenir le dossier de son adoption ? C'est pourtant impossible, la loi ne le permet pas. »

« J'essaie d'obtenir l'info autrement, » répond Sturm sans s'avancer davantage.

« D'accord, » dit Léa Guérin. Son expression montre qu'elle n'est pas dupe de cette réponse évasive. « Et les autres pistes ? »

« La deuxième a tourné court. Julie n'a pas pu faire adopter de bébé, comme on le croyait, puisqu'elle a accouché d'un bébé sans vie, et dans le plus grand secret. »

« C'est vraiment dur ce genre de chose, surtout pour quelqu'un d'aussi jeune. Et dans une telle solitude, aussi. Elle a dû accuser le coup, » réagit Léa Guérin. «Vous avez pu écarter cette possibilité, c'est déjà ça. Et la troisième piste, ça donne quoi ? »

« Ça a quelque chose à voir avec la peinture. Julie Thouvenet avait réussi le concours de l'École des Chartes, elle a fait des stages dans des galeries d'art. A Rome, elle a participé à l'inventaire d'une grosse succession. On sait qu'elle a eu des soupçons sur l'un des tableaux. »

« Elle pensait que c'étaient des tableaux volés ? »

« Non, elle craignait que l'un des tableaux ne soit un faux. »

« Elle en a parlé à quelqu'un ? »

« Oui, elle a trouvé un expert, à Livourne, et d'après les photos que la victime lui a montrées, il a conclu que c'était bien un faux. Mais le propriétaire de la galerie où elle faisait son stage a authentifié le tableau. »

« Il s'agit de quel peintre ? »

« Modigliani. L'un de ses tableaux a été adjugé à cent soixante-quinze millions d'euros lors de la dernière vente. »

Le silence règne dans la salle. L'onde de réverbération causée par ces chiffres est presque palpable.

« Avec un enjeu pareil, ce n'est pas surprenant que ça aiguise les convoitises des uns et des autres, » reprend la commissaire. « Comment comptez-vous vous y prendre pour démasquer les faussaires ? »

« L'expert de Livourne a donné son accord. Il est prêt à témoigner que le tableau en question est un faux.»

« Une seule expertise ne suffira pas, ils produiront des contre-expertises et ça prendra des années. Et je ne vous parle même pas du retard accumulé par les tribunaux en Italie. »

Elle réfléchit un instant avant de donner ses instructions. « Suivez plutôt la piste de l'argent. Dans les affaires de trafic de tableaux, c'est souvent par les galeries d'art que cette piste passe. »

La réunion continue, mais Sturm n'écoute que d'une oreille. Avec son jugement sûr, comme à son habitude, Léa Guérin a mis le doigt sur le point de l'enquête qui a besoin d'être renforcé.

Les galeries d'art. Ils ont interrogé les propriétaires, mais ils ne sont pas allés plus loin. En son for intérieur, il élabore les actions à entreprendre.

À la fin de la réunion, Sturm, Perronet et Sennevières quittent la salle de conférences, mais restent dans le hall, devant le comptoir de l'accueil.

C'est ici qu'ils vont faire leur réunion de groupe, au pied levé.

« La première urgence, c'est d'éplucher les comptes et les communications téléphoniques de la galerie Masson Pelletier, » dit Sturm à ses co-équipiers. « Je vais demander à Tonacci d'en faire autant pour Santelli, à Rome. Vous vous y collez tout de suite, et on fait un premier point ce soir. »

« Ils vont nous demander une commission rogatoire, » objecte Perronet.

« Pour l'instant, vous leur présentez ça comme une conversation amicale, juste une vérification. Selon ce que vous trouverez, je m'adresserai à la juge d'instruction, ou pas. »

Perronet et Sennevières se mettent aussitôt en route vers la place des Vosges. Sturm, lui, va reprendre la piste de la famille adoptive.

Il a fait en sorte d'interchanger leurs rôles dans l'enquête ; il espère ainsi avoir un regard neuf sur les choses.

Il commence par appeler Laura Tonacci. Elle décroche aussitôt. « C'est de la transmission de pensée, ou quoi ? » commence-t-elle, « j'allais justement t'appeler. »

« Ça me fait plaisir que tu penses à moi. »

« Et pas qu'un peu, figure-toi. J'ai la copie du dossier d'adoption de Julie Thouvenet. »

« En France ou en Italie ? »

« En France, c'est le sien, il y a dix-huit ans de ça. Elle avait un an et quelques mois lorsqu'elle a été adoptée par les Thouvenet. »

« Tu es la meilleure, Laura. »

Elle éclate du rire cristallin qui est le sien. « C'est le

hacker qui a fait du bon travail, mais rappelle-toi ce que tu viens de me dire quand j'aurai besoin que tu me rendes service, d'accord ? Je viens de t'envoyer le dossier sur ton e-mail. »

Il va sur l'application sans attendre. Cinquante-deux messages non-lus. Celui de Laura contient plusieurs pièces jointes. Il les ouvre une à une.

Le rapport de l'assistante sociale. Le rapport de la sage-femme. Le rapport de la psychologue. Et enfin, l'extrait d'acte de naissance.

Il le lit puis le regarde fixement. Le nom de la mère, Claire Lefèvre, ne lui dit absolument rien. Le père est inconnu. Mais il y a un document en annexe. Cette femme a voulu transmettre quelques éléments d'information pour le cas où son enfant aurait voulu connaître sa filiation.

Normalement, ces informations sont mises sous enveloppe cachetée, et remises seulement à l'enfant qui a été adopté. Mais on a informatisé tous les dossiers, et l'enveloppe cachetée est devenue un simple document PDF, que Sturm ouvre.

C'est un petit texte de quelques lignes, signé Claire Lefèvre.

Je viens de donner naissance à une petite fille de trois kilos deux cents grammes. Je souhaite qu'elle soit nommée Julie.

Julie, si tu lis ces lignes un jour, sache que je t'ai aimée bien avant ta naissance. J'ai aimé chacun de tes mouvements et de tes coups de pied dans mon ventre. Tu étais mon petit miracle. Comme j'aurais aimé que nous vivions toutes les deux, ensemble.

Si je ne t'ai pas gardée auprès de moi, c'est pour que tu aies une vie meilleure. Je suis en prison, c'est là que je t'ai mise au monde, et je ne veux pas que tu connaisses le même destin que moi. Mais je t'ai aimée très fort.

Et le fait de savoir que tu aurais une vie plus heureuse auprès d'une famille aimante a été la seule chose qui a rendu notre séparation supportable.

Ton père s'appelle Nicolas Pelletier. Il étudie l'histoire de l'art. Je ne lui ai pas dit que j'étais enceinte. Je ne voulais pas qu'il croie que j'essayais de le piéger et de le forcer à m'épouser.

Toi aussi, j'espère que tu es devenue une femme forte et autonome dans la famille qui t'a adoptée. Je t'aime, ma Julie chérie.

Sturm se lève et fait quelques pas. La tête lui tourne soudain. Ce Nicolas Pelletier, étudiant en histoire de l'art, c'est très probablement le même qui est le propriétaire de la galerie d'art où Julie travaillait chaque été.

Mais le dossier d'adoption précise bien que Julie n'en a jamais eu connaissance.

Quelle force inconnue a poussé Julie à se rapprocher, sans le savoir, de son père biologique ? Quelle force d'attraction a fait que Nicolas Pelletier et Julie se sont rencontrés et appréciés ?

Ou alors ce n'est rien d'autre qu'un gigantesque coup de dés du destin.

Pourtant le destin ne joue pas aux dés, pense Sturm.

Chapitre 35

Un SMS s'annonce sur l'écran du téléphone de Sturm. Un numéro inconnu, avec un lien vers le Huffington Post.

Encore la copine de Labarrère, pense Sturm, agacé. Et dire que je n'ai même pas encore lu le premier article qu'elle m'a envoyé.

Dix contre un qu'elle va me demander de lui mettre des likes et de la suivre sur Facebook. Quelle casse-pieds.

Il clique sur le lien de mauvaise grâce. Mais lorsqu'il aperçoit le titre de l'article, c'est le choc, comme s'il recevait un coup de poing en pleine figure. Il commence à lire, d'abord incrédule, puis de plus en plus en colère.

Faussaires : l'axe Paris-Rome

Une petite ville cossue des Hauts de Seine ensanglantée par un trafic d'œuvres d'art ?

Par Sophie Champeaux

Les trafiquants ne se fatiguent plus à braver des systèmes de sécurité sophistiqués pour voler des chefs-d'œuvre dans les musées. Ils ont trouvé mieux : ils les fabriquent, et avec une telle dextérité qu'ils réussissent à tromper les experts les plus aguerris. Ces vrais-faux tableaux peints à la manière des plus grands maîtres atteignent des sommes astronomiques dans les ventes aux enchères.

Mais les billets de banque sont parfois tâchés de sang. C'est ce qui pourrait s'être passé à Garches (Hauts de Seine), où une jeune femme a été retrouvée poignardée la semaine dernière. Il semblerait qu'elle ait voulu dénoncer l'un de ces faux avec l'appui d'un expert de Livourne (Italie).

Sturm ne lit pas plus loin. Labarrère a tout raconté à Sophie Champeaux, ça saute aux yeux. Et elle s'est empressée d'en faire un article.

Il faut absolument la joindre, lui demander de retirer ce qu'elle a écrit. Cet article arrive bien trop tôt, et il rend publics des éléments de l'enquête qu'il aurait fallu garder cachés jusqu'au dernier moment.

Il est presque minuit, tant pis pour les convenances. Il appelle Sophie Champeaux, mais tombe directement sur sa boîte vocale.

J'essaye le portable de Labarrère, se dit-il, fébrile.

Il appuie sur la petite icône du téléphone. Labarrère aussi est injoignable.

Il envoie le même SMS à Labarrère et à sa copine.

Rappelez-moi. C'est urgent.

Pas de réponse.

Vaincu par une technologie qui prétend connecter les gens mais qui se laisse si facilement contourner, il va faire les cent pas sur sa terrasse.

Dans sa tête, il compose le savon qu'il va passer à Labarrère à la première heure, demain.

Labarrère va en prendre pour son grade. Il sera peut-être encore temps de sauver l'enquête.

oOo

Mardi matin

« Labarrère ? »

Un grognement répond à Sturm, à l'autre bout de la ligne. « Tu as vu l'heure ? »

« Tu as vu mon SMS d'hier soir ? »

« Je suis encore dans le coaltar. Je n'ai rien vu, mon téléphone n'avait plus de batterie. »

« Comment tu as pu faire ça ? »

« Faire quoi ? »

« Fais pas l'innocent. Tu as raconté l'affaire des tableaux à ta meuf, et elle l'a publiée dans son canard.»

« Mais non, je t'assure, ce n'est pas ça. »

« Bordel, Labarrère, assume tes erreurs, au moins. Comment elle aurait pu savoir tout ce qu'elle a écrit dans son papier, si ce n'est pas toi qui le lui a dit ? »

« Attends, je vais aller le lire, cet article. Ne quitte pas. »

Quand Labarrère reprend le téléphone, il est sur la défensive.

« Écoute, je lui ai juste parlé des faussaires. Après elle a enquêté, elle a tiré ses propres conclusions. Elle est super-intelligente, figure-toi. »

« Pas si intelligente que ça si elle s'est mise avec un taré dans ton genre. »

« Fais gaffe à ce que tu dis. »

« Je dirai ce que je veux. Tu dois la convaincre de retirer l'article. »

« Fais-le toi-même. Je te la passe, elle est à côté de

moi. »

La voix de Sophie Champeaux est fraîche, sans aucune trace de sommeil.

« Sturm, quel est le problème ? »

L'innocence personnifiée. C'est une sacrée comédienne, pense Sturm.

« Vous avez tout entendu, Sophie, je ne vais pas répéter. Vous devez retirer votre article du site du journal. »

« C'est impossible, ça fait douze heures qu'il est en ligne, et il a été repris dans plusieurs autres pays. »

Sturm s'aperçoit que ses poings se sont serrés par réflexe. Il essaie quand même de raisonner avec elle.

« Il y va de la bonne marche de l'enquête. Vous n'étiez pas censée savoir tout ça. »

« J'ai fait ma propre enquête, qu'est-ce que vous croyez ? »

Sturm croit la voir se rengorger, à l'autre bout de la ligne, et cette fois, il ne parvient plus à contrôler sa colère.

« Vous espérez faire croire ça à qui, dites-moi un peu ? »

« À tout le monde. Ce n'est pas comme si je racontais n'importe quoi. De toutes les façons, je ne révèle pas mes sources. »

« Vous avez des sources, alors ? Ce n'est plus votre enquête personnelle ? »

« Je parlais en général. »

« Et moi je parle en particulier, et en particulier de vos pratiques. Vous avez tiré les vers du nez à Labarrère, et il a été assez bête pour tout vous raconter.»

« Écoutez, j'ai tout mis au conditionnel, je

n'affirme rien. »

« C'est avec des insinuations comme ça qu'on fait le plus de dégâts, madame Champeaux. »

Il raccroche sans un mot de plus. Trop en colère pour tenter encore de la convaincre. Enragé à l'idée de voir tout le travail de son groupe accaparé pour faire des gros titres, pour capturer des clics et des parts de marché.

La seule façon de s'en sortir, c'est de faire avancer l'enquête. Découvrir le meurtrier et le mettre sous les barreaux, le plus vite possible.

oOo

Mercredi matin

« Tu dormais ? »

« Salut, Laura, » répond Sturm en baillant. « Il est six heures du matin, alors, oui un peu. »

La voix de Laura est tendue à craquer. « Tu as intérêt à te réveiller, et vite. Les Moreno ont été tués. »

Sturm se redresse comme un ressort. « Comment ? Que s'est-il passé ? » D'un seul coup, il n'a plus du tout sommeil.

« Ça s'est produit cette nuit. Un voisin a entendu leur chien qui aboyait sans discontinuer, alors il a appelé la police. Il voulait se plaindre du tapage. Les policiers ont vu que la porte était entrouverte. Ils sont entrés et ils les ont trouvés, poignardés tous les deux. »

Sturm écarte sa couette d'un geste brusque, révélant des draps froissés. Les questions se bousculent dans sa tête alors qu'il se lève.

« Est-ce que c'est un cambriolage qui a mal tourné? Ils avaient une très belle collection de tableaux.»

« Justement, selon les premières constatations, rien n'a été volé. »

« Alors il ne reste qu'une seule hypothèse, » dit Sturm à regret. « On les a tués pour les empêcher de témoigner dans l'affaire des faux Modigliani. »

« Mais comment les assassins ont-ils pu avoir vent de notre visite ? Comment auraient-ils pu savoir que les Moreno étaient prêts à témoigner ? »

« Malheureusement, je crois savoir comment. Regarde l'édition italienne du Huffington Post. »

« Pourquoi faire ? »

« Va juste voir ce journal sur ton ordi, et cherche le mot-clé faussaires. »

« Attends… J'ai trouvé. *Porca miseria*, » s'exclame Laura au bout de quelques instants, abasourdie. « Mais tout y est, dans cet article, il ne manque plus que l'adresse des Moreno. Qui est le salaud qui est allé raconter ça à la presse ? »

« Tu as vu le nom de l'auteur de l'article ? »

« Sophie Champeaux ? »

« Voilà. C'est la copine de Labarrère. Elle a joué à confidences sur l'oreiller avec lui. »

« Explique-toi. »

« Je venais juste d'exposer les résultats de notre enquête, comme on le fait chaque semaine en réunion, le lundi matin. Il prétend qu'il ne lui a rien raconté, mais il a dû lâcher au moins quelques éléments. Elle a publié son article dès mardi soir. »

« Et il a tout de suite été repris par le site italien du journal. Normal, avec la connexion à Rome et à Livourne. »

« Ça me révolte, » dit Sturm, très sombre. Sa voix déjà grave est encore descendue d'un ton. « Ils ont tous les deux le sang des Moreno sur les mains, aussi sûr que s'ils les avaient tués eux-mêmes. Mais ce n'est pas tout. Tu m'as dit que les Moreno ont été poignardés. Julie Thouvenet aussi. »

« Si le mode opératoire est le même, on pourrait avoir affaire au même tueur. »

« Le même qui a fait taire Julie pour toujours. »

« Je n'ai pas encore les résultats de l'autopsie, je ne peux pas t'en dire plus. Je vais essayer de faire accélérer le mouvement. Je t'annoncerai le résultat dès que le légiste m'aura appelée. »

Elle se tait un moment, puis elle reprend la parole sur un ton cafardeux qui ne lui ressemble pas.

« Notre témoin essentiel a disparu, maintenant. Santelli va avoir le champ libre. »

« Pas tant que je m'occupe de l'affaire, » dit Sturm, déterminé.

« Ça m'encourage de t'entendre dire ça. »

« On va passer au crible les propriétaires de la galerie Masson Pelletier. Je compte sur toi pour faire pareil avec Santelli. »

« A cent pour cent, » dit-elle.

Portée par le cran de Sturm, elle paraît avoir retrouvé son dynamisme.

« Santelli, sa vie, son œuvre, et même ce qu'il prend au petit-déjeuner, je te raconterai tout. *Ciao* !»

Chapitre 36

Sturm salue le planton en faction devant la porte de l'hôtel de police judiciaire, et grimpe quatre à quatre les marches qui mènent au premier étage. A peine a-t-il ouvert la porte de son bureau que la ligne intérieure sonne. C'est la commissaire Guérin.

« Tu as vu le journal ? » dit-elle tout de go.

« Lequel ? »

« Le Parisien. Ils ont repris l'article de Sophie Champeaux. »

« Il ne manquait plus que ça. Maintenant on va aussi avoir la presse nationale sur le dos. »

« Nous, on a l'habitude, mais tu ferais bien d'aller prévenir les Thouvenet de ce qui les attend. »

« Je devais y aller cet après-midi pour interroger de nouveau le père de Julie. Je vais juste avancer l'heure de ma visite. »

Aucune voiture de service n'est libre. Sturm prend sa 306. Il l'avait garée en plein soleil en arrivant et maintenant il se brûle les mains dès qu'il touche le volant. Il ne fait pas si chaud que ça, pourtant.

Lorsqu'il arrive à la Louverie, il remarque trois camionnettes portant les sigles de diverses chaînes de télévision garées sur le bas-côté et deux autres à l'intérieur, dans la cour.

Il est obligé de laisser sa voiture une cinquantaine

de mètres en contrebas.

Devant le corps de ferme, les reporters et les techniciens attendent qu'un membre de la famille entre ou sorte. Lorsque Sturm pénètre dans la cour, ils se précipitent vers lui en criant des questions et en lui tendant des micros.

« Police judiciaire, » lance Sturm, le visage fermé. Il en a gros sur la patate depuis l'article de Sophie Champeaux, ce n'est vraiment pas le moment de lui demander de faire une déclaration à la télé.

Sonia Thouvenet lui ouvre la porte juste assez longtemps pour qu'il se glisse à l'intérieur et referme aussitôt. Son visage est recroquevillé par l'angoisse.

« Suivez-moi, » dit-elle.

Sturm remarque ses épaules rigides alors qu'elle le précède dans le couloir. Elle le fait entrer dans la cuisine.

« Un café ? » dit-elle en indiquant une cafetière posée sur le comptoir.

Sturm décline poliment et attend qu'elle se serve dans une tasse de céramique bleue. Avec toutes les fenêtres fermées, la maison est étouffante.

« Les journalistes sont là depuis quand ? » demande Sturm.

« C'est comme ça depuis ce matin. J'ai renoncé à aller au labo. Est-ce-que vous pouvez m'expliquer ce qui se passe ? »

« Il y a eu une fuite d'informations, madame Thouvenet. Je suis vraiment désolé. »

« Vous êtes désolé, et vous croyez que c'est suffisant ? Ça ne commence même pas à rattraper ce que font ces vautours. C'est ma fille qui est morte, et ils en font un article de journal ou une séquence à la télé.»

Sa voix se brise et ses yeux se remplissent de larmes. « Chassez-les, je vous en prie. »

« Maintenant que le meurtre a été ébruité, il n'y a plus rien à faire qu'à attendre que le public se lasse. Les journalistes disparaîtront d'eux-mêmes. »

« Pourquoi êtes-vous venu aujourd'hui, alors, si vous ne pouvez pas me débarrasser de ces fichus charognards ? »

« Je souhaite poser quelques questions à votre mari. »

« Il s'est absenté ce matin et je ne sais pas quand il rentrera. On s'est disputés hier à cause de Julie. »

« Comment ça ? »

« Je lui ai dit que s'il s'était un peu moins occupé de ses ruches, Julie ne se serait pas retrouvée seule face à ses agresseurs. Alors il m'a dit que si je l'avais moins couvée, elle n'aurait pas eu besoin d'aller s'exiler à Rome. N'importe quoi. »

Elle courbe les épaules et ne dit plus rien. Sturm respecte son silence, puis il se racle discrètement la gorge. Elle reprend son récit.

« On s'est mis à hurler tous les deux. Il est parti en claquant la porte et il s'est enfermé dans son bureau. »

« Il y avait quelqu'un avec vous à la maison ? Hassan, peut-être ? Ou bien les jumeaux ?»

« Non, Hassan ne travaille plus chez nous. Il a pris peur lorsque vous lui avez demandé s'il travaillait au noir. Romain et Ophélie étaient présents hier, par contre. »

« Votre mari vous a dit où il allait ? »

« Ce matin, quand je me suis réveillée, il était déjà parti. Il n'a pas laissé de mot, et quand je l'appelle, je tombe directement sur sa boîte vocale. »

« Ça lui arrive souvent, de partir comme ça, sans rien dire ? »

« Non. Après la dispute d'hier, il était un peu distant, mais tout était rentré dans l'ordre. Enfin, c'est ce que j'ai cru. »

« Je voudrais parler aux jumeaux, ils rentrent quand du lycée ? »

« Ils sont ici, dans leur chambre. Quand j'ai vu la horde de journalistes devant la maison, je n'ai pas voulu qu'ils aillent en cours. De toutes les façons, c'est la fin de l'année, il ne se passe plus grand-chose à Sainte Phi.»

Sturm connaît le chemin. A mesure qu'il approche des chambres des deux adolescents, le bruit sourd de baffles montés au maximum devient de plus en plus intense.

Il toque à la porte d'où provient le son, mais c'est seulement par acquit de conscience. Il sait que personne ne l'entendra.

Il tourne la poignée. La porte s'ouvre sur une chambre plongée dans l'obscurité par les stores tirés jusqu'en bas.

« Ophélie, je voudrais vous dire quelques mots, vous permettez ? »

Ophélie est allongée sur son lit, une cigarette allumée à la main. Elle est chaussée de Doc Martens posés à même la courtepointe de coton gris. Elle marque la mesure avec son pied. Elle ne se tourne même pas vers son visiteur.

« Vous pouvez baisser le son ? » demande Sturm.

Elle ne l'entend pas ou elle l'ignore, il n'en sait rien. Alors il se dirige d'autorité vers la petite enceinte

Bluetooth qui produit ce son puissant, et il l'éteint.

Ophélie le regarde fixement, les yeux soulignés d'un trait charbonneux, le visage figé dans une grimace de défiance.

« Surtout ne vous gênez pas. Qu'est-ce que vous voulez encore ? »

« Pouvez-vous aller chercher Romain ? J'ai des questions à vous poser à tous les deux. »

« Allez-y vous-même. Il est juste à côté. »

« Je suis là, en fait. » Romain se tient dans l'embrasure de la porte. « Ça m'a inquiété que la musique s'arrête, » ajoute-t-il avec un demi-sourire ironique.

« Parlez-moi de la dispute de vos parents hier. »

« Qu'est-ce que ça peut vous faire ? Vous enquêtez aussi sur les problèmes de couple ? » demande Ophélie en s'asseyant sur le bord du lit et en plissant les yeux.

C'est Romain qui prend les devants pour répondre. Soit le meurtre de Julie le perturbe moins, soit il sait mieux dissimuler ses émotions.

« Ils se sont disputés par rapport à l'éducation de Julie. »

« De toutes les façons, il n'y en a que pour elle. Nous, on ne compte pas depuis qu'elle est morte, » dit Ophélie. Sa bouche prend un pli amer.

« Vos parents aussi ont subi un bouleversement terrible, tout comme vous. Laissez-leur un peu de temps, » dit Sturm d'une voix posée.

Tous, dans cette famille, sont encore en train d'essayer de faire face au traumatisme de la mort de Julie. L'onde de choc du meurtre est loin d'avoir fini de se réverbérer dans leurs vies à tous.

Sturm le sait et il ressent de la compassion pour

ces jeunes gens, comme pour leurs parents. Il reprend son questionnement, cependant.

« Avez-vous une idée de l'endroit où votre père est parti ? »

« Pas la moindre. »

Ophélie confirme d'un signe de tête ce que dit Romain.

« Et ça lui arrive souvent de partir sans prévenir ?»

« Pas vraiment, non. Surtout avec ses ruchers et ses plantations, il ne peut pas se permettre de partir quand il veut. »

« Vous avez la clé de son bureau ? »

« Non. C'est Maman qui doit l'avoir. »

« Papa n'aime pas qu'on le dérange, » ajoute Ophélie, « sauf quand c'est Julie qui le fait. Enfin, qui le faisait. »

Une ombre passe sur son visage lorsqu'elle évoque sa sœur, un mélange de colère et de tristesse gravé dans ses traits. Rivalité fraternelle ? Ou bien une agressivité à fleur de peau pour dissimuler la douleur de la perte ?

Ce n'est pas clair, mais Sturm n'a pas le temps de s'y arrêter maintenant. La disparition de Philippe Thouvenet a la priorité.

« Votre père a-t-il une tablette ou un ordinateur personnel ? » dit-il. Si Thouvenet a laissé une piste sur Internet, il faut absolument qu'il la trouve.

« Oui, au salon. Je vais vous y conduire, » dit Romain.

Lorsqu'ils sortent de la chambre d'Ophélie, la musique heavy metal se remet à résonner aussi fort qu'en salle de concert. Un riff assourdissant emplit tout l'espace. Pour Sturm, c'est un terrain familier.

« Metallica, je crois ? »

« C'est ça, » dit Romain. « Ça va bien avec le look de rock star d'Ophélie, » ajoute-t-il d'un air sarcastique en descendant l'escalier qui mène au rez-de-chaussée.

Un fin PC portable est posé sur un secrétaire de bois sombre, aux pieds délicatement travaillés, accolé au mur. L'ordinateur de toute dernière génération posé dessus offre un contraste saisissant avec le meuble traditionnel.

« C'est l'ordinateur familial, » explique Romain. «Il a dû prendre sa tablette avec lui. »

Romain met l'ordinateur en route. Il appuie sur la touche 'entrée'. L'écran de connexion apparaît.

« Vous connaissez le code d'accès ? »

« Oui, on se sert tous du même, » dit Romain en tapant une suite de lettres et de chiffres. « C'est la date de naissance de Julie. »

La réponse aux interrogations de Sturm se trouve là, dans les fenêtres de Google Chrome restées ouvertes par négligence ou par précipitation.

Il commence à les ouvrir, une à une. Une recherche Wikipédia sur Beyoncé. Le Huffington Post du jour. L'article de Sophie Champeaux dans une autre fenêtre.

Et un billet d'avion Paris-Rome avec Transavia, à sept heures du matin.

Chapitre 37

Sturm pénètre dans la cuisine d'un pas vif. Sonia Thouvenet est toujours adossée au plan de travail, plongée dans une rêverie morose. Elle sursaute lorsqu'elle le voit et lui lance un regard méfiant.

« Savez-vous pourquoi votre mari est allé à Rome ce matin ? »

« À Rome ? » dit-elle d'une voix chargée d'incrédulité. « Qu'est-ce qui vous fait dire ça ? »

« Le billet d'avion qu'il a acheté en ligne. »

« Je n'en ai pas la moindre idée. Il ne m'a rien dit. C'est peut-être lié à ses abeilles. » Sturm la regarde en silence, un seul sourcil levé. « Il est peut-être allé trouver des nouveaux clients pour sa production de miel, » précise-t-elle.

« À Rome pour vendre du miel, c'est vraisemblable ? »

« Peut-être pas tant que ça. Je ne sais pas. »

« Réfléchissez, madame Thouvenet, qui connaît-il là-bas ? Le propriétaire de la galerie Santelli ?»

« Normalement notre contact avec les Santelli, c'est monsieur Pelletier, à Paris. Mais je ne vois vraiment pas pourquoi son voyage vous inquiète tellement. »

« Il n'est pas censé quitter le territoire sans me prévenir, tant que le meurtrier de Julie n'a pas été identifié. »

Sonia Thouvenet lui répond sur le ton de l'indignation. « Vous ne soupçonnez tout de même pas mon mari d'avoir quelque chose à voir avec le meurtre de Julie ? »

« Je ne peux pas l'exclure. Et pour trouver le coupable, il faut mettre hors de cause chaque suspect. »

« Vous délirez, monsieur Sturm. Julie, pour mon mari, c'était la prunelle de ses yeux. Il lui enseignait tout ce qu'il pouvait sur l'art. Elle a dû batailler pour qu'il accepte de la laisser partir à Rome après le bac. Et si elle n'était pas morte entretemps, il l'aurait couvée même après son départ de la maison. »

Cette femme est emmurée dans ses convictions. Ce n'est pas auprès d'elle qu'il en apprendra davantage. Sturm préfère clore l'entretien.

« Je compte sur vous pour me prévenir dès que votre mari aura repris contact avec vous. »

« Je ne suis pas inquiète. Vous verrez que s'il est à Rome, ce sera pour affaires et rien d'autre. »

Sturm traverse la cour de La Louverie au pas de course, en opposant un visage impassible aux journalistes.

De retour à la PJ, il va directement au bureau que partagent Sennevières et Perronet et ferme la porte derrière lui. Il a besoin du point de vue de ses co-équipiers pour tester les divers scénarios qui commencent à émerger dans son esprit. Et aussi pour essayer de voir clair dans cette succession d'événements.

Il s'adosse contre une armoire métallique et croise les bras, perdu dans ses pensées. Enfin, il prend la parole. « Philippe Thouvenet a pris l'avion pour Rome ce matin sans prévenir sa famille, » dit-il. « Il venait de lire l'article du Huffington Post. C'est sûrement lié. »

« Il se peut qu'il ait pris la fuite. On a trouvé un

gros virement de la galerie Pelletier vers son compte. »

« Il a vendu un dessin de Caillebotte à Masson-Pelletier, » dit Sturm. « C'est ça, l'origine du virement.»

« On en revient au point de départ, alors. Pourquoi aller à Rome ? »

« Il a pu aller voir Santelli pour régler des comptes,» dit Sennevières.

« Mais qu'est-ce que le galeriste aurait à voir là-dedans ? » dit Sturm.

« C'est peut-être lui qui a acheté le Caillebotte, et Thouvenet n'est pas content du prix. »

« On peut laisser ça de côté. La transaction date d'il y a presque un an. Il n'aurait pas mis si longtemps à réagir, » dit Sturm. « Voyons les choses du point de vue de Thouvenet. Que sait-il ? Et qu'a-t-il appris en lisant l'article de Sophie Champeaux ? »

« Julie a contacté l'expert de Livourne, » dit Sennevières. « Et selon la journaliste, sa mort serait liée à une affaire de trafic d'œuvres d'art. »

« Son père ne sait rien à propos des photos qu'elle avait dans son deuxième téléphone, on ne lui en a jamais parlé, » ajoute Perronet. « Mais il sait qu'elle a travaillé avec Santelli, et il est aussi au courant pour la grossesse de Julie. »

« Alors quelles sont les conclusions que son père aurait pu tirer ? » demande Sturm.

« Non seulement que Santelli a fait un bébé à Julie, mais qu'il l'a impliquée d'une façon ou d'une autre dans une sale affaire, » dit Perronet.

« Et donc qu'il est responsable de sa mort, » dit Sturm. « Dans ce cas, Santelli est en danger de mort, lui aussi. »

Chapitre 38 – Jeudi – Vendredi

La première urgence : prévenir Laura. Elle répond dès la première sonnerie. La tension que Sturm ressent s'atténue un peu.

« Laura, Philippe Thouvenet a pris l'avion pour Rome ce matin, sans rien dire ni à sa femme ni à ses enfants. Il ne répond plus au téléphone, et on a perdu sa trace. »

« C'est le père de la victime, n'est-ce pas ? Pourquoi trouves-tu ce voyage inquiétant ? »

« A cause de l'article du Huffington Post. Je sais qu'il l'a lu. Il a pu en conclure que Santelli est responsable de la mort de sa fille. »

« Si elle lui a parlé de ses soupçons sur le Modigliani douteux – c'est un gros si. Il est peut-être venu pour affaires, voilà tout. »

« Ce départ n'est pas normal, il ne se comporte pas comme ça d'habitude. Je te demande d'aller mettre en garde Santelli. »

« Thouvenet n'a pas pu transporter une arme s'il est venu en avion. »

« On ne vend pas d'armes, à Rome ? »

« C'est quand même plus probable qu'il soit juste venu lui parler. Mais je vais appeler le galeriste, malgré tout. »

oOo

Vendredi matin

Le petit bruit de grelot d'un message WhatsApp réveille Sturm. Il jette un œil à l'heure. Six heures dix. Laura vient de lui écrire.

« *Appelle-moi. C'est urgent.* »

D'un seul coup, Sturm est sur le qui-vive. Laura ne l'appelle jamais sans raison valable, et surtout pas à six heures dix du matin. Il appuie sur la petite icône de téléphone en haut de l'écran.

Laura répond avant même que la première sonnerie soit terminée. « Thouvenet vient de se rendre à la police. Il a poignardé Santelli. On m'a avertie tout de suite. »

Les petits poils derrière la nuque de Sturm se hérissent, il se tend comme un arc. Son pressentiment ne l'avait pas trompé.

« Santelli est mort ? »

« Non, il est à l'hôpital. Il est dans un sale état, même s'il a eu beaucoup de chance. Le couteau de Thouvenet a heurté une côte. À un centimètre près, il était mort. »

« C'est toi qui vas l'interroger ? »

« Bien sûr. Mais ce serait bien que tu viennes aussi.»

« Compte sur moi. »

Sturm se précipite dans la salle de bains et prend une douche brûlante. Pas de petit-déjeuner, il prendra un café au bistrot en face de l'hôtel de police judiciaire.

Il va parler à la commissaire Guérin. Il sait qu'elle arrive à sept heures, chaque matin, pour avancer sur ses dossiers avant que les téléphones ne se mettent à sonner et que les urgences s'accumulent.

La commissaire Guérin est bien là, fidèle au poste.

Et avec ses cheveux au brushing impeccable et son tailleur, fidèle à son apparence soignée. Elle écoute avec attention les derniers développements de l'affaire Thouvenet.

« Il faut que j'aille à Rome, interroger Thouvenet et Santelli, » dit Sturm à la fin de son exposé.

Guérin allume sa lampe de bureau qui répand un halo de lumière jaune sur son visage. Elle acquiesce. «Je vais téléphoner à la juge Jeanneney pour la prévenir de ton arrivée. Elle te donnera les documents nécessaires. »

« Elle sera déjà dans son bureau, à cette heure-ci?»

« Elle commence tôt, et elle part tard. Elle sera là. Mais pour ton voyage à Rome, il va falloir que tu te débrouilles pour acheter ton billet tout seul, si tu veux y aller dès aujourd'hui. »

« Pas de souci, j'ai l'habitude. »

Sturm quitte le bureau de Léa Guérin et se rend au pas de course au Palais de Justice pour rencontrer la juge d'instruction. Pourvu que le coup de fil de la commissaire Guérin fasse de l'effet à Odile Jeanneney et la rende moins tatillonne.

Le hall du Palais de Justice sent la cire que viennent sans doute d'appliquer sur le revêtement de sol les équipes de nettoyage qu'il entend en bruit de fond. Il se rend directement chez la juge d'instruction.

Il ressort du Palais de justice au bout d'un quart d'heure, le précieux document en poche. Ça n'a jamais été aussi vite. Léa Guérin doit avoir des super-pouvoirs.

oOo

Vendredi après-midi

Lorsque Sturm débarque de son vol en début d'après-midi, il parcourt à grands pas les couloirs de l'aéroport de Fiumicino. Il commence à bien connaître ce lieu, et il passe sans les voir devant les boutiques et les restaurants qui bordent les halls d'arrivée.

Il aperçoit de loin la mince silhouette de Laura qui l'attend au milieu d'un groupe d'employés d'hôtel. Avec leurs pancartes où ils ont inscrit en grosses lettres noires le nom des clients qu'ils viennent chercher, ils font penser à une petite troupe de manifestants pacifiques.

Elle l'a vu aussi. Ils se saluent d'une longue étreinte.

« J'ai une demande d'extradition pour Thouvenet, signée par le juge et le ministère de la justice, » annonce Sturm.

« Pas sûr qu'on te laisse repartir avec lui. La tentative d'homicide doit être jugée. »

« On va déjà commencer par l'interroger ensemble. »

« Il a refusé de me parler. On verra si tu as plus de chance. »

Ils se garent aux environ de la prison Regina Coeli, dans le Trastevere. C'est un ancien couvent, si bien que l'extérieur n'évoque pas la vie carcérale. Dès qu'ils entrent, en revanche, l'impression change du tout au tout. Des grilles ont été placées partout, même dans le vide au-dessus du patio central.

« C'est pour éviter les suicides, » dit Laura en suivant le regard de Sturm. « Cette prison est surpeuplée. Dans chaque cellule, il y a maintenant trois prisonniers qui dorment dans des lits superposés. Mais au départ, chaque cellule était conçue pour une seule personne. »

Après leur passage par un détecteur de métaux, ils suivent un garde jusqu'au parloir. C'est une petite pièce aux murs nus. Dès qu'il entre, Sturm sent la sueur couler dans son dos. Le front de Laura est aussi perlé de transpiration.

Pendant que le gardien va chercher Thouvenet, Sturm se dirige vers le distributeur dans le couloir et achète trois petites bouteilles d'eau. Tous deux boivent directement au goulot.

Il faut un bon quart d'heure au gardien pour revenir avec le prisonnier. Thouvenet est très pâle, mais ses yeux sont pleins de défi. Le garde l'installe devant la petite table où l'attendent les deux policiers et lui retire ses menottes. Puis il va s'asseoir dans un coin de la pièce et surveille la scène.

« Monsieur Thouvenet, je vais vous poser quelques questions et enregistrer notre conversation,» commence Sturm en lui tendant l'une des bouteilles d'eau qu'il a achetées. « Je vais également vous photographier. »

« Pour quoi faire ? » dit Thouvenet. Sa voix est belliqueuse, et tendue en même temps.

« C'est indispensable pour l'identification par la victime, » lui dit Sturm en prenant la photo sur son téléphone. Puis il met en route le dictaphone, décline son nom, la date et la raison de l'enregistrement pendant que Thouvenet boit au goulot de la troisième bouteille d'eau.

« Monsieur Thouvenet, vous êtes accusé de tentative d'homicide sur la personne de Francesco Santelli. Reconnaissez-vous les faits ? »

« Je ne répondrai à aucune question avant d'être rentré en France. »

« C'est en Italie que vous avez commis un crime. C'est ici que vous serez jugé. »

« Je n'ai pas d'avocat ici, je veux rentrer chez moi.»

« Vous aurez un avocat commis d'office, » dit Laura.

« Je le refuserai. Et je refuse de dire quoi que ce soit aujourd'hui. »

Il croise les bras, les lèvres serrées, le regard bravache, puis il fait signe au gardien qu'il veut mettre fin à la visite.

Sturm arrête l'enregistrement, tandis que Thouvenet est reconduit dans sa cellule.

« Un coup pour rien, cette visite, » dit Sturm lorsqu'ils se retrouvent dehors. « On aura peut-être plus de chance avec Santelli. On essaye de l'interroger ? »

« On peut aller le voir. Il a été admis à l'hôpital Nuovo Regina Margherita. »

« C'est toujours dans le Trastevere ? »

« Oui, c'était l'hôpital le plus proche de sa galerie.»

Comme la prison, l'hôpital est lui aussi logé dans un ancien monastère. La cour carrée, les arcades et les jardins ont été préservés.

Sturm et Laura traversent un long couloir aux pavés disjoints et aux murs de la couleur ocre caractéristique de Rome. Des statues et des fragments de colonnes sont posés tout au long du couloir.

Accrochées au mur, des plaques de marbre portant des inscriptions en latin font plus penser à un musée qu'à l'ambiance aseptisée d'un hôpital.

« Santelli a quitté le service de réanimation, » dit

l'infirmière chef qui les reçoit. « Il est maintenant en chirurgie. »

Sturm et Laura parviennent à l'aile où se trouve le service de chirurgie. C'est un bâtiment moderne qui, lui, ne contient plus aucune trace du passé. Dans sa chambre, Santelli somnole, veillé par son épouse.

« Encore vous, » dit-elle en apercevant Sturm. Sa voix est coupante. « Vous ne pouvez pas interroger mon mari, il dort. »

« Je suis réveillé. »

La voix de Santelli est faible, son visage très pâle. Mais son regard ne montre aucune trace de sommeil.

« Francesco, tu dois te reposer. »

« Je préfère en finir tout de suite. Je me reposerai mieux après, » répond Santelli.

Même affaibli, il semble en pleine possession de ses moyens. Et sa femme n'a plus rien de l'animosité dont elle avait témoigné envers son mari lorsque Sturm l'avait interrogée. L'attaque qu'il a subie ainsi que sa blessure, ont effacé toute sa rancune.

« Monsieur Santelli, j'ai besoin de savoir ce qui s'est passé lors de l'agression. Je vais enregistrer notre conversation, » commence Sturm.

« C'était hier. J'étais seul dans la galerie, je travaillais à mon bureau. »

« L'inspectrice Tonacci vous avait prévenu que vous étiez peut-être en danger. Aviez-vous pris des mesures pour vous protéger ? »

« Pas vraiment. Elle m'avait dit que c'était le père de Julie, alors je n'y ai pas trop prêté attention. C'est quelqu'un comme vous et moi. Qu'est-ce qu'il aurait pu me faire ? »

Des tas de choses, pense Sturm, mais il dit

seulement, « Continuez. »

Santelli prend une profonde inspiration. « Un homme est entré. Je ne l'avais jamais vu avant. »

« C'était celui-là ? » demande Sturm en lui montrant la photo de Thouvenet qu'il a prise dans la prison.

« Oui, c'est bien lui. Il s'est présenté, il m'a dit qu'il était le père de Julie. Je lui ai dit que j'étais vraiment désolé qu'elle ait été tuée. C'est là qu'il a sorti son couteau. En une minute, c'était fini. »

« Il a dit quelque chose au moment où il vous attaquait ? »

« Il a hurlé 'C'est à cause de toi qu'elle est morte.' Et il s'est jeté sur moi. Je me suis défendu, » ajoute Santelli en montrant son avant-bras droit couvert de bandages. « Mais il a réussi à me planter son couteau dans la poitrine. Il s'est enfui tout de suite après. Il a dû croire que j'étais mort. »

Une infirmière toque à la porte et entre pour vérifier la perfusion de Santelli. Elle échange quelques mots avec l'épouse, puis repart sans bruit, chacun de ses pas amorti par ses épaisses semelles en caoutchouc.

« Qui a appelé les secours ? » reprend Sturm.

« Je me suis traîné sur le pas de la porte dès que Thouvenet est parti. Heureusement, il avait laissé la porte ouverte en s'enfuyant, sinon je n'aurais jamais pu l'ouvrir moi-même. »

Santelli est en train de revivre l'agression. Il parle d'une voix blanche.

« Je perdais beaucoup de sang, mais j'ai réussi à crier 'au secours' deux ou trois fois. Un passant m'a entendu et a téléphoné aux *carabinieri*. »

« Savez-vous pour quelle raison il vous a rendu

responsable de la mort de sa fille ? »

« J'aimerais bien le savoir moi aussi.»

Béatrice pose sa main sur l'épaule de son mari. « Ça suffit, maintenant. Vous ne voyez pas que vous le fatiguez ? »

Laura lui lance une phrase rapide en italien. Béatrice se tait, le visage renfrogné.

« Thouvenet est maintenant en prison, » reprend Sturm. « Il va falloir que vous portiez plainte pour tentative de meurtre. »

« Non. Je ne porterai pas plainte. »

« Et pourquoi pas ? »

« Parce qu'une plainte entraînerait un procès. Un procès, vous imaginez ce que ça peut faire à ma réputation ? Tout mon travail est basé sur une réputation impeccable. Si je perds ça, autant fermer boutique. »

« Vous tenez beaucoup à votre réputation. Pourtant, l'un des Modigliani que vous allez mettre en vente chez Sotheby's pourrait être faux, » dit Sturm tout en scrutant Santelli.

Des taches rouges sont maintenant apparues sur le visage du galeriste, et sa femme le regarde d'un air soucieux.

« Vous plaisantez, j'espère. Le tableau est authentique, je vous l'ai déjà dit. »

« Gianni Moreno n'était pas du même avis. »

« Ce n'est pas parce qu'un collectionneur se proclame expert de la peinture de Modigliani que tout ce qu'il dit est vrai. »

« Il a été tué, vous le savez. Avez-vous quelque chose à voir avec son meurtre ? »

« Je n'ai pas tué ce vieillard, ni son épouse, ni Julie Thouvenet. Combien de fois dois-je vous le dire ? »

« La mort de Moreno vous arrange bien, » dit Sturm d'une voix égale.

« Il devrait brûler en enfer, avec toutes ses soi-disant expertises. Mais je n'y suis pour rien s'il a été assassiné. »

« C'est un empêcheur de frauder en rond, pour vous ? »

« Non, c'est un type qui croit tout savoir. Il n'y a rien de pire. »

Cette fois, Santelli semble exténué. Il se met sur le côté et tourne le dos aux enquêteurs.

« Ça suffit comme ça, » intervient son épouse. « Il est épuisé, vous devez partir maintenant. »

« Cette conversation n'est pas terminée, » dit Laura. « On se reverra. »

Les deux policiers retraversent les longs couloirs, puis le cloître. « C'est bizarre qu'il ne dépose pas de plainte, » dit Laura d'un ton songeur.

« Ça laisse penser qu'il protège Thouvenet, » dit Sturm. « Et s'ils sont complices, il doit craindre ce qui pourrait être révélé dans un procès. »

« Je ne vais pas le lâcher, crois-moi. »

« Et moi, je vais retourner chez les Thouvenet dès demain pour perquisitionner. Je vais peut-être trouver une trace de son lien avec Santelli. »

En marchant vers la Giulietta de Laura, Sturm pense à Julie, à ce qu'elle a vécu dans ce quartier. Les questions se bousculent dans sa tête.

« Tu penses à quoi ? » lui demande Laura.

« Je pense à Julie. Je me demande si elle était amoureuse de Santelli. Je suis presque sûr qu'elle lui a parlé de ses doutes sur l'authenticité du tableau de

Modigliani. »

« Jeune et naïve comme elle l'était, c'est possible.»

« Du coup, je me demande si Santelli a couché avec elle juste pour qu'elle ne dise rien. Ou peut-être qu'il a essayé de lui faire peur. »

« Dans ce cas, elle n'aurait pas quitté Rome uniquement pour cacher sa grossesse, mais pour échapper à Santelli. Et une fois de retour en France, elle l'a peut-être fait chanter. »

« Ça expliquerait pourquoi elle cachait le téléphone plein de photos de tableaux. »

Ils sont arrivés à la voiture. Sturm a serré les poings sans s'en apercevoir, et Laura pose une main apaisante sur son bras. « Je vais continuer l'enquête de mon côté. On finira par découvrir qui se cache derrière tout ça. »

Sturm la serre brièvement dans ses bras. Il a beau être un adulte dans la force de l'âge, les mots de Laura le rassurent, étrangement. Elle se détache de son étreinte et déverrouille sa Giuletta d'un bip.

« Puisqu'il n'y a pas de plainte contre Thouvenet, ça change les choses. Il va pouvoir être extradé en France. Je vais passer quelques coups de fil. »

« Dans combien de temps je vais le récupérer, à ton avis ? »

« Une petite semaine, je dirais. Pendant ce temps, Thouvenet va encore profiter de l'hospitalité de l'État italien. »

Chapitre 39

Il est presque minuit lorsque Sturm débarque à l'aéroport d'Orly. Il aperçoit Perronet parmi les rares personnes venues aussi tard pour accueillir des voyageurs.

« Qu'est-ce que tu fais ici ? Il s'est passé quelque chose ?»

« J'ai besoin de te parler en privé. Je te ramène chez toi ? J'ai ma voiture. »

« Tant mieux, parce qu'en moto, ç'aurait été plus compliqué pour moi. »

Les deux hommes se dirigent vars le parking de l'aéroport et s'installent dans la voiture du lieutenant, une Renault Arkana noire aux lignes arrondies.

Alors que Perronet démarre, Sturm remarque les détails en chrome sur le volant et le tableau de bord bourré de technologie embarquée. En pensant à sa propre Peugeot de vingt ans d'âge, il se sent un peu comme un dinosaure. Mais j'aime ma voiture, pense-t-il résolument.

Perronet reste silencieux pendant qu'ils quittent le parking, et Sturm en profite pour lui raconter les avancées de l'enquête à Rome. « Je vais avoir besoin de toi et de Sennevières demain matin, » conclut-il.

« Qu'est-ce que tu as prévu ? »

« On va perquisitionner à la Louverie. Je veux

vérifier si on trouve la trace d'une complicité avec Santelli. Occupe-toi de réserver une voiture de service. Départ à sept heures trente. »

Perronet hoche la tête pour acquiescer et ne desserre pas les lèvres. Le ronronnement du moteur est l'unique bruit dans l'habitacle.

Qu'est-ce qu'il est crispé, pense Sturm. Je me demande ce qui l'angoisse à ce point. « Tu vas te décider à me dire ce qui ne va pas ? » dit-il lorsqu'ils ont rejoint l'autoroute.

Perronet prend une profonde inspiration. « Alors voilà. Tu sais que je sors avec quelqu'un. »

« Je me suis toujours demandé pourquoi tu t'es obstiné à nous cacher qui c'était. »

« J'avais mes raisons. »

« Dis-les-moi, je t'écoute. »

« Elle s'appelle Justine. C'est une fille géniale. » Il s'interrompt.

« Mais ? » dit Sturm, qui a perçu l'hésitation de son collègue. Perronet qui est si précis d'habitude, qui expose tout en détail. Et voilà qu'il ne trouve pas ses mots.

« On va avoir un bébé. »

« Félicitations, je suis très heureux pour vous. Où est le problème ? C'est le bébé ? »

Perronet reste muet, comme s'il cherchait en lui-même la force de parler. Sur son cou, les tendons sont devenus visibles.

« Qu'est-ce qui ne va pas ? Qu'est-ce qui est si difficile à dire, enfin ? »

Perronet semble prendre une décision. Il franchit son Rubicon personnel, pense Sturm.

« Son père, c'est Hervé Bouchot. »

Sturm connaît ce nom, la presse et la télé en ont parlé pendant des semaines.

« C'est le gars qu'on a accusé de blanchiment d'argent il n'y a pas longtemps ? »

« C'est lui. Il a toujours clamé son innocence, mais il est allé en prison. Il y a eu un non-lieu au bout du compte. Seulement... »

Il s'arrête encore. Sturm voit de fines gouttelettes de sueur sur son front.

« Allez, rassure-toi. Tu n'as rien fait de mal, il me semble. Tu es juste amoureux de la fille d'un type pas très net. Elle n'a rien à voir avec ses activités, je me trompe ? Et ce n'est pas avec lui que tu vas vivre. »

« Labarrère a arrêté le père de Justine, » dit Perronet très vite, comme s'il craignait de perdre le courage de parler. « Il est mis en examen pour homicide involontaire. »

Sturm accuse le coup, et il a besoin d'en savoir plus. « Que s'est-il passé exactement ? »

« Un jeune de seize ans a succombé à une overdose au Lycée international. Tu te souviens de ce lycée super prestigieux ? »

Sturm hoche la tête. La fille d'Alice est l'une des élèves de ce lycée, une très bonne élève, d'ailleurs.

« Labarrère a interrogé les deux gars que tu as arrêtés au Speakeasy, » continue Perronet. « Ils ont avoué qu'ils avaient vendu leur saloperie devant ce lycée. Labarrère les a menacés de leur mettre sur le dos le meurtre du gamin. Ils ont pris peur et ils ont donné le nom du père de Justine. »

« Comment se fait-il qu'on ne soit jamais tombé sur Bouchot, depuis le temps qu'on enquête ? Est-ce qu'il y a des preuves concrètes, un flagrant délit ? »

« Pour l'instant, il n'y a que le témoignage des deux dealers. D'après eux, le père de Justine serait la tête pensante du gang. Il organise le trafic, mais il ne se mouille jamais. »

« Homicide involontaire. Cette accusation change la donne. »

« Je sais. Bouchot jure qu'il n'a rien à voir avec la drogue, mais il a été mis en garde à vue quand même. »

« Quand ça ? »

« Aujourd'hui même. On l'a arrêté et menotté devant tout le quartier. Justine est effondrée. Elle aime son père, même si elle n'est pas dupe. Elle sait que ce n'est pas un saint. Mais elle ne supporte pas l'idée qu'il soit en garde à vue. Elle m'a supplié d'intervenir. »

« Mais qu'est-ce qu'elle voulait exactement ? »

« Qu'il soit assigné à résidence au lieu d'être incarcéré. Il ne va pas prendre la fuite, elle en est sûre. Et au moins, sa santé sera préservée. C'est un homme malade. »

« Et qu'est-ce que tu lui as répondu ? »

« Que l'affaire est sous la responsabilité d'un collègue. Et comme en plus ça touche mon futur beau-père, je ne peux pas intervenir. Il y aurait conflit d'intérêts. »

« Bonne réponse. Elle a compris ? »

« Elle l'a très mal pris. »

« Tu n'as pas le choix. Tu ne peux rien faire. Et de toutes les façons, maintenant, c'est du ressort du juge d'instruction. »

« C'est pour ça que je voudrais te demander de le faire, toi. »

« Moi ? Mais qu'est-ce que tu as en tête ? »

« Tu pourrais demander à la juge Jeanneney de revenir sur sa décision. »

Sturm laisse échapper une petite exhalaison explosive, et secoue la tête de droite à gauche.

« On dirait que tu ne la connais pas. Jamais Odile Jeanneney n'accepterait le moindre soupçon de favoritisme, ou de népotisme, ou de partialité. La seule chose à faire, c'est de prouver que Bouchot est innocent.»

Perronet se met sur la file de droite et ralentit. Sans doute qu'il se prépare à dire ce qui compte le plus pour lui dans cette histoire, pense Sturm.

« J'ai peur de perdre Justine si je refuse d'aider son père. »

Sturm lui répond d'une voix forte, sans aucune hésitation.

« Si tu acceptes, c'est ton intégrité de flic que tu vas perdre. »

« Si je ne fais rien, elle me le reprochera, » dit le lieutenant d'une voix à peine audible, sans détacher ses yeux de la route.

« Si tu fais quelque chose, c'est toi qui te le reprocheras toute ta vie. »

Tous deux se taisent. L'écho des paroles de Sturm semble s'attarder, comme une mise en garde pleine de gravité.

« Alors, tu n'iras pas parler à Labarrère ? » dit Perronet, la voix toujours aussi basse.

« Souviens-toi, Cyril, on protège les gens ordinaires, pas les trafiquants. »

« Rien n'a encore été prouvé. Il est juste mis en examen, » objecte le lieutenant.

Sturm comprend l'angoisse qui taraude son collègue, mais il sait, sans aucun doute possible, que la situation ne comporte qu'une seule issue.

« Labarrère est un sale type, mais c'est aussi un bon flic, » dit-il, « même moi, je dois le reconnaître. Si Bouchot est innocent, il s'en apercevra et il le relâchera. Explique-le à Justine. Je suis sûr qu'elle ne veut pas te perdre non plus. »

Perronet soupire et relâche un peu ses mains sur le volant. Il appuie sur la pédale d'accélérateur et passe à la vitesse supérieure.

« Je vais parler à Justine, » dit-il, son visage enfin serein.

Chapitre 40 – Samedi

Dans la cour de la Louverie, il n'y a plus aucune camionnette de chaîne de télé, et la grille est fermée à clé. Il ne reste qu'un 4X4 solitaire sur le bas-côté de la route, avec le logo de la Gazette de Garches.

Sonia Thouvenet a dû trouver la force de faire respecter son territoire et son droit à l'intimité, se dit Sturm.

Le visage de Sonia Thouvenet apparaît brièvement derrière la fenêtre de la cuisine. La grille de la cour s'ouvre automatiquement pour laisser passer Sturm et ses deux co-équipiers, mais ils doivent attendre à la porte que Romain vienne leur ouvrir.

Avant que Sturm ne puisse dire un mot, l'adolescent l'accueille d'un « Encore vous ? » lancé sur un ton rogue.

« On a une commission rogatoire pour fouiller votre maison, » répond Sturm sans ménagements.

L'arrogance de l'adolescent lui reste en travers de la gorge. Ce n'est quand même pas ce garçon monté en graine qui va s'interposer entre son enquête et lui. Surtout au moment où il sent qu'il approche du but.

Romain a tout juste le temps de s'effacer avant que les trois officiers de police judiciaire entrent à l'intérieur. Sonia Thouvenet se précipite vers eux. Elle n'est pas coiffée et le manque de sommeil rend son visage hagard. Une odeur de café flotte dans l'air.

« Pourquoi faut-il que vous veniez à l'aube ? » dit-elle, « c'est brutal. »

Sturm sait que c'est la seule façon de surprendre les suspects, mais il choisit de ne pas réagir à l'animosité de la mère de Julie.

Celle-ci reste immobile et fixe Sturm de ses yeux gris. Son visage n'a plus aucune trace du sang-froid dont elle faisait preuve jeudi. C'est une profonde angoisse qui se lit sur ses traits.

« C'est à cause de mon mari que vous êtes là ? » demande-t-elle d'une voix à peine plus forte qu'un murmure, comme si elle avait un pressentiment.

Sturm a l'habitude de donner les mauvaises nouvelles sans ménagements. Dans son expérience, les gens préfèrent connaître la vérité tout de suite. Cette fois, pourtant, il hésite.

« Est-ce qu'Ophélie est à la maison ? » demande-t-il. Peut-être que sa fille saura la réconforter lorsqu'il lui dira où se trouve son mari.

« Elle passe la nuit chez une amie, » dit Sonia.

Sturm ne peut plus reculer l'échéance. « Je suis au regret de vous dire que votre mari est détenu à la prison Regina Coeli de Rome. »

Sonia Thouvenet pâlit, comme si tout le sang se retirait de son visage. « Mais pourquoi ? Qu'est-ce qu'il a fait ? »

« Il a poignardé Francesco Santelli. »

Sonia chancelle, flageole sur ses jambes, puis s'effondre.

Sturm bondit et la retient avant qu'elle ne touche le sol. Il tire la nappe qui recouvre un guéridon, la roule en boule, puis pose doucement la tête de Sonia sur ce coussin improvisé.

« Romain, venez voir par ici, » appelle Sturm.

« Maman, qu'est-ce que tu as ? » crie Romain, dès qu'il voit sa mère à terre. Il s'accroupit près d'elle, lui prend la main, lui tapote les joues.

« Elle est juste évanouie, ce n'est rien de grave. Allez lui chercher de l'eau. Apportez aussi du vinaigre.»

Le jeune homme revient avec de l'eau très froide, qui embue le verre à pied qu'il a choisi. Sturm en verse quelques gouttes sur la bouche de Sonia Thouvenet.

Ses lèvres bougent un peu, mais ses paupières restent fermées. Il approche ensuite la bouteille de vinaigre balsamique de ses narines. Elle ouvre les yeux, les referme un instant, puis se réveille pour de bon.

Sturm l'aide à se lever et la conduit à l'un des fauteuils. « Merci, » dit-elle très bas.

« Nous allons commencer la perquisition maintenant, » dit Sturm, « on aura peut-être besoin de vous pour nous guider lorsque vous vous sentirez mieux. »

Elle hoche la tête sans dire un mot, et Sturm se tourne vers ses collègues. « Allez fouiller le bureau. C'est au fond du couloir, à gauche, » dit-il. « Puis occupez-vous des chambres à coucher, à l'étage. »

Sennevières revient presqu'immédiatement. « Fermé à clé, » annonce-t-elle.

« Avez-vous la clé du bureau, madame Thouvenet? » demande Sturm.

« Oui, elle est accrochée à l'entrée, » dit-elle. Bien qu'elle soit encore très pâle, elle se lève et se dirige vers une petite armoire. Elle l'ouvre, jette un coup d'œil à l'intérieur.

« Je suis désolée, je ne la trouve pas. Mon mari a dû la prendre avec lui, » dit-elle d'une voix presqu'inaudible. Elle va tout de suite se rasseoir. Aussi immobile qu'une statue, elle regarde Sturm avec un mélange de désespoir et de confusion.

« A toi de la crocheter, » dit Sturm en se tournant vers Perronet.

Forcer les serrures, c'est l'un de ses nombreux talents, même s'il n'en est pas particulièrement fier. Au contraire, il a l'impression que ça le rapproche dangereusement des malfaiteurs qu'il traque.

Pourtant, ce savoir-faire lui a rendu trop de services dans son travail pour qu'il se permette de le mépriser. Il sort un trombone tordu de sa poche et commence à bidouiller les culbuteurs.

La serrure cède avec un cliquetis. Les deux lieutenants mettent des gants de latex et commencent à ouvrir les tiroirs et à examiner les dossiers.

« Qu'est-ce qui se passe, Maman ? » dit Romain dès que les deux OPJ ont quitté la pièce. Sonia Thouvenet reste silencieuse. C'est Sturm qui répond.

« Votre père a tenté d'assassiner le propriétaire de la galerie où Julie a fait son stage, à Rome, » dit-il.

Le frère de Julie se met à cligner des yeux sans arrêt. « Mais pourquoi a-t-il fait ça ? »

« C'est justement la question que j'allais vous poser, » dit Sturm d'un ton neutre.

« Aucune idée. Et toi, Maman ? »

Sonia Thouvenet se contente de secouer la tête de droite à gauche, les yeux pleins de larmes. Elle essuie furtivement ses larmes avec sa manche. C'est à ce moment-là que Sennevières et Perronet les rejoignent au salon.

« Rien d'intéressant dans le bureau. Il n'y a que des factures et des documents administratifs. Rien de suspect dans les chambres à coucher non plus. Mais on n'a pas pu entrer dans l'une des pièces, à l'étage. Elle est fermée à clé. »

« Cette clé, je l'ai, » dit la maîtresse de maison. Elle semble un peu plus calme, maintenant, et ses yeux sont secs. « C'est juste un atelier où mon mari fait un peu de peinture. C'est son passe-temps préféré. »

« On va quand même vérifier. »

Ils se dirigent tous vers le premier étage. Sonia Thouvenet leur ouvre la porte et s'efface pour les laisser entrer. Sturm entre en premier et se retrouve dans un large espace haut de plafond. Une vraie surprise, au fond de ce couloir étroit. Une baie vitrée occupe tout un mur.

« On a dû en casser, des murs et des planchers, pour créer un volume aussi imposant, » dit Sennevières. Elle est en train de rénover sa maison, et elle s'y connaît. « L'étage et le grenier ont été fondus en un seul espace. »

« C'est un studio, en fait, on pourrait y habiter, » dit Sturm lorsqu'il regarde autour de lui.

« Cet endroit est magnifique, » dit Perronet, en découvrant les hauts plafonds, la baie vitrée et la lumière provenant du nord qui inonde l'atelier.

« Étonnant, non ? » dit Sennevières.

« Oui, surtout pour quelqu'un qui peint en amateur, » répond Sturm, lui aussi stupéfait par les dimensions de l'atelier dont il observe maintenant les détails.

Devant un profond canapé de cuir craquelé, Sturm voit une table basse où trainent deux mugs, une théière, une bouilloire électrique, une bouteille d'Évian et un paquet de gaufrettes au chocolat commencé.

Dans un coin, une mini-cuisine, avec un petit évier circulaire et un porte-serviettes où est suspendu un torchon à carreaux bleus et blancs.

Un réfrigérateur en acier brossé assez imposant ronronne discrètement. Sturm tire une porte fermée juste à côté, et trouve une salle de bain complète, avec une baignoire.

« Mais votre mari avait aussi besoin d'une cuisine et d'une salle de bains ? »

« La peinture, c'est salissant, alors oui, c'est indispensable d'avoir un point d'eau. Et de temps en temps, il fait la sieste sur le canapé, ou bien il mange un morceau tout en peignant, c'est vrai. »

« Attendez-nous à l'extérieur, je vous prie, » demande Sturm à Sonia Thouvenet et à son fils.

Sturm enfile des gants de latex beige. Sennevières et Perronet ont déjà les leurs, mis pour perquisitionner le bureau. Tous trois se partagent la pièce, et commencent à en examiner chaque centimètre carré.

Plusieurs tableaux sont accrochés au mur. C'est bizarre, pense Sturm, j'ai l'impression de voir des tableaux du dix-neuvième siècle.

Il regarde une salle de café de village, avec les visages des clients rendus dans les moindres détails, puis un intérieur bourgeois plein de dorures, des personnages dessinés avec une précision photographique.

Des toiles vierges sont adossées à l'un des murs. Sur un chevalet en pied, une ébauche de portrait, sûrement un travail en cours.

Sur une desserte à roulettes juste à côté, sont posés des chiffons, des tubes de peinture, des bouteilles en plastique de white spirit et d'huile de lin, et des petits bidons de produits chimiques non-identifiés. Pas de palette, mais des petites soucoupes pour mélanger les couleurs.

Il a du matériel pour plusieurs années, pense Sturm.

Les trois OPJ vérifient tout. Toiles, peintures, chevalet. Le canapé où Thouvenet fait sa sieste. La kitchenette où il se prépare quelquefois des repas sur le pouce. Le rebord des fenêtres. Les placards.

« Rien à signaler, pour la première moitié de mon secteur, » dit Sennevières. « Je continue. »

« Rien à signaler non plus, pour l'instant. Je continue, moi aussi, » confirme Perronet.

« Il me reste encore le cabinet de toilette à vérifier, ce ne sera pas très long, » dit Sturm, en ouvrant la porte. La grande salle de bains l'intrigue, la baignoire aussi.

Il ouvre l'armoire à pharmacie. Paracétamol, gouttes pour les yeux. Il retourne la crème de rasage et l'after-shave posés sur la tablette. Il soulève le siège des toilettes – propres, avec un bloc d'eau bleue – le referme, s'assied sur les toilettes, pensif.

Il y a quelque chose qui cloche, avec ces tableaux. Si Thouvenet est capable de produire un travail d'une telle qualité, pourquoi n'est-il pas peintre à plein temps? Ça n'a aucun sens.

Toujours perdu dans ses cogitations, Sturm pianote sur le rebord de la baignoire. Son doigt rencontre un espace vide. Tiens, elle est mal fixée. Il parvient à soulever un peu le rebord de la baignoire.

Sturm passe les mains sous tout le pourtour. La baignoire est emboîtée sans être rivée ni collée. Pas de joint contre le mur non plus.

« Venez m'aider ! » crie-t-il à ses co-équipiers. «On cherche un bouton ou un levier. Un système électrique qui pourrait soulever la baignoire. »

« Pas la peine, » dit Perronet.

Il soulève la baignoire, qui sort de son emplacement sans difficulté. Il n'a même pas eu besoin de l'aide des deux autres. Ses séances régulières d'entraînement aux haltères ont porté leur fruit.

Le pouls de Sturm s'accélère lorsque Perronet pousse la baignoire sur le côté, révélant les premières marches d'un escalier.

Il s'agenouille pour mieux voir, et aperçoit une porte cadenassée, seulement visible à demi.

Sturm se précipite dans le couloir, où Romain et sa mère attendent, immobiles et muets. Ophélie est revenue de chez son amie, et s'est jointe à eux.

« Venez, on a trouvé quelque chose, » leur dit-il en les conduisant à la salle de bains. « Madame Thouvenet, où mène cet escalier ? »

« Mais je n'en sais rien, je ne connaissais même pas son existence, » répond-elle en arquant ses sourcils et en écarquillant les yeux. « Je suis aussi surprise que vous. »

« Je suppose que vous n'avez pas la clé de ce cadenas, alors. Veuillez attendre dans l'atelier jusqu'à ce qu'on trouve le moyen d'ouvrir la porte. »

Perronet se met à observer les murs, à la recherche d'un système pour soulever la baignoire et la fixer, ce qui permettrait de descendre l'escalier.

« J'ai trouvé, » dit-il. Il montre une béquille de métal accrochée à un anneau enfiché dans le mur. La béquille est mobile. Il cale la baignoire dessus, vérifie la solidité de l'assemblage.

« C'est exactement le même système que pour maintenir ouvert un couvercle de piano. C'est ancien, mais très efficace. La baignoire ne va pas s'écrouler sur nos têtes quand on passera. »

Perronet descend en premier. « Celle-là, elle ne me donnera pas trop de fil à retordre, » dit-il en crochetant la serrure du cadenas en dix secondes chrono. La porte s'ouvre sans le moindre grincement.

Sturm entre le premier, suivi de Sennevières, puis de Perronet. Tous trois s'arrêtent, comme foudroyés par ce qu'ils viennent de trouver.

Chapitre 41

C'est une petite pièce aux murs de béton, avec une chaudière et des gros tuyaux dans tous les sens. Deux ampoules pendues au plafond projettent une lumière blafarde sur la pièce.

Empilés dans un coin, des cadres de bois vides, de toutes les dimensions. Posées sur des supports en bois, trois toiles de Modigliani irradient une énergie électrisante.

Un portrait de femme au long cou, au visage penché et aux yeux gris. Un visage criant de vérité, dans des tons éteints de brun et de beige. Et pourtant ce portrait est doté d'une présence, d'une aura presque tangible.

Le deuxième tableau représente une femme blonde, qui couvre ses seins nus d'une chemise blanche. Et le troisième est un portrait d'homme, installé dans un grand fauteuil, dans une pose pleine d'assurance.

« On se croirait dans un musée, » dit Perronet dans un souffle.

Sennevières lui adresse un regard dubitatif. « Plutôt dans la cave d'un recéleur. Ça pourrait bien être des tableaux volés. »

« Depuis quand es-tu devenue tellement cynique?» répond son collègue, vexé par sa remarque.

Sturm recule de quelques pas et observe les portraits. « Un vol pareil, on en aurait entendu parler, » dit-il. « On doit attendre l'analyse de la toile et des peintures pour le dire avec certitude, mais ce sont des faux, j'en suis convaincu. Gianni Moreno m'avait prévenu. »

Les trois OPJ remontent les marches, reviennent dans l'atelier. Sonia Thouvenet les attend, entourée de Romain et Ophélie. Tous trois se tiennent immobiles, comme s'ils avaient été changés en statues de marbre, dans leur propre musée personnel.

« Jetez un coup d'œil au sous-sol, je vous prie, » leur dit Sturm.

Sonia Thouvenet se tient au mur et descend la première, suivie de ses deux enfants. Ils ne restent que quelques minutes. Lorsqu'elle remonte, Sonia a le visage encore plus pâle que lorsqu'elle s'était évanouie. Les jumeaux gardent les lèvres serrées, murés dans le silence.

« Personne dans la famille ne savait rien, et surtout pas Julie » commence-t-elle.

Sturm englobe d'un geste large l'atelier, son haut plafond et sa baie vitrée. « Ça ne vous a jamais étonnée de vivre dans un cadre pareil juste grâce à la vente de quelques pots de miel et de légumes bio ?»

Sonia baisse les yeux. « Il y a aussi mon salaire à l'Institut de recherche agronomique, » dit-elle d'une voix incertaine, comme si ses propres paroles ne la convainquaient pas.

« Mais un mi-temps de chercheur en agronomie, ça suffit pour financer l'école privée, le voilier amarré à Deauville, la rénovation de la Louverie ? »

Sonia Thouvenet se tait, c'est Romain qui prend la relève. La colère fait briller ses yeux gris d'un éclat inhabituel.

« De quoi vous mêlez-vous, monsieur Sturm ? Ma mère ne connaissait rien à tout ça, c'est Papa qui s'occupait de l'administration. »

« Je suppose que j'ai fermé les yeux sur ce que mon mari faisait dans son temps libre, » finit par dire Sonia Thouvenet. Ses épaules semblent se voûter sous le poids de son aveu.

Romain avance d'un pas et parle de haut à sa mère. À croire qu'il se croit investi de l'autorité paternelle. « Maman, tu n'y es pour rien, » dit-il. « Si Papa a fait quelque chose de mal, et ça reste encore à prouver, c'est sa responsabilité, pas la tienne. »

« Je crois que les preuves sont là, et bien là, sous nos yeux, » dit Sturm. « J'appelle une équipe pour transporter les tableaux et le matériel de peinture à la PJ. »

« Sûrement pas, » dit Romain d'une voix forte. « Ces tableaux nous appartiennent. On a parfaitement le droit de copier un peintre célèbre. »

« Mais pas de copier la signature. Sans parler de tout le dispositif pour les cacher. Ces tableaux sont des pièces à conviction, maintenant. »

« Vous vous trompez, capitaine. Mon père n'est pas un faussaire. » C'est Ophélie qui a parlé, d'une voix tendue qui se brise sur la fin de la phrase.

Sturm regarde les trois membres de la famille Thouvenet, pour l'instant encore unis, faisant front commun contre la police.

Mais pour combien de temps encore, avec la fille aînée assassinée et le père en prison ? Combien de temps la famille restera-t-elle soudée, lorsqu'elle sera confrontée à la réalité de ce dont Philippe Thouvenet s'est rendu coupable ?

« Vous aimez votre père, c'est normal de prendre sa défense. Mais je dois tenir compte des faits. »

« Mon père n'aurait jamais trompé quiconque. »

« S'il y a une chose que j'ai apprise dans mon métier, c'est que les gens sont pleins de surprises, » répond Sturm à Ophélie.

Leur échange prend fin à l'arrivée de l'équipe de la police scientifique dans leur fourgonnette blanche. Les deux techniciens regardent les tableaux avec une admiration mêlée de stupéfaction, puis ils commencent à vider la cave secrète.

Aude Lenormand paraît encore plus frêle lorsqu'elle passe devant eux, les bras chargés de toiles soigneusement enroulées. Clément Berto, son co-équipier, s'est chargé des tableaux encadrés et du matériel.

« Surtout, pas un mot à la presse, » dit Sturm aux deux techniciens.

« Compte sur nous. On a vu les dégâts causés par l'article du Huffington Post, » dit Aude. « Tu es d'accord, Clément ? »

Son collègue acquiesce d'un signe de tête et dépose son chargement dans la fourgonnette.

Sturm les regarde s'éloigner et pense aux quelques mots qu'il a échangés avec Ophélie. Pour elle, la simple pensée que son père puisse être coupable est impossible à envisager. Mais lui, il est tenu de la garder à l'esprit et de la mettre à l'épreuve des faits.

La nature du lien entre Julie et Philippe Thouvenet, c'est plus que le seul lien entre un père et sa fille, se dit-il, c'est plutôt comme un relais passé de génération en génération.

Il lui a transmis sa passion pour Modigliani. Julie, c'est son héritière spirituelle, l'incarnation de sa vocation pour la peinture.

Aurait-il quand même pu se résoudre à la tuer pour l'empêcher de parler ?

oOo

Une semaine plus tard. Maison d'arrêt de Bois d'Arcy.

Ce qui se présente comme un parloir est en fait une série de réduits aux murs d'un beige sale. Une porte entièrement vitrée ferme chaque cagibi. En cette chaude journée d'été, les cloisons en plaques de plâtre sont presque moites au toucher.

Un garde en uniforme escorte Philippe Thouvenet jusqu'au réduit où Sturm l'attend. Le garde retire les menottes qui enserrent les poignets du prisonnier puis s'installe dans un coin et le surveille.

« Il faudra répondre à mes questions à haute voix, pour l'enregistrement, » dit Sturm.

Thouvenet acquiesce et le capitaine met en route la fonction dictaphone de son portable.

« Vous êtes Philippe Thouvenet, apiculteur, » commence-t-il. « Votre exploitation est située au Bas-Ligier, dans les Hauts-de-Seine. »

« Oui. »

« Vous êtes interrogé par le capitaine Sturm. Vous avez refusé la présence d'un avocat, et vous avez accepté que cet entretien soit enregistré. L'enregistrement pourra être utilisé dans le cadre de l'enquête sur le meurtre de votre fille, Julie Thouvenet.»

« Oui. »

« Êtes-vous l'auteur des tableaux trouvés sous votre atelier, à la ferme de la Louverie ? »

« Oui. »

« Pouvez-vous m'expliquer pourquoi trois d'entre eux portent la signature de Modigliani ? »

« C'est une longue histoire. »

« On a tout notre temps. »

Thouvenet prend un instant pour rassembler ses idées, puis il se lance. « Avant d'être apiculteur, j'étais artiste peintre. »

« Je croyais que vous étiez guide touristique. »

« Je ne vous ai pas tout raconté, l'autre jour. J'ai commencé par faire les Beaux-Arts. »

« Vous êtes peintre, au départ ? »

« Je voulais tellement être peintre, » dit Thouvenet, et il s'interrompt, les yeux dans le vague.

« Mais ça n'a pas marché ? » le relance Sturm. La bouche de Thouvenet prend un pli amer. Il croise les bras comme pour se protéger.

« Les tableaux que je peignais, personne n'en voulait. On me riait au nez, dans les galeries, on me disait que c'était académique. Ou alors que je peignais comme il y a cent cinquante ans. »

« Pourquoi ça ? »

« Tout ça parce que je détestais l'art abstrait. Ce que je désirais, c'était peindre d'après nature. Des portraits, des hommes et des femmes dans leur vie de tous les jours. Je voulais chercher la ligne, la couleur, le mouvement. Reproduire l'expression d'un visage dans toutes ses nuances. »

Thouvenet cesse de parler, baisse les yeux, comme s'il regardait à l'intérieur de lui-même.

« Poursuivez, » dit Sturm d'une voix très basse.

Thouvenet paraît revivre l'intense frustration du passé. Il a un brusque mouvement du bras. Le garde se redresse, prêt à intervenir.

« Il y a eu un moment où je n'ai plus supporté ces rebuffades, » reprend-il. « Je me suis dit que j'allais leur montrer que j'étais un bien meilleur peintre que des barbouilleurs comme Soulages ou Pollock. Et juste comme ça, pour me moquer de mes critiques, j'ai fait un dessin de Renoir. »

« Comment ça ? Vous voulez dire que vous avez copié un de ses dessins ? »

« Non, j'ai fait un dessin à sa manière, quelque chose qu'il aurait pu faire. C'était ma propre création, mais à la manière de Renoir. Et juste pour me moquer de ceux qui me critiquaient, je suis allé le présenter à une galerie, pour le faire estimer et le vendre. J'ai dit que c'était un héritage familial, que je cédais le dessin parce que j'avais besoin d'argent. »

« Ils n'y ont vu que du feu ? »

« Ils ont sauté dessus, sans me demander de certificat d'origine, sans expertise, rien. Ils avaient de riches clients australiens, russes et chinois qui recherchaient des œuvres d'impressionnistes. Ils m'ont demandé si j'en avais d'autres à céder. »

« Vous avez recommencé ? »

« Pas tout de suite. Je n'en revenais pas de la facilité avec laquelle mon dessin avait pu passer pour celui d'un grand maître. Ça m'a redonné confiance en mon talent. J'ai recommencé à peindre mes propres tableaux. »

Encore un silence. Le visage de Thouvenet semble éclairé de l'intérieur par le souvenir de ses succès.

« Poursuivez, monsieur Thouvenet. »

« Je pense à cette période de ma vie. J'avais vingt-sept ans, j'étais plein de fougue et d'espoir. J'étais sûr que j'allais enfin être reconnu. »

« Et puis ? »

« Une galerie a organisé une exposition de jeunes artistes et a accepté sept de mes toiles. J'étais fou de joie. Le lendemain du vernissage, je me suis précipité sur les journaux pour lire les comptes-rendus. »

Thouvenet se tait. Une ombre passe sur son visage, ses lèvres se contractent en un rictus amer.

Sturm laisse le silence s'installer pendant presque une minute. Enfin, Thouvenet se remet à raconter son histoire. Les mots s'enchaînent dans sa bouche. C'est une avalanche longtemps réprimée qui déboule à toute vitesse.

« Dans les journaux, il y avait des appréciations flatteuses pour tous les peintres qui étaient exposés. Mais pour moi... 'Aucune originalité,' pour le critique de l'Express. 'Il faudrait que quelqu'un dise à ce jeune homme que la période impressionniste appartient au passé,' pour celui du Figaro. C'était un désastre. J'ai eu l'impression qu'on m'avait ouvert en deux et piétiné les tripes. »

Thouvenet serre les poings et les pose sur la table avec un peu trop de force. Le garde sursaute et s'approche, mais Sturm lui fait signe de rester à sa place.

« Ça a dû être un moment très difficile, » le relance Sturm à voix basse.

« J'ai sorti mes toiles, une à une, de la maison, et je les ai entassées dans le jardin, » dit Thouvenet d'une voix devenue rauque. « J'ai regardé chaque toile une dernière fois. Puis je les ai toutes aspergées d'essence. J'ai craqué une allumette, et j'ai tout brûlé. J'ai regardé les flammes danser de plus en plus haut. Mon œuvre n'était plus que de la cendre. Et j'avais aussi brûlé ma passion pour la peinture. »

Thouvenet soupire. Dans son visage tendu à l'extrême, une ride profonde s'est creusée de part et d'autre de sa bouche.

« Pourquoi n'avez-vous pas essayé de contacter d'autres galeries, ou bien d'autres artistes ? » dit Sturm d'une voix douce. « L'opinion des critiques d'art n'est que cela, une opinion. Ce n'est pas un jugement gravé dans la pierre. »

Le père de Julie se lève et essaie de faire quelques pas, mais il se heurte tout de suite aux murs du réduit. Le gardien le fixe d'un œil d'aigle jusqu'à ce qu'il se rasseye sur le tabouret de plastique blanc.

« Il n'était pas question pour moi de m'abaisser à supplier les galeristes de regarder mes œuvres, » dit-il d'un ton ferme. « Je suis devenu guide touristique d'abord, avant de me consacrer à l'agriculture bio et aux abeilles. Au moins mon travail était utile, et ceux qui m'achetaient le miel m'appréciaient et me disaient merci. Je me suis juré de ne plus jamais toucher à un pinceau. Et j'ai tenu parole. »

« Pourtant, vous êtes revenu à la peinture. Qu'est-ce qui vous a fait changer d'avis ?»

« Ma fille aînée, Julie. C'est à l'école qu'elle a commencé à connaître la peinture. Elle avait une envie d'apprendre si forte que j'ai voulu lui transmettre tout ce que je pouvais. J'aimais tellement Julie. »

Thouvenet s'arrête, le visage assombri par l'émotion. Sturm se tait, lui aussi et attend patiemment que l'homme retrouve son calme. Au bout d'un instant, Thouvenet passe la main dans ses cheveux grisonnants et se remet à parler.

« Julie voulait tout apprendre, mais quand elle a découvert Modigliani, ça a tout de suite été une passion pour elle. Alors j'étudiais les toiles de ce peintre une à une avec elle, et je lui montrais toute la technique derrière la surface. La façon dont Modigliani crée des contrastes entre les lignes droites et les courbes. Les effets de profondeur. Les mouvements de torsion des corps. La richesse de ses couleurs. Et le mystère des regards absents. »

« Donc Julie est tombée amoureuse de l'art de Modigliani. Mais vous, pourquoi l'avez-vous imité ? »

Thouvenet se redresse sur son siège.

« Je n'imitais pas Modigliani, je faisais ce qu'il aurait pu créer, s'il avait vécu plus longtemps. Mais le fait est que c'était plus fort que moi, comme si la peinture m'appelait, me faisait signe. Les toiles, l'huile de lin, les pinceaux, ça me manquait. Mais cette fois, je n'avais plus les scrupules d'autrefois. Nous avions besoin d'argent. J'ai vu le profit que je pouvais en tirer. Même si l'idée de prendre ma revanche sur le milieu de l'art n'était jamais très loin de mon esprit. »

« Le dessin de Caillebotte, c'était vous aussi ? »

« Oui, il était de ma main. »

« Vous avez trompé la galerie Masson Pelletier ?»

Le visage fermé de Thouvenet montre que les paroles de Sturm l'ont offensé.

« Non. Le Caillebotte et le nu exposé dans leur

bureau, c'était pour moi une façon de leur montrer la qualité de mon travail. Il ne m'a pas été très difficile de les convaincre de vendre mes œuvres. Il y a une énorme clientèle qui cherche à investir et qui n'est pas très regardante sur l'origine de ce qu'ils achètent. »

« Comment se fait-il que vos toiles aient pu passer les contrôles des experts ? »

Cette fois, Thouvenet redresse le menton et sourit avec orgueil.

« J'insiste, mes tableaux sont de vrais tableaux. Je maîtrise la technique de Modigliani encore mieux que lui. »

Sturm regarde attentivement Thouvenet. Ce type refuse d'admettre qu'il a fait quelque chose de mal, se dit-il. Ou alors il joue au dingue. Il faut que je change d'approche si je veux lui faire reconnaître sa culpabilité.

« Quel est le rôle de Santelli à Rome ? » demande Sturm.

« Il est impliqué, notamment lorsqu'il s'agit d'expertiser des successions. Les descriptions des tableaux sont souvent très vagues, et il n'y a pas toujours de photos. C'est là qu'il intervient. Il crée un faux certificat de provenance. »

« Vous savez comment il s'y prend ? »

« Il a la réputation d'être le meilleur spécialiste de Modigliani, mais c'est aussi qu'il a un truc infaillible. Il faut qu'il y ait deux toiles, l'une authentique, l'autre fausse. Si l'acheteur exige une contre-expertise, c'est toujours la toile authentique qu'il fait expertiser par quelqu'un d'autre. Puis il n'y a plus qu'à recopier l'avis de l'expert en changeant le titre du tableau dans le nouveau document. »

Sturm note que Thouvenet n'a pas hésité à parler de faux, cette fois. C'est étrange qu'il puisse penser deux choses tellement contradictoires – que ses tableaux à lui sont authentiques, mais que le certificat est frauduleux.

« Pour quelle raison êtes-vous allé chez lui à Rome la semaine dernière ? »

« A cause d'un article de presse. J'ai compris que c'était lui le meurtrier. »

« Expliquez-vous. »

Une vive rougeur a envahi le visage de Philippe Thouvenet et ses yeux s'assombrissent encore.

« Cet expert qui démasque les faussaires, je sais qui c'est. Jusqu'à présent, il n'a jamais accepté de témoigner. S'il a été assassiné, et sa femme aussi, c'est à cause des complices de Santelli. »

Sturm remarque une veine qui pulse sur la tempe de Thouvenet. Mais il perçoit aussi autre chose, une nuance de désespoir dans ses yeux. Ce n'est pas lui qui a tué Julie, Sturm en est certain à présent.

« Ces complices, vous connaissez leurs noms ?

« Je ne sais pas qui c'est, mais ce qui est sûr, c'est qu'ils ne pouvaient pas laisser détruire leur business. »

« Mais pourquoi s'en seraient-ils pris à votre fille?»

Les yeux de Thouvenet s'embuent. « Tout est de ma faute. Je lui ai enseigné tout ce que je savais en art, elle était devenue aussi compétente que les spécialistes. Il lui manquait juste l'expérience. Quand j'ai lu dans l'article qu'elle était allée chercher la confirmation de Gianni Moreno à Livourne, j'ai tout compris. »

Philippe Thouvenet se tait. Les larmes coulent sur

ses joues, et il se couvre le visage de ses mains.

« Je suis responsable de sa mort, même si ce n'est pas moi qui l'ai tuée de mes propres mains. Si seulement elle m'avait parlé de tout ça, aujourd'hui elle serait vivante. Elle ne me faisait plus confiance depuis qu'elle avait atteint l'adolescence. »

Il est incapable de continuer. Il renifle et tente de s'empêcher de pleurer, mais son souffle devient court et un gros sanglot le secoue.

Sturm attend. Lorsqu'il pense que Thouvenet a retrouvé son calme, il se racle la gorge et continue son questionnement.

« Vous pensez qu'elle ne vous a rien dit parce qu'elle vous soupçonnait ? »

« Impossible. Elle ne pouvait pas savoir que c'était moi. Personne dans ma famille ne pouvait le savoir, je prenais tellement de précautions. En plus, cette toile-là, j'en étais fier, j'avais capturé l'essence du visage de Jeanne Hébuterne, et je lui avais fait un corps nu mais pudique, comme Modigliani lui-même aurait pu le peindre, j'en suis sûr. »

« Et pourtant, Julie a perçu que quelque chose n'allait pas. »

Les yeux fermés, Thouvenet parle d'une voix mourante. « C'est de ma faute. Je n'aurais pas dû lui enseigner tout ce que je savais. » Puis il se courbe en deux et les sanglots secouent sa poitrine.

Cette fois, Sturm ne parvient plus à faire preuve d'empathie. « Vous n'auriez pas dû fabriquer des faux, surtout. Ça ne vous a jamais effleuré, l'idée que Julie pourrait vous percer à jour ? »

Thouvenet relève la tête, et il frotte ses joues pour les sécher. « Au contraire, » dit-il, les yeux pleins de l'exaltation d'un martyr ou d'un saint, « je rêvais de tout lui révéler. Elle aimait tellement l'art, j'aurais voulu qu'elle admire mon travail tout comme elle admirait Modigliani. »

Sturm laisse planer le silence quelques instants. Comment Thouvenet a-t-il pu s'aveugler à ce point, au point de croire que son œuvre de faussaire valait autant que les originaux ? Et au point de croire que sa fille aurait pu l'admirer pour ça ?

« Revenons-en au meurtrier. Vous accusez Santelli, mais lui, il était à Rome, pendant que Julie était assassinée. »

« Il a dû envoyer un homme de main, un professionnel. »

« Si vous savez qui ça peut être, vous devez me le dire. »

« C'est Santelli qu'il faut interroger. »

Rien à faire, pense Sturm. Thouvenet est enfermé dans ses certitudes. Pas moyen de le faire bouger.

« Ramenez-le dans sa cellule, » dit-il au gardien assis dans un coin de la pièce.

Juste avant de franchir le seuil du parloir, Thouvenet se retourne. Sur son visage s'affiche le désespoir, mais aussi la détermination.

« Si vous n'arrêtez pas Santelli, j'irai le tuer dès ma sortie de prison. Et cette fois, je ne le raterai pas. »

Chapitre 42 – Troisième semaine

Le téléphone tire Sturm d'un sommeil agité. Six heures et demie du matin, ça ne peut être que Laura. Son petit garçon ne la laisse jamais dormir après l'aube, alors elle en fait profiter les collègues.

« J'ai les résultats de l'autopsie des Moreno, » commence Laura d'une voix tendue. Sturm entend le petit garçon babiller près d'elle.

« Ils ont été tous les deux poignardés sous l'aisselle. Le poignard a touché l'artère axillaire, et ils sont morts vidés de leur sang. Un travail de pro, d'après le médecin-légiste. »

Sturm se lève de son lit et étire les jambes. Par la fenêtre, il voit que la brume matinale disparaît déjà.

« Ce n'est pas le même mode opératoire que pour Julie Thouvenet. A part le fait qu'il s'agit d'une arme blanche, » dit-il en tapotant, songeur, le bord de son téléphone.

« Tu m'avais dit que la blessure qui a tué Julie avait été d'une précision chirurgicale, aussi, je crois. »

« C'est exact. Ce qui rend encore plus improbable l'idée que Philippe Thouvenet ait tué sa propre fille, vu qu'il n'a fait que blesser Santelli alors qu'il avait l'intention de le tuer.

« Si on écarte Thouvenet comme suspect, il y a des chances pour que ce soit le même assassin pour chacun des trois meurtres. Chut, Andrea, *amore*. »

« Santelli pourrait être derrière tout ça. Tu as des nouvelles de sa blessure ? »

« Il vivra, » dit Laura sans une once d'émotion. «J'ai pu examiner ses comptes bancaires. Il y a de gros virements, mais pour l'instant, ça ressemble à des transactions normales, pour son genre d'activité. »

« Tu as réussi à lui faire avouer qu'il a authentifié un faux tableau ? »

« Il refuse de l'admettre. »

« Je vais employer les grands moyens, alors. On va faire appel à l'institut Restellini. Ils ont mis au point des outils pour détecter les faux. Il parait qu'ils sont redoutables. »

« Tu as les fonds pour ça ? »

« Gianni Moreno a souvent collaboré avec eux. Je vais essayer de les convaincre de le faire gratuitement en hommage à sa mémoire. »

« D'accord. En attendant, j'ai mis en place une surveillance jour et nuit au domicile et à la galerie de Santelli. »

« J'ai fait la même chose pour celle de Masson et de Pelletier. Je te tiendrai au courant. »

« Moi aussi. *Ciao*. »

Sturm enfile un T-shirt gris et un pantalon de survêtement dont il a découpé les jambes. Il va aller courir pendant une heure pour profiter de la fraîcheur de ce matin d'été. Laura et ses coups de fil matinaux auront au moins eu le mérite de le maintenir en forme.

Mais il a aussi besoin de remettre en perspective tous les éléments de l'affaire.

Il court pendant une heure, en harmonisant son souffle au rythme de ses pieds sur le chemin forestier. Il laisse son esprit vagabonder en regardant les troncs d'arbre moussus et les fougères au bord du chemin. Quand il rentre chez lui, il a une idée claire de ce qu'il doit faire.

Lorsqu'il arrive à la PJ, il file directement au bureau de Troisvallets. Ses longs cheveux noués au-dessus de sa tête, le jeune spécialiste des réseaux fixe un écran tout en écoutant quelque chose à l'aide d'imposants écouteurs.

« Tu peux me procurer les enregistrements des caméras de surveillance de la place des Vosges ? »

Troisvallets met en pause son fichier audio et enlève ses écouteurs. « A quelle période ? » demande-t-il, pas perturbé pour un sou par la demande urgente de Sturm.

« Juste avant le meurtre de Julie Thouvenet et jusqu'à aujourd'hui. »

« Ahah, trois semaines de vidéos à regarder. Tu en as de la chance. »

« Pas de souci, j'adore les vieux films. Envoie-moi un SMS dès que tu les as. »

De retour dans son propre bureau, Sturm a à peine le temps de relire ses notes que le petit *ping* d'un message lui annonce l'arrivée des enregistrements.

Il y a une douzaine de fichiers. Il appelle à la rescousse ses deux lieutenants.

« On s'y met tous les trois, on aura plus de chances de repérer les mouvements suspects, » dit-il à Sennevières et à Perronet.

Tous trois se positionnent autour de l'ordinateur de

Sturm et commencent à visionner les fichiers reçus.

Sturm ne sait pas très bien qui il cherche au milieu de cette foule d'inconnus qui défilent, pressés ou détendus, seuls ou en groupe.

Mais pendant qu'il courait dans la forêt, il a eu l'impression insistante que c'est autour de la galerie de la place des Vosges que se trouve la clé de l'énigme, et il a appris à se fier à ses intuitions.

Les fichiers de la vidéo de surveillance se succèdent sans que rien ne leur saute aux yeux.

« On n'en voit pas la fin, » marmonne Sennevières. Sturm lui envoie un regard qui la fait immédiatement taire. Ils se lèvent à tour de rôle pour chercher un café puis un sandwich du bistro juste à côté de la PJ. Toujours rien.

« On a passé en revue tous les fichiers, » dit Perronet. « Toujours rien. Qu'est-ce qu'on fait ? »

Sturm paraît fébrile. Il doit y avoir quelque chose qu'ils ont manqué, il en est certain.

« On recommence depuis le début, » dit Sturm avec une telle énergie que ses lieutenants renoncent aux objections qu'ils étaient sur le point de faire.

Les images défilent. Enfin, sur les enregistrements des caméras de surveillance réalisés deux jours avant le meurtre, Sturm reconnait la haute taille et le nez aquilin de Santelli. Il respire mieux, tout d'un coup.

« Fais un arrêt sur image, là, » dit-il à Perronet.

Pas de doute, c'est bien Santelli qui entre dans la galerie de ses collègues. Une visite à Paris dont il n'a pas touché mot.

« Attends, » dit Sennevières, « retourne un peu en

arrière. « Là, arrête. C'est Masson qui parle à Santelli, non ? »

« C'est bien lui, » dit Perronet. « Pourquoi ont-ils eu besoin de se voir, juste à ce moment-là ?»

« Ils ont eu besoin de se dire quelque chose sans laisser aucune trace sur le téléphone ou l'email, » répond Sennevières.

« C'est sûrement ça, » dit Sturm, songeur. « Mais on ne va pas aller les interroger tout de suite. Maintenant que Thouvenet est en prison, Pelletier ou Santelli vont réagir. L'inspecteur Tonacci surveille Santelli à Rome. Nous, on va filer Pelletier. »

« Et Masson, son associé ? »

« On l'oublie pour l'instant. Il voyage tout le temps, il n'y a pas beaucoup de chances qu'il soit là. C'est Pelletier qui est toujours sur place. »

« Il y a déjà une équipe qui surveille la galerie. »

« Je préfère qu'on s'en occupe nous-mêmes. On le fera à nous trois, avec nos véhicules personnels. Il ne pourra pas nous identifier. »

Tous trois se lèvent simultanément, dévalent l'escalier jusqu'à la sortie. Sturm prend sa 306, Perronet enfourche sa Honda, et Hélène s'installe derrière le volant de sa BM. Le souvenir de l'épisode brûlant que Sturm a vécu avec Hélène dans cette voiture lui passe brièvement par la tête. Il le refoule sans hésiter. Ce n'est vraiment pas le moment.

Pendant qu'ils roulent vers Paris, Sturm installe son kit mains libres et appelle les deux policiers qui surveillent la galerie.

« Je viens vous relever, » annonce Sturm.

« Je croyais qu'on devait rester jusqu'à la

fermeture, chef. »

« Il y a du nouveau. C'est mon groupe qui reprend la surveillance. »

Arrivé sur la place des Vosges, Sturm choisit un emplacement de livraison qui lui permet de voir la porte de la galerie dans son rétroviseur.

Perronet, méconnaissable sous son casque intégral, est juste à côté de l'entrée de l'établissement.

Sennevières a garé sa voiture en double file, cent mètres vers l'arrière. Elle ne peut pas voir la galerie, ce sont les mouvements de Perronet qui lui serviront d'alerte.

Et la longue attente commence.

Chapitre 43

Le soleil de midi réchauffe les façades de briques rouges de la Place des Vosges. Sous les arcades, il y a foule pour admirer les œuvres d'art dans les vitrines.

Des groupes prennent une longue pause-déjeuner en terrasse, tandis que des jeunes gens en jeans et T-shirt se prélassent sur les pelouses du jardin central.

Dans ce mouvement perpétuel, les officiers de police judiciaire passent complétement inaperçus. Tous trois ont leurs écouteurs Bluetooth fichés dans l'oreille et leurs téléphones à portée de main.

« Qu'est-ce que tu vois dans la galerie ? » demande Sturm à Perronet.

« Rien à signaler pour l'instant. Il n'y a que l'assistante, et pas un seul visiteur. »

« Dès que Pelletier sortira, tu le suis jusqu'à sa voiture. Il ne connaît pas ta moto, il ne pourra pas te repérer tant que tu gardes ton casque. Sennevières, tu te tiendras prête à filer Pelletier lorsqu'il aura rejoint son propre véhicule. Je fermerai le ban, en gardant deux véhicules d'intervalle. »

« Il pourrait se dépêcher de sortir, il fait une chaleur à crever, avec le casque. »

« Pas le choix, tu dois le garder, et baisser la visière, aussi. Sans ça, il te reconnaîtrait tout de suite. »

« Elle en a de la chance, Sennevières, avec la clim

dans sa bagnole. »

« Arrête de ronchonner et surveille la porte. »

Une fourgonnette se place en double file juste à côté de la galerie. Sturm n'a plus aucune visibilité.

« Allez, bouge, » dit-il entre ses dents serrées.

Le chauffeur de la fourgonnette prend son temps pour ouvrir la porte arrière, en sortir un gros carton, le poser sur un diable qu'il pousse jusqu'à la boutique de vêtements juste à côté. Puis il reste invisible pendant une éternité.

Sturm se force à respirer calmement, mais ne peut s'empêcher de tambouriner sur le volant.

Le revoilà enfin, qui sort de la boutique d'un pas traînant, replie le diable, le range, referme la porte arrière, le tout comme dans un film au ralenti.

C'est seulement lorsque le chauffeur-livreur se remet en route que Sturm s'autorise à reprendre sa respiration.

Il fixe son rétroviseur. Rien n'a bougé entretemps dans la galerie. Debout à côté de sa moto, Perronet semble absorbé par l'écran de son téléphone.

La voiture de Sennevières est immobile. Elle a mis une paire de lunettes de soleil qui cachent la plus grande partie de son visage et la rendent méconnaissable.

La Honda de Perronet émet soudain un grondement. Il a dû déceler un mouvement et il se prépare à démarrer. Il avance sur quelques mètres, puis il s'arrête à nouveau.

« Pelletier est monté dans sa voiture. Une Lexus grise. Je vous envoie le numéro d'immatriculation. »

« Bien reçu. Sennevières, tu prends le relais, moi je

te suis. Perronet, tu te mets en queue de peloton. Il ne faut pas que Pelletier repère ta moto. »

Dans son rétroviseur, Sturm voit Sennevières laisser passer deux voitures, puis démarrer en souplesse. Il attend qu'elle le dépasse, cède le passage à deux autres voitures avant de s'insérer à son tour dans la circulation.

Pelletier s'engage dans la rue de Birague, à l'ouest de la place. Il conduit avec l'assurance de celui qui a déjà parcouru le même itinéraire des dizaines de fois. Il s'engage sur le quai des Tournelles.

« Il vient de s'arrêter rue du Petit Musc. Il entre dans un parking privé, » annonce Sennevières.

« Qu'est-ce qu'il fout ? »

« C'est son domicile, je l'ai vérifié, » dit Perronet.

« Pour une fois, ça tombe bien, ton sens du détail,» dit Sturm. »

L'indignation de Perronet s'entend clairement dans les écouteurs Bluetooth. « La paille et la poutre, ça te dit quelque chose ? » lance-t-il d'une voix étranglée.

Sturm sait bien qu'ils sont aussi méticuleux l'un que l'autre. C'est peut-être la véritable raison pour laquelle il n'a aucune patience pour le sens du détail de son collègue.

« Ne t'excite pas, je rigole. On se gare à distance dans la rue. On va voir ce qu'il mijote. »

Leur attente n'est pas très longue. « Regarde, la Lexus ressort du garage, » signale Sennevières.

« Ça lui a pris moins de cinq minutes. Peut-être qu'il est juste allé chez lui en coup de vent pour y prendre quelque chose. »

« Sennevières, c'est toi qui pars la première. On sera derrière toi. »

Elle attend jusqu'à ce que Pelletier s'engage Quai des Célestins avant de suivre sa Lexus.

« Il reste sur les quais, » avertit Sennevières, « s'il continue, il va déboucher sur l'avenue de Versailles. »

Dans son esprit, Sturm visualise l'itinéraire. D'un coup, il sait. « Il se dirige vers Garches, » dit-il. « Il va sûrement au Bas-Ligier. Perronet, dépasse-le avec ta moto et planque-toi lorsque tu arriveras à la Louverie.»

Perronet remonte la file de voitures en quelques secondes, comme si elles étaient à l'arrêt, puis il se faufile agilement entre les véhicules plus lents que lui. En quelques minutes, il disparaît du champ de vision de ses collègues, qui poursuivent leur traque discrète, en laissant chacun deux voitures d'écart avec leur cible.

Quand Pelletier tourne à droite dans le chemin qui mène à la Louverie, Sturm et Sennevières poursuivent leur route, puis font demi-tour et garent leurs véhicules sur le bas-côté.

Sturm jaillit hors de sa voiture, son Glock à la main. Sennevières en fait autant. Elle aussi a déjà sorti son Sig Sauer. Ils avancent avec précaution jusqu'à la ferme.

Le portail est grand ouvert, et la Lexus est garée devant la porte d'entrée, ouverte elle aussi. Il n'y a aucune trace de Pelletier.

La Honda rouge de leur collègue est invisible elle aussi, mais lorsque Sturm et Sennevières approchent du corps de ferme, Perronet sort de la grange, son arme de service pointée vers le sol.

« J'ai vu Pelletier taper à la porte, » murmure-t-il. « L'un des gamins a ouvert, il l'a poussé et il est entré en trombe. Ça avait l'air assez violent. »

Tous ses sens en éveil, Sturm indique d'un geste à ses co-équipiers qu'ils vont eux aussi pénétrer dans la maison. Ils entrent sans faire un bruit et se déploient, leur pistolet braqué devant eux. Perronet va vers la cuisine, Sennevières vers le bureau, tandis que Sturm monte au premier.

Rien à signaler au rez-de-chaussée, ni dans les chambres du premier étage. En silence, Sturm indique qu'il se dirige vers l'atelier de Philippe Thouvenet. Sennevières et Perronet le suivent.

L'atelier est vide. Dans la salle de bains, l'escalier auparavant caché par la baignoire est maintenant parfaitement visible. La porte du réduit est entrouverte.

Sturm se raidit, approche d'instinct son doigt de la gâchette de son arme en s'engageant dans le petit escalier. Perronet le suit, et Hélène ferme la marche.

Il appréhende ce qu'il va trouver, avant même de pousser la porte.

Sonia et Ophélie sont assises sur le sol, immobiles et silencieuses dans l'obscurité. À la lueur de la lampe-torche de son téléphone, Sturm voit, sur leur visage, des blessures rondes autour desquelles le sang n'est pas encore coagulé. On les a frappées avec la crosse d'un pistolet, et enfoncé le canon dans leur chair.

Sturm prend le pouls de Sonia. Elle est vivante, et sa fille aussi. « Appelez une ambulance, » dit-il à ses collègues.

Une voix forte retentit derrière eux. « Vous n'allez appeler personne ! »

Sturm se retourne. Il voit Pelletier qui se tient derrière Sennevières. Il lui a arraché son arme, l'a jetée au loin, et il lui maintient le bras droit derrière le dos en lui pointant un pistolet sur la tempe.

Sturm remonte les marches une à une, lentement, Perronet derrière lui. « Lâchez-la, Pelletier, » dit-il, très calme. « Que voulez-vous ? »

« Restez où vous êtes, ou vous allez le regretter. Et jetez vos pistolets à terre. Sans gestes brusques. »

Sturm pose son Glock, mais avance encore un peu. « Pelletier, lâchez cette arme. On est trois flics, et vous êtes tout seul. »

« Faites un seul mouvement et vous ne serez plus que deux. »

« Vous ne pouvez pas défendre votre associé comme ça. Au contraire. »

Une grimace sarcastique déforme les traits de Pelletier.

« Qui vous a dit que c'était lui que je voulais défendre ? Vous ne comprenez rien, depuis le début. »

Sturm essaie de le faire parler. Peut-être qu'il réussira ainsi à calmer le galeriste. « Expliquez-moi, alors. Dites-moi ce que je n'ai pas compris. »

Mais Pelletier refuse de mordre à l'hameçon. «Assez bavassé. Descendez, tous les deux. Tout doucement. Les mains en l'air. »

Les deux policiers obéissent. Hélène les suit en trébuchant, entravée par le bras de Pelletier. Ils entrent dans la petite pièce sombre où se trouvent déjà Sonia Thouvenet et sa fille.

Pelletier s'approche pour fermer la porte derrière eux de sa main gauche. Pendant une fraction de seconde, sa prise sur Sennevières se relâche légèrement.

Elle s'en aperçoit. Son entraînement en arts martiaux lui a appris à profiter de toutes les occasions possibles pour retourner une situation à son avantage.

En cet instant de flottement à peine perceptible, d'un mouvement brusque, elle libère son bras de la prise de Pelletier. Puis elle lui décoche un puissant uppercut au menton.

Tout le corps de Pelletier est secoué par la force du coup. Son pistolet valse au pied de l'escalier, hors de sa portée. Il pousse un cri rauque et se précipite pour rattraper l'arme.

Cependant, la diversion créée par Hélène Sennevières galvanise ses deux collègues.

D'un mouvement de la pointe de son pied, Perronet éloigne encore plus le pistolet. Puis, d'un puissant coup de tête, il envoie le galeriste vers l'arrière.

Sturm émerge de la cave au même moment et rugit en ceinturant Pelletier. Il le met à genoux sur le petit escalier et lui maintient les deux mains serrées l'une contre l'autre dans le dos.

« Bien joué, » dit Sturm à ses co-équipiers en prenant les menottes dans sa poche arrière et en les mettant au galeriste.

Puis il le pousse jusqu'en haut de l'escalier.

Chapitre 44

Une ambulance arrive, sa sirène trois-tons poussée au maximum, accompagnée de policiers appelés en renfort. Pelletier est embarqué à l'arrière du fourgon de police, toujours menotté, et il trébuche lorsque les policiers le poussent sans ménagement.

Il va être mis en garde à vue. On va le photographier, lui prendre ses empreintes et un échantillon d'ADN. Il entre de plain-pied dans le système judiciaire.

À voir son visage plein de morgue, il ne se rend pas encore compte du tournant radical que sa vie vient de prendre.

Sturm se tourne vers Sonia. « Madame Thouvenet, un médecin va vous examiner, Ophélie aussi, puis je vous demanderai de répondre à quelques questions. »

« Je vais bien, Ophélie aussi, n'est-ce pas ? » dit-elle en se tournant vers sa fille, qui acquiesce d'un signe de tête.

« Vous enfermer dans une cave, vous frapper à coup de crosse de pistolet, ça vous paraît peu de chose?»

« Mais en fin de compte il ne nous a pas tuées. »

« Parce qu'on est arrivés à temps. Sinon qui sait combien de temps vous auriez pu moisir dans ce sous-sol ? »

Sonia Thouvenet ne répond pas. Le médecin du SAMU s'approche, la conduit jusqu'à l'ambulance et la fait monter à l'arrière. Ophélie suit sa mère dans le cabinet médical improvisé. Elles ressortent au bout d'une trentaine de minutes, le visage couvert de bandages.

« L'examen médical n'a rien révélé de grave, » dit Sonia, « les blessures sont superficielles. »

« J'ai besoin de savoir ce qui s'est passé dans cette cave. Pouvez-vous me donner quelques détails ? »

« Est-ce que nous devons aller à la PJ, nous aussi?» demande Sonia Thouvenet.

« Pour l'instant, nous allons rester à la Louverie, » dit Sturm en leur indiquant la porte d'entrée de leur maison. « Par la suite, je vous convoquerai pour signer votre déposition. Racontez-moi ce qui s'est passé, »

Ils entrent l'un après l'autre dans la cuisine. « Je vais prendre un jus d'orange, » dit Ophélie en ouvrant la porte du frigo. Ce sont les premières paroles qu'elle prononce depuis qu'elle a quitté le sous-sol.

« Prends une bouteille d'eau et des verres pour tout le monde, » lui dit sa mère.

Ophélie tire sur l'un de ses bandages, la bouche crispée. « Je ne suis pas ta bonniche, » dit-elle à travers des dents serrées.

Le visage de l'adolescente est contracté par la colère, ses lèvres se plissent en une moue farouche. Tant mieux, pense Sturm, mieux vaut la colère que la tristesse. Au moins, elle réagit, c'est bon signe.

C'est Sonia Thouvenet qui va chercher une bouteille d'eau minérale et cinq verres. Ophélie, sa mère et Sturm s'installent autour de la table, tandis que Perronet et Sennevières restent debout contre le comptoir.

Ophélie se recroqueville sur elle-même, semble se réfugier dans le silence. Sonia Thouvenet a le teint terreux autour de ses bandages, et ses yeux sont baissés. D'un geste nerveux, elle rassemble derrière ses oreilles ses cheveux blonds et raides.

« Je vous écoute, » l'exhorte Sturm d'une voix calme. Elle relève enfin la tête et pousse un profond soupir.

« Pelletier a frappé violemment à la porte. C'est Ophélie qui lui a ouvert. Il l'a repoussée et il est entré. Il m'a trouvée au salon et il m'a dit : 'Je suis venu prendre les tableaux.' Je lui ai dit 'Mais la police a tout pris.' Alors il s'est précipité dans le studio pour vérifier par lui-même. »

« C'est vous qui l'y avez conduit, ou bien il savait déjà où aller ? »

« Il savait très bien où aller. Quand il a vu que l'atelier et la cave étaient vides, il est devenu fou furieux. Il hurlait 'Où sont les tableaux ? Ils sont à moi! Je veux mes tableaux.' J'ai pris peur, je lui ai dit 'Allez-vous-en, sinon je vais appeler la police.' Ça l'a enragé encore plus. »

« Comment vous êtes-vous retrouvées dans la cave toutes les deux ? »

« J'ai essayé de m'enfuir avec Ophélie, mais il nous a rattrapées. J'avais beau lui répéter que la police avait confisqué les tableaux, ça ne servait à rien. Il nous a frappées avec son pistolet. J'ai vu le sang sur le visage d'Ophélie et je me suis évanouie. Il a encore enfoncé le canon de pistolet dans ma joue. Quand j'ai repris connaissance, il a dit : 'On verra si vous dites toujours la même chose après vingt-quatre heures dans la cave.' Et il nous a poussées toutes les deux à l'intérieur. »

« Il pensait que vous aviez caché les tableaux, que vous aviez l'intention de les voler ? »

« Je suppose que c'est ça. Impossible de lui faire entendre que je n'étais au courant de rien. »

« Mais il ne vous a pas enfermées dans le sous-sol. La porte était ouverte quand on est arrivés. »

« Il n'a pas eu le temps de la verrouiller. Lorsqu'il vous a entendus, il est allé se cacher dans l'une des chambres. Et c'est comme ça qu'il a pu vous surprendre. »

« Et où était Romain, pendant tout ce temps-là ? »

« Le voilà, il vient de rentrer de sa régate, à Deauville. »

Les trois OPJ voient arriver le jeune homme au teint hâlé et aux lèvres gercées par le soleil. Il dépose sur le sol un sac marin à demi fermé par un zip. On peut voir des cordes emmêlées et un K-Way à l'intérieur du sac.

« Que se passe-t-il ? » demande-t-il. Sa mère lui donne une version très abrégée de ce qui vient de se passer. Le hâle de Romain semble perdre de son intensité au fur et à mesure que Sonia parle. Il fait le tour de la table et met un bras protecteur sur les épaules d'Ophélie.

La jeune fille n'a toujours pas ouvert la bouche depuis son accrochage avec sa mère, et ses vêtements noirs font ressortir la pâleur de son visage.

oOo

Pelletier et les trois OPJ entrent dans le petit bureau sans fenêtre qu'occupe Sturm à la PJ de

Garches. Sennevières et Perronet assistent à l'entretien. Il n'y a que deux chaises, aussi restent-ils debout, appuyés contre les étagères. Tous sont tendus – l'interrogatoire d'un suspect est comme un jeu d'échecs, où la stratégie est reine.

« Vous êtes Nicolas Pelletier, co-propriétaire de la galerie d'art Masson Pelletier, située place des Vosges à Paris. Vous acceptez que cet entretien soit enregistré.»

« Oui. »

« Vous êtes interrogé par le capitaine Thomas Sturm sur l'affaire de la Louverie. Veuillez commencer. »

« Vous n'allez pas me poser de questions ? »

« Je le ferai à chaque fois que ce sera nécessaire. »

Pelletier se racle la gorge et commence son récit.

« Je me suis associé à Bertrand Masson pour diriger la galerie d'art que j'avais ouverte Place des Vosges à Paris. Ça ne marchait pas très bien lorsqu'il est arrivé, et son apport de fonds a été essentiel. Tout d'un coup, notre affaire s'est mise à être rentable. Notre clientèle était surtout étrangère. Des acheteurs de Russie, de Chine, d'Australie. Mais ils ne s'intéressaient pas à l'art contemporain. Ce qu'ils cherchaient par-dessus tout, c'étaient des Renoir, des Monet. »

« Pourquoi, à votre avis ? »

Pelletier hausse les épaules et change de position sur sa chaise. « Ils avaient de l'argent à placer. La Bourse ou l'immobilier, même s'ils y avaient acquis leur fortune, ils savaient que ça pouvait s'effondrer d'un jour à l'autre. »

« L'art, c'était un investissement pour eux, sans plus ? »

« Je ne vous le fais pas dire. Ce n'était pas vraiment par amour de l'art qu'ils achetaient des tableaux. Et l'immense majorité d'entre eux n'était pas des connaisseurs. »

Sur le visage de Nicolas Pelletier se peint une expression sarcastique que Sturm trouve déplaisante. Il a sans doute savouré le fait d'avoir manipulé des gens pourtant connus pour leur flair et leur sens des affaires.

« Vous n'aviez aucune difficulté pour leur faire croire que vous leur vendiez des œuvres authentiques.»

« D'une certaine façon, c'étaient des œuvres authentiques. C'est juste qu'elles n'avaient pas été produites par Chagall ou Utrillo. »

C'est encore une fois le raisonnement que Thouvenet avait employé pour se convaincre lui-même de ne pas être un faussaire.

Ce qui pouvait passer pour un argument sincère dans la bouche du peintre montre, dans la bouche de Pelletier, sa vraie nature de froide manipulation.

« Vous jouez sur les mots, monsieur Pelletier. Dites-moi plutôt comment vous avez réussi à berner tant de gens. »

Pelletier reprend son récit et, malgré lui, Sturm est fasciné.

« Les originaux des grands peintres ne sont pas tous dans les musées. Et les œuvres ne sont pas toutes répertoriées non plus. Les experts se déchirent sur ce qui doit être ou non inclus dans les catalogues.

« On peut dire que c'est particulièrement vrai pour l'œuvre de Modigliani ? »

« Oui, et ce n'est pas tout. Quelquefois les peintres

ont fait plusieurs exemplaires d'un même sujet. C'est dans ces zones grises qu'on entre en jeu. »

« Comment vous y prenez-vous ? »

Pelletier met son coude sur la table et soutient son menton de la main.

« C'est vraiment très simple. Thouvenet peint de main de maître. Il suffisait de lui passer commande. Les clients étaient toujours très contents, ils en redemandaient. Les tableaux que vous avez trouvés chez Thouvenet, je les lui avais commandés à l'avance.»

« Et ça rapportait ? »

« A votre avis ? C'était une superbe affaire, et ça aurait continué encore longtemps, si seulement Julie n'avait pas voulu y mettre son grain de sel. »

Nous y voilà enfin, pense Sturm. Va-t-il avouer ou bien charger Santelli ?

« Racontez-moi comment les choses se sont passées, » dit-il sans montrer le moindre signe d'impatience.

« Cette histoire de faux tableaux, c'était devenu une obsession pour Julie Thouvenet. Elle a harcelé Santelli, elle l'a menacé de convoquer la presse pour l'accuser de complaisance envers les faussaires. »

« Que voulait-elle exactement ? »

« Elle avait compris que l'un des Modigliani qu'il avait expertisés était un faux. Elle exigeait que Santelli l'annonce en public et qu'il annule son certificat d'authenticité. Si elle avait su que c'était son père qui l'avait peint… »

« Ça aurait changé quelque chose qu'elle le sache?»

« Elle aurait rompu avec son père, c'est sûr. Julie avait le cœur pur. Elle ne pouvait accepter aucune compromission. L'art, c'était une passion, pour elle. C'était sacré. »

« Pas pour vous ? »

Pelletier penche la tête de côté. « Autrefois, oui, ça l'était. C'est pour ça que j'avais de l'affection pour Julie. Elle me rappelait les jours de mon innocence. »

« Alors c'est sa passion pour l'art qui a signé l'arrêt de mort de Julie Thouvenet ? » demande Sturm d'une voix égale.

Pelletier pose ses deux mains à plat sur la table, se penche en avant, et fixe Sturm avec une indignation non-feinte.

« Je n'ai tué personne, » dit-il en détachant bien les mots. « Et surtout pas cette jeune femme. Je l'aimais beaucoup. »

Perronet choisit ce moment pour intervenir. «Pourtant vous avez rencontré Santelli deux jours avant le meurtre de Julie. »

Le galeriste s'assied plus confortablement dans sa chaise et met ses mains dans les poches de son pantalon. « Et alors, ça prouve quoi, » dit-il d'un ton dédaigneux. « Seulement qu'on travaillait ensemble, pas qu'on était en train de préparer un crime. D'ailleurs c'est avec mon associé qu'il avait rendez-vous. »

Sennevières avance de deux pas. Ainsi, elle surplombe Pelletier. « Santelli était à Rome, le jour du meurtre, mais vous, vous étiez à Paris. »

Pelletier est obligé de lever les yeux pour répondre à Sennevières. « Je travaillais, » proteste-t-il, mon assistante vous l'a confirmé. »

« Quelqu'un d'autre peut le corroborer ? »

Pelletier se masse les tempes. Il a l'air exaspéré. «Écoutez, » dit-il, et il se penche vers Sturm. « Je vends des œuvres d'art, je visite des expositions, je commente les œuvres des peintres et des sculpteurs. Je ne suis pas un tueur. »

« Vous n'avez toujours pas répondu à la question du lieutenant Sennevières, » réplique le capitaine. «Vous n'ouvrez qu'à onze heures. Vous auriez eu le temps de faire l'aller-retour à la Louverie. »

« Je n'ai pas tué Julie, » dit Pelletier en insérant un silence entre chaque mot. »

Les yeux de Sturm se rétrécissent pendant qu'il évalue la meilleure façon de briser la ligne de défense du galeriste. Il oriente l'interrogatoire dans une autre direction.

« C'est Santelli qui a tué les Moreno ? »

De l'index, Pelletier se frotte l'arête du nez. «Demandez-le-lui. Moi, je ne sais pas qui l'a fait. »

« On le lui a déjà demandé. Il dit que c'est vous ou bien Masson, votre associé. »

« Vous faites fausse route, capitaine Sturm. Je n'ai pas tué Julie Thouvenet, et encore moins les Moreno. Et maintenant, ça suffit, je ne dirai plus rien avant d'avoir mon avocat près de moi. »

« Vous allez quand même dormir en prison, » dit Sturm en arrêtant l'enregistrement. « Mais avant de vous laisser aller en cellule, je voudrais vous parler de quelqu'un d'autre. Le nom de Claire Lefèvre vous dit-il quelque chose ? »

Pelletier s'immobilise. Sturm voit sa pomme d'Adam monter et descendre dans sa gorge. Cette fois, il a fait mouche.

« D'où connaissez-vous ce nom ? » dit Pelletier d'une voix blanche.

« Répondez. Connaissez-vous cette personne ? »

« Oui, quand j'étais beaucoup plus jeune, je la connaissais. »

Le galeriste ferme les yeux, se penche et pose ses coudes sur ses genoux. Le nom évoqué par Sturm vient de le précipiter dans le dédale de ses propres souvenirs.

« Avez-vous gardé le contact avec elle ? »

La question que pose Sturm fait sursauter Pelletier. Il émerge de sa transe.

« Non, je ne sais pas ce qu'elle est devenue. On est sortis ensemble deux ou trois semaines, il y a très longtemps. Je ne me souviens plus exactement quand.»

« Vous n'avez jamais su qu'elle attendait un bébé de vous ? » dit Sturm.

C'est comme si le sol venait de s'entrouvrir devant Pelletier. Il pose sur chacun des policiers des yeux pleins de confusion. « Comment, qu'est-ce que vous dites ! C'est impossible. »

Pelletier avance le buste au-dessus du bureau, comme pour convaincre Sturm que ce qu'il lui annonce est absurde. Mais Sturm continue. « Claire Lefèvre était déjà enceinte quand elle s'est fait prendre en train de transporter de la cocaïne. Elle est allée en prison. »

« Je suis désolé pour elle. Mais en quoi cela me concerne-t-il ? »

« En prison, elle a accouché d'une petite fille qui a été adoptée.

« Mais enfin, comment pouvez-vous affirmer que cet enfant est de moi ? »

« Claire Lefèvre a laissé un document où elle

déclare que vous êtes le père. Et sa fille a été adoptée par les Thouvenet. Vous êtes le père biologique de Julie Thouvenet. »

L'expression de Pelletier change du tout au tout. Sa mâchoire tombe, ses yeux s'écarquillent et sa bouche s'arrondit et s'entrouvre. Il reste sans voix pendant quelques instants.

« C'est invraisemblable. Vous en êtes sûr ? »

« C'est ce que la mère biologique de Julie a écrit dans le dossier d'adoption de son bébé. Mais si vous voulez une certitude absolue, vous pouvez faire analyser votre ADN et le comparer à celui de Julie. »

« A quoi ça servirait, maintenant que Julie est morte? » dit Pelletier, le visage fripé. « Mais pourquoi Claire ne m'a-t-elle rien dit ? Peut-être que j'aurais voulu l'élever, cette petite fille. »

Sa voix se brise. Son dos se voûte et ses yeux se remplissent de larmes.

« Claire Lefèvre ne voulait pas que vous vous sentiez obligé de l'épouser. »

Un profond sanglot soulève la poitrine de Pelletier. Il s'efforce de récupérer une respiration normale.

« Aujourd'hui, je ne suis pas marié, je n'ai pas d'enfant, » dit-il dans un souffle. « Je couche avec mon assistante. C'est sordide. » Il serre les accoudoirs de sa chaise avec tant de force que les jointures de ses doigts pâlissent. « Peut-être que tout aurait été différent, si seulement Claire me l'avait dit. »

Sturm laisse passer un moment. La réalité est plus étrange que la fiction, il en a encore la preuve dans l'annonce qu'il vient de faire et que Pelletier a encore plus de mal que lui à admettre. Il semble sur le point de s'effondrer. Pourtant, Sturm continue son questionnement. « Quelle relation aviez-vous avec Julie Thouvenet? »

« Je vous l'ai déjà dit. » La voix de Pelletier s'entend à peine, tant elle est basse. « C'était une stagiaire exceptionnelle. Je l'appréciais beaucoup, je voulais lui proposer de s'associer à moi. Mais avec ce que vous venez de me dire, je ne sais plus. »

« Expliquez-vous. »

« Je me demande maintenant pourquoi j'ai tout de suite eu un lien si fort avec elle. »

« Vous aviez la même passion pour la peinture et l'art. »

« Non, c'est plus que ça. On se comprenait à demi-mot, il y avait une harmonie entre nous. Avec ce que vous venez de me révéler, je peux dire qu'on s'était reconnus. Sans le savoir évidemment. »

Nicolas Pelletier baisse les yeux, se tait pendant un long moment. Il n'a plus rien de l'arrogance et de la colère du début de l'interrogatoire. Seule une profonde tristesse se lit sur son visage. Il soupire.

« Avec nos faux tableaux, c'est comme si on avait son sang sur nos mains, » dit-il dans un souffle.

« Avez-vous poignardé Julie, monsieur Pelletier ?»

« Non, je vous le jure sur ce que j'ai de plus cher. Je donnerais n'importe quoi pour que Julie soit encore en vie. »

Chapitre 45

« Vous y avez cru, vous, à ce que Pelletier a dit ?» demande Sturm à ses co-équipiers.

Il a besoin de connaître leur ressenti après avoir vu la réaction de Pelletier à l'annonce de sa très probable paternité.

« Il tombait vraiment des nues, lorsque tu lui as dit qu'il était sans doute le père biologique de Julie, » dit Perronet. « J'ai tendance à le croire, lorsqu'il affirme qu'il n'a pas tué Julie ou les Moreno. »

« Et toi, Sennevières, tu en penses quoi ? »

Elle met les mains dans les poches de son jeans avant de répondre. « Pareil. C'est un homme fluet, je ne le vois pas trop poignarder une jeune femme en pleine santé. Les deux vieillards, en revanche, ce n'est pas impossible. Physiquement, du moins. »

« Julie et les Moreno ont été tués à l'arme blanche, mais pas avec le même mode opératoire, » poursuit Sturm. « Deux coups de poignard à la carotide, pour Julie, et un seul coup à l'artère axillaire pour les Moreno. C'est forcément l'œuvre de quelqu'un qui connaît bien l'anatomie. »

« Oui, ça n'a rien à voir avec l'attaque au couteau de Santelli, » ajoute Perronet. « Thouvenet l'a frappé au hasard, et c'est ce qui lui a sauvé la vie. »

Sturm se frotte le menton. « Ce serait intéressant d'explorer le passé de nos deux galeristes pour voir si l'un des deux a étudié la médecine, par exemple. Tous les deux, vous vous occupez de Pelletier et de Santelli. Moi, je me charge de Masson. »

Dès que ses collègues sont partis, Sturm se met devant son ordinateur. Google voit tout, bien mieux que l'antique Argus aux cent yeux, Sturm le constate une fois de plus.

Il n'a pas besoin de demander de l'aide au jeune Troisvallets pour trouver des pages et des pages d'informations. Pas toujours pertinentes, c'est vrai, mais c'est un bon début.

Beaucoup d'articles concernent la galerie d'art, les expositions et les vernissages. Sturm passe très vite. Ce qui l'intéresse, c'est le passé de Masson.

Il s'arrête sur un site d'anciens élèves d'un lycée de Tours et parcourt des yeux une liste de noms et de photos jusqu'à ce qu'il trouve ce qu'il est venu chercher.

Masson lui-même n'a rien ajouté, mais l'un de ses camarades a inscrit, sous la photo de quelques-uns des anciens d'une classe de seconde, ce qu'ils sont devenus.

Sous la photo d'un Masson adolescent mais tout de même reconnaissable, apparaît son nom, ainsi que la mention 'sous-officier chez les paras.' C'est inattendu. Et c'est aussi une impasse, car le savoir de Google s'arrête là. Cette fois, il faut demander de l'aide.

« Troisvallets, tu peux me trouver les états de service d'un membre des forces armées ? »

« Je peux essayer. Tu me donnes un nom et une date, et je vais voir ce que je peux faire. »

« Bertrand Masson, armée de terre, il y a une trentaine d'années. »

Sturm reste dans le bureau en sous-sol pendant que

Troisvallets ouvre plusieurs fenêtres sur l'un de ses écrans. Le jeune informaticien saute à toute vitesse de fenêtre en fenêtre et de lien en lien. En moins de dix minutes, une liste de noms soulignés de bleu apparaît.

« Voilà ! » dit Troisvallets sur le ton du triomphe en écartant son fauteuil de l'écran pour montrer à Sturm ce qu'il a trouvé.

« Tu es redoutable, » dit Sturm, toujours impressionné par l'efficacité de l'informaticien. « Tu peux cliquer sur le lien ? Je voudrais avoir un aperçu tout de suite. »

La fiche donne d'abord l'état-civil et un signalement sommaire : cheveux bruns, yeux noirs, menton fuyant. Taille : un mètre soixante-dix-neuf. Degré d'instruction : brevet des collèges. Corps d'affectation : deuxième régiment de parachutistes. Campagnes effectuées : Mali, Centrafrique.

« Un para reconverti en expert d'art contemporain, ce n'est pas courant, » dit Troisvallets. « Attends, je vois dans un article de presse qu'il a continué quelques années en tant que mercenaire. »

« Pour qui ? »

« Pour un chef rebelle en Centrafrique. » Troisvallets continue à cliquer sur d'autres liens. « Là, c'est une ONG qui l'accuse d'avoir participé au meurtre de plusieurs villageois. Ils ont tous été tués à l'arme blanche. »

« Merci, Troisvallets, tu es le meilleur, » dit Sturm en sortant du bureau au pas de course. Il déboule dans le bureau de Perronet et Sennevières.

« Qu'est-ce que vous avez trouvé sur Pelletier et Santelli ? »

« Des CV très complets sur LinkedIn. Ni l'un ni

l'autre n'a fait médecine. Tous deux sont diplômés en histoire de l'art. Pelletier a fait son apprentissage dans plusieurs galeries avant d'ouvrir la sienne. »

« Il a un casier judiciaire ? »

« Complètement vierge. On attend encore la réponse pour Santelli. »

« Ce serait intéressant de savoir comment Pelletier s'est associé avec un ancien para devenu mercenaire, » dit Sturm. « On va aller rendre visite à Masson. Il doit garder la boutique, maintenant que son associé est en prison. Et il faut qu'on interroge à nouveau l'assistante. Prêts pour une petite virée place des Vosges ? »

oOo

C'est encore Solène Carignaud qui les accueille à la galerie. Comme d'habitude, elle est soignée jusqu'au bout de ses ongles laqués de violet. Elle adresse aux trois OPJ un sourire poli.

« Vous venez voir monsieur Masson, je suppose ?»

« Je voudrais d'abord vous parler, madame Carignaud. »

Elle hausse ses sourcils à l'arc soigneusement redessiné au crayon brun. « Moi ? Vous savez, je m'occupe seulement de la publicité sur les réseaux sociaux. Je ne peux pas vous dire grand-chose. »

« Vous savez que monsieur Pelletier est en garde à vue ? »

Ses sourcils remontent encore un peu, et lui donnent l'apparence d'un masque japonais. « Non. Pour quelle raison ? » dit-elle, effarée.

« Il est soupçonné du meurtre de Julie Thouvenet. Il a affirmé qu'il était avec vous toute la journée de samedi. Vous confirmez ? »

Solène Carignaud devient livide. « Je confirme.

On est ensemble tous les samedis. »

« Pourtant, la galerie n'ouvre qu'à onze heures. Il n'aurait eu aucun mal à aller jusqu'au Bas-Ligier puis à revenir après avoir poignardé Julie. »

Solène Carignaud frissonne et baisse les yeux. Le mot la choque, et elle prend soin de ne pas le répéter lorsqu'elle répond, comme si le mot moins cru pouvait nier la réalité des faits.

« Je vous répète que c'est impossible que Nicolas, euh, monsieur Pelletier, ait fait du mal à Julie. »

« Expliquez-moi pourquoi. »

Elle a besoin de s'armer de courage pour répondre, ça se voit. Elle inspire profondément, puis choisit ses mots avec soin.

« Parce que j'ai passé la nuit de vendredi à samedi avec lui, dans son appartement. Et on a pris notre petit-déjeuner ensemble avant de venir à la galerie tous les deux. »

Elle se tait puis regarde Sturm d'un air anxieux. «Ce que je viens de vous dire...Il faut que ça reste entre nous. Je suis mariée. »

« Je ferai mon possible, madame, mais je ne garantis rien. »

Une enquête pour meurtre révèle tous les secrets, même les mieux gardés. Solène Carignaud devra témoigner lors du procès de Pelletier. Si elle croit que son mari ne s'en apercevra pas, elle se fait des illusions.

Les sourcils froncés au-dessus d'un regard plein d'inquiétude, Solène Carignaud regarde les trois officiers de police judiciaire s'engager dans le couloir qui mène au bureau directorial.

Chapitre 46

Tous trois traversent la cour intérieure. Sturm toque à la porte du bureau et ils entrent sans attendre. Masson est de profil, occupé à taper quelque chose sur son ordinateur de bureau.

Comme l'autre fois, Sturm a l'impression de pénétrer dans un lieu coupé du monde. La verrière adoucit la lumière du soleil, et les bruits de la circulation ne parviennent pas jusqu'à cette pièce.

« Deux minutes et je suis à vous, » dit Masson sans lever les yeux vers ses visiteurs. « Prenez un siège, je vous prie. »

Masson retire une clé USB de l'ordinateur et la glisse dans sa poche. Il se tourne vers les trois OPJ.

« Que puis-je faire pour vous ? »

Ce n'est pas le genre de Sturm d'y aller par quatre chemins, surtout avec quelqu'un comme Masson, qui a fait tout ce qui était en son pouvoir pour le faire sortir de ses gonds, la dernière fois qu'ils se sont vus.

« Comment passe-t-on d'une carrière chez les paras en Afrique à une galerie d'art au cœur de Paris ?»

Masson semble interloqué quelques instants, puis il éclate d'un gros rire. « Vous avez fait vos devoirs, on dirait. Et pourquoi un ancien para n'aurait pas de goût pour l'art ? »

« Vous n'êtes pas seulement un ancien para. Vous

avez aussi été mercenaire. »

« Oui, et alors ? C'est interdit ? »

« Tuer des civils à l'arme blanche, oui, c'est interdit. »

Masson hausse les épaules. « Bah, cette vieille accusation, » dit-il avec une forte inflexion de dédain dans sa voix et dans la façon dont il serre les lèvres. « Ce ne sont que des racontars. Il n'y a aucune preuve contre moi. »

« Mais c'est juste après ces racontars, comme vous dites, que vous êtes revenu en France. »

« Ne rêvez pas, Sturm. C'est seulement que mon contrat était terminé.

« Capitaine Sturm, pour vous. Ce que je veux savoir, c'est comment vous êtes devenu l'associé de Pelletier. »

« Je ne vois pas trop en quoi ça vous concerne, ni en quoi ça concerne votre enquête, *capitaine*, » répond Masson en appuyant bien sur le titre, la voix pleine d'ironie.

« C'est moi qui juge de ce qui est utile ou pas. Répondez. »

« Eh bien, puisque vous insistez… Nous sommes d'anciens camarades de classe. Moi, j'ai arrêté en classe de seconde. J'avais le brevet des collèges, je n'avais pas besoin de plus. Pelletier, lui, a continué. Je l'ai retrouvé à mon retour d'Afrique. Lui, il vivotait mais moi, je m'étais fait un paquet de pognon que je voulais investir. Je lui ai proposé qu'on s'associe. C'est ça qui a fait décoller la galerie. »

Il a dû répéter ce petit conte de fées plus d'une fois, pense Sturm. J'ai besoin d'entamer l'arrogance de cet homme.

« Quand avez-vous commencé à vendre des faux Modigliani ? » demande-t-il.

Masson fait une moue condescendante. « Comme vous y allez... C'étaient de vrais tableaux, authentifiés par les meilleurs experts. »

« Oui, les certificats étaient authentiques, mais les tableaux étaient aussi faux qu'un billet de neuf euros. »

« Amusante, cette formule, » dit le galeriste avec un rictus ironique. « Mais vous vous trompez. Il n'y a aucune contrefaçon chez nous. »

« Inutile de mentir. Thouvenet est en prison, Pelletier a déjà avoué, Santelli va être arrêté, et vous allez vous retrouver vous aussi derrière les barreaux dans de très brefs délais. »

« Si vous en étiez si sûr, vous ne seriez pas ici à m'interroger, » rétorque Masson avec un sourire entendu.

Ce type est un coriace. Sturm fait signe à ses co-équipiers de continuer l'interrogatoire. C'est la stratégie qu'ils ont élaborée à l'avance. Ils vont tenter de déstabiliser Masson en l'interrogeant sur son alibi.

« Où étiez-vous, mardi dernier ? » commence Perronet.

Masson change de position sur sa chaise. Pour la première fois, il paraît un peu désarçonné, mais il se reprend immédiatement. Il se masse le front avant de répondre.

« Je ne sais pas, il faut que je consulte mon agenda. Pourquoi ? »

Perronet ignore la question et poursuit. « Et le jour où Julie Thouvenet a été tuée ? »

« Je vous dis que ne sais pas, il faut que je consulte mon agenda. »

« Allez-y. »

Masson prend son téléphone dans la poche de son pantalon, tapote l'écran deux ou trois fois et fait défiler les jours.

« Voilà. Mardi dernier, j'ai pris l'avion pour Pise, mais j'étais juste de passage. Je suis allé à Vienne pour une vente aux enchères. Et le jour où Julie a été tuée, voyons… j'étais chez moi. J'avais pris un jour de repos.»

Masson remet son téléphone dans sa poche et fixe son regard sur le mur derrière Perronet.

« Seul, chez vous ? » intervient Sennevières.

« Seul. »

« Pise, c'est en Toscane, tout comme Livourne, n'est-ce pas ? » Sennevières a levé un sourcil en parlant, et ses yeux ne quittent pas ceux de Masson.

« Une leçon de géographie, maintenant ? Où voulez-vous en venir ? »

« Êtes-vous allé à Livourne, monsieur Masson?» répète-t-elle.

« Qu'est-ce que je serais allé faire là-bas ? »

Masson botte en touche, sans doute pour essayer encore de gagner du temps. Pour Sturm, ces réponses évasives sont un aveu implicite de culpabilité. Il se lève. Ainsi, il regarde Masson de haut.

« Le lieutenant Sennevières vous a posé une question. Êtes-vous allé à Livourne ? »

« Quand bien même j'y serais allé, qu'est-ce que ça pourrait bien vous faire ? »

« Avez-vous rendu visite à Gianni et Angela

Moreno ? » demande Sturm d'une voix tonitruante.

Masson ne paraît pas ébranlé lorsqu'il entend le nom du mort. Il se lève de sa chaise. Il n'est pas aussi grand que Sturm et doit lever le menton pour lui parler.

« Vos questions me fatiguent. Qu'est-ce que vous essayez de prouver ? »

La désinvolture de cet homme déclenche chez Sturm une onde de rage qui balaie toute prudence sur son passage. Il sent au fond de lui que Masson est coupable, mais jusqu'à présent, il n'a pas réussi à le prouver.

Il décide de prendre le risque de miser sur son intuition. S'il a tort, il aura bien le temps de présenter des excuses plus tard.

« Monsieur Masson, vous êtes en état d'arrestation pour l'assassinat de Gianni et Angela Moreno. On va continuer cette conversation à la PJ. »

Masson regarde à droite et à gauche comme s'il cherchait un moyen de s'enfuir. Mais la porte de son bureau est bloquée par Sennevières et Perronet.

« Vous pouvez nous suivre sans faire d'histoires, ou vous pouvez sortir avec des menottes devant tous les autres galeristes. A vous de voir. »

« C'est bon, c'est bon, je viens, » grommelle Masson, les dents serrées. « Mais vous faites une grave erreur. »

« Si c'est le cas, on vous relâchera. Mais à votre place, je ne me ferais pas trop d'illusions. »

Perronet et Sturm se placent chacun d'un côté de Masson, tandis que Sennevières ferme la marche.

Ils traversent le couloir, passent devant le bureau où Solène Carignaud est toujours penchée sur sa tablette.

Sturm sort le premier et Perronet pousse légèrement le dos de Masson pour qu'il lui emboîte le pas.

« A tout à l'heure, Solène, » lance Masson très calme. Puis il se retourne.

L'éclat d'une fine lame pointue brille dans sa main. Il la plante dans la poitrine de Perronet, qui s'écroule sur Sennevières en pressant ses deux mains sur l'endroit de l'impact. Le sang commence à gicler de sa blessure.

Solène Carignaud pousse un cri. Son visage est tout blanc.

« Appelez une ambulance, » lui crie Sennevières. Solène saisit son téléphone. Le choc de ce qu'elle vient de voir fait trembler ses mains.

Sennevières enjambe son collègue tombé à terre. L'air déterminé, elle confronte Masson. Celui-ci fait un quart de tour et se retrouve pris en tenaille entre elle et Sturm.

Il tient toujours sa lame et passe d'une jambe sur l'autre, en cherchant une ouverture pour planter Hélène et tenir Sturm en respect en même temps.

L'attaque au couteau exige la proximité, Sturm et Sennevières le savent bien. S'ils dégainent leurs pistolets, Masson pourrait en profiter pour bondir sur l'un deux.

Alors, le dos incliné vers l'avant et les jambes écartées, ils lui font face à mains nues, à l'affût d'une occasion pour lui décocher un coup de poing et le désarmer.

C'est une confrontation tendue, qui peut évoluer

dans n'importe quel sens. Pour Sturm, ce qui compte, c'est d'empêcher la fuite de Masson. Il se rapproche insensiblement de l'homme et de son couteau.

C'est sur lui que Masson bondit, la lame en avant. Sturm feinte, esquive le coup. C'est un réflexe qui vient des profondeurs de son cerveau reptilien. Il a évité une blessure, mais maintenant il ne bloque plus le passage.

Masson n'attendait que ça. Il fait un pas de côté et détale. Il commence à courir sous les arcades, son couteau à la main, au milieu des passants qui s'écartent, abasourdis puis effrayés.

Sturm se lance à sa poursuite. Avec son entraînement d'ancien para, Masson est rapide malgré son âge. Mais Sturm l'est plus encore. Les battements de son cœur s'accélèrent.

Je le tiens, se dit Sturm lorsqu'il voit l'écart entre eux se resserrer.

Masson se retourne et voit Sturm se rapprocher. Il bondit hors des arcades, traverse la chaussée à longues enjambées et s'engouffre dans le jardin central de la place des Vosges.

Cette place parisienne est bordée d'arcades sur ses quatre côtés. Quatre fontaines décorent le jardin, une à chaque angle. Deux bacs à sable, quelques balançoires et un toboggan attirent des dizaines d'enfants de deux à cinq ans.

Chaque jour, une foule de jeunes ou moins jeunes gens déjeunent sur l'herbe ou se contentent de regarder les passants, assis sur les bancs publics.

Lorsque Masson court dans ce jardin, couteau à la

main, les mamans assises au bord des bacs à sable mettent leurs enfants à l'abri dans leurs bras, mais la plupart des gens ne prêtent aucune attention à ce qui se passe. Ils voient un homme en poursuivre un autre et ils pensent *c'est une rixe, ce ne sont pas mes oignons.*

Avec la prudence typique des grandes métropoles, personne n'essaye d'arrêter le fugitif.

Sturm a un accès de colère lorsqu'il voit que personne ne lève le petit doigt pour l'aider, mais il le réprime tout de suite. Mieux vaut se concentrer sur la trajectoire de Masson. Et il devine qu'il se dirige vers l'Hôtel Sully.

Cet édifice était la résidence d'un duc qui fut le ministre des Finances du roi Henri IV au dix-septième siècle. Maintenant, le luxueux bâtiment sert de quartier général pour les musées nationaux, mais le jardin est ouvert au public. Un magasin de souvenirs s'y trouve aussi.

Sturm sait que l'unique moyen qu'a Masson de fuir est de traverser le jardin de l'Hôtel Sully et d'en ressortir de l'autre côté, par la porte de la rue de Rivoli.

Il se force à courir plus vite. Ses poumons brûlent à chaque fois qu'il inspire, mais lorsqu'il voit l'écart avec Masson s'amenuiser, il trouve son second souffle. Il accélère.

Juste au moment où Sturm pense qu'il a une chance de mettre la main au collet de Masson, celui-ci sort un objet de sa poche et le jette en l'air. Sturm voit distinctement la gerbe d'étincelles qui s'échappe d'une grenade. Elle explose avec un bruit fracassant.

Aussitôt, c'est la panique. Les promeneurs se

jettent à terre et les enfants hurlent de peur. Sturm ralentit et se prépare à aider ceux qui pourraient en avoir besoin.

La fumée, dense et étouffante, enveloppe le jardin. Mais Sturm ne ressent aucun impact ni aucun choc. Seul le bruit assourdissant a fait trembler l'air. Il comprend d'un coup.

« C'est une grenade fumigène, » crie-t-il de toutes ses forces.

C'est un accessoire qui sert pour les effets spéciaux, au théâtre. La fumée est spectaculaire, mais inoffensive.

Juste à ce moment-là, Sennevières le rattrape, pistolet à la main. « Où est-il ? » demande-t-elle, la voix étouffée par le masque chirurgical qu'elle a pris dans sa poche.

« Masson a disparu. Il s'est peut-être caché à l'Hôtel Sully. On a besoin de renforts pour le débusquer. »

Sennevières ôte son masque et appelle toutes les unités disponibles. Puis tous deux se dirigent vers le jardin intérieur de l'Hôtel Sully.

Après la fumée que la grenade a répandue, ce jardin ressemble à une oasis cachée. Sur les façades Grand Siècle magnifiquement restaurées qui entourent le quadrilatère, toutes les fenêtres sont fermées. Les rangées de fleurs tirées au cordeau du jardin à la française sont désertes. Masson semble s'être volatilisé.

Sturm fait signe en silence à Sennevières de monter les marches qui mènent au magasin de souvenirs. Lorsqu'ils entrent, la boutique est aussi silencieuse qu'une église.

Des étagères chargées de livres bordent les murs. Dans leurs jolies boîtes, des étoles en soie et des bijoux trônent, élégamment disposés dans des vitrines. Il n'y a personne.

L'une des étagères s'écroule dans un vacarme d'enfer. Masson surgit de derrière la masse de livres et court comme un dératé vers l'escalier qui mène au jardin.

Il se retourne pour regarder les deux policiers derrière lui et manque de s'écraser contre un groupe de touristes qui vient juste d'entrer dans le jardin. Masson les contourne et s'élance vers la porte qui débouche sur la rue de Rivoli. Sturm est assez près pour entendre sa respiration saccadée.

L'adrénaline inonde le corps de Sturm pendant qu'il se taille un chemin au milieu des touristes pétrifiés de peur.

Enfin il est assez proche de Masson pour bondir sur lui. Il l'attrape par l'épaule et lui donne un coup sec sur l'avant-bras droit.

Le couteau que Masson tient toujours tombe à terre, et glisse jusqu'aux pieds d'une jeune touriste blonde en bermuda et tongs. Elle pousse un cri étouffé et fait un petit bond vers l'arrière.

Elle ne bouge plus, sidérée, tandis que Sturm ceinture Masson, le jette à terre et pose le genou sur son dos.

Pistolet à la main, Sennevières arrive à leur hauteur une fraction de seconde plus tard.

« Mets-lui les menottes, » lui dit Sturm.

Épilogue

Sturm et Sennevières entrent à pied dans l'enceinte de l'hôpital de Garches, avec chacun un cadeau à la main. Un bouquet de tulipes blanches pour l'une, une grosse boîte de pralinés pour l'autre. Ils marchent d'un bon pas jusqu'au service de chirurgie.

« On vient voir Cyril Perronet, » dit Sturm à la jeune femme assise derrière un comptoir, dans le hall. Elle a le nez plongé dans un gros dossier.

« Deuxième étage, chambre 71, » indique-t-elle d'un ton neutre. Puis elle retourne à ses papiers sans un mot de plus.

Le couloir est large, et il s'en dégage une odeur de désinfectant et de soupe. Comme dans tous les hôpitaux, l'odeur des nettoyants industriels se mélange à celle, un peu écœurante, qu'on retrouve dans les cantines scolaires

Lorsqu'ils entrent dans la chambre de Perronet, ils sont accueillis par une jolie jeune femme brune qui leur fait signe de ne pas faire de bruit.

Les yeux fermés, Perronet est allongé sur son lit, une intraveineuse fixée sur sa main. Son torse est entouré de bandages, et sa respiration est calme et régulière.

Il ouvre les yeux, leur fait un sourire fatigué. «Justine, je te présente mes collègues. » Il n'a pas la force d'en dire plus.

« On a enfin la chance de rencontrer ton insaisissable compagne, » dit Sturm avec un sourire enjoué.

Les visiteurs serrent la main de Justine, se présentent eux-mêmes et déposent leurs offrandes sur une petite table à roulettes près du lit. Pendant que Justine sort à la recherche d'un vase pour les fleurs, Perronet referme les yeux.

Il fait signe à Sturm de s'approcher. « Tu as eu raison, pour Justine, » lui dit-il à voix basse. « Je lui ai dit tout ce que tu m'as suggéré, et elle est quand même restée avec moi. Et depuis que je suis blessé, elle me défend comme une lionne. Ses parents n'ont plus le droit de me critiquer. »

Sturm lui tapote l'épaule d'une main légère. « Très content que ça se soit bien passé. » Il ne sait pas si Perronet a entendu sa réponse, car il s'est déjà assoupi.

Justine revient, avec un broc en verre à la main. Elle n'a rien pu trouver d'autre. Elle le remplit d'eau et y dispose les tulipes. Quelques-unes ont souffert de la chaleur et retombent, gracieuses, par-dessus le col du broc.

« Comment s'est passée l'opération ? » demande Sennevières à voix basse.

« Le chirurgien a dit qu'il avait eu beaucoup de chance. Un centimètre de plus, et c'était le cœur qui était touché. Il a perdu beaucoup de sang, mais les médecins sont optimistes. »

Perronet ouvre à nouveau les yeux. « Justine, tu leur as dit qu'on va avoir un bébé ? »

Justine fait un grand sourire. « On est très

contents,» dit-elle en plaçant ses mains sur son ventre encore tout plat tandis que les félicitations fusent.

« Comment ça s'est passé, avec Masson ? » demande Perronet.

« On l'a interrogé pendant plus de quatre heures. A la fin, il nous a fait une confession complète. C'est bien lui qui a tué Julie puis les Moreno. »

Le soulagement détend les traits du jeune homme. Sturm sait exactement ce que son collègue ressent : même si sa blessure fait souffrir Perronet, ses instincts d'enquêteur ne le laisseront en paix que lorsqu'il connaîtra les tenants et les aboutissants de l'affaire Julie Thouvenet. Il décide de lui répondre aussi complètement que possible.

« Il s'y est pris comment, pour Julie ? » demande Cyril.

« Julie avait posé un ultimatum à Santelli. S'il ne prenait pas les devants pour signaler que l'un des tableaux de Modigliani qu'il avait authentifiés était un faux, elle allait le faire elle-même. C'est pour ça que Santelli est venu à Paris. Il a demandé à Masson de la convaincre de ne rien révéler. »

« Santelli n'a donc pas commandité le meurtre ? »

« C'est Masson qui en a pris l'initiative. Il a fait croire à Julie que Santelli l'envoyait pour négocier avec elle et récupérer les photos. Il devait venir la prendre en voiture devant chez elle, pour aller ensuite dans un café et discuter. Elle est montée dans la voiture, il a commencé à rouler. Mais elle a dû avoir l'intuition que quelque chose ne collait pas. »

« Ou bien il avait déjà commencé à la menacer, il n'a pas été très clair là-dessus, » dit Sennevières.

« Oui, on va le préciser lors de la reconstitution.

Ce qu'on sait pour l'instant, c'est qu'elle a tout de suite ouvert la portière, et qu'elle a sauté de la voiture en marche. Elle s'est foulé la cheville en tombant et malgré ça, elle a réussi à courir pour se réfugier dans la remise. Seulement, une fois qu'elle était à l'intérieur, elle s'est retrouvée coincée, puisqu'il n'y a pas d'autre issue. Masson s'en est aperçu tout de suite. Il lui a suffi d'attendre qu'elle essaie de sortir. »

Ils restent silencieux un moment, jusqu'à ce que Sennevières exprime ce que tous ressentent.

« Pauvre enfant, » dit-elle avec un profond soupir. « Si elle avait été au courant des crimes commis par Masson autrefois, elle n'aurait jamais accepté de le voir en tête-à-tête. »

Le désir de savoir de Perronet change la direction de la conversation. « Masson a expliqué comment il est devenu l'associé de Pelletier ? » demande-t-il. « Parce que ces deux-là sont vraiment mal assortis. »

C'est Sennevières qui reprend le fil du récit.

« Pelletier n'avait plus un sou, il allait faire faillite. Masson et Pelletier se connaissaient depuis longtemps, ils étaient allés au collège puis au lycée ensemble, mais ils s'étaient perdus de vue. Ils se sont retrouvés à une réunion d'anciens élèves. »

« Raison de plus pour éviter ce genre de réunion comme la peste, » dit Sturm, très sérieux. Sennevières sourit et continue.

« Quand Masson lui a proposé de le renflouer, Pelletier ne savait rien de son passé criminel en Afrique, il ne s'est pas méfié. Puis Thouvenet s'est présenté, et la tentation de l'argent facile a été la plus forte. Pas seulement pour Masson, pour Pelletier aussi. »

Perronet essaie de s'assoir et grogne lorsqu'il s'aperçoit qu'il est trop faible pour bouger. Justine pose une main apaisante sur son épaule, mais il continue à interroger ses collègues.

« Quel était le rôle de Santelli ? »

Cette fois, c'est Sturm qui répond. « Il faisait le lien avec les riches acheteurs, australiens surtout. Et il produisait les faux certificats d'authenticité. Les gens de l'Institut Restellini sont très contents qu'on l'ait démasqué. Et ils ont accepté d'examiner tous les tableaux que Santelli a proposés à la vente chez Sotheby's, en septembre. Il devrait y avoir quelques surprises. »

« Tout ce petit monde va dormir en prison pour longtemps, » dit Sennevières. « Surtout avec tout ce que Masson avait sur lui. »

Perronet les regarde d'un air interrogateur.

« Tu te rappelles que lorsqu'on est venus le cueillir à la galerie, Masson avait mis une clé USB dans sa poche ? » dit Sturm. « C'étaient toutes les preuves qui accablent Pelletier et Santelli. Il espérait négocier sa peine avec ça. »

« Je lui souhaite bien du courage, » dit Sennevières avec un rire moqueur. « On voit bien qu'il ne connaît pas Odile Jeanneney. »

Sennevières fait maintenant partie intégrante du groupe, pense Sturm, elle connaît sur le bout des doigts les difficultés qu'ils doivent affronter. Et les juges d'instruction rigoureux en font partie.

Perronet ferme les yeux un instant et paraît de nouveau s'assoupir. Tous se taisent. Le faible bourdonnement des équipements médicaux envahit la pièce en continu, ponctué de temps en temps par un bip ou un chuintement, comme une sorte de rappel de la mortalité.

C'est le son que produit la collision entre la vie et la mort, et tous trois sentent que ce son est en harmonie avec leurs pensées.

Perronet rouvre les yeux. « Quel dommage que Julie et les Moreno aient dû mourir avant qu'on ne démantèle ce trafic, » dit-il.

« Dommage aussi que ceux qui auraient dû protéger Julie soient justement ceux qui sont la cause de sa mort, » dit Sturm en contractant les maxillaires.

« Si son père avait eu ne serait-ce qu'un petit succès avec sa peinture, » ajoute Perronet, pensif, « il n'aurait pas eu besoin de se venger en faisant des faux, et Julie n'aurait pas perdu la vie. »

« Sans parler de tous les silences autour de la naissance et de l'adoption de Julie. Ses parents adoptifs ne lui ont pas permis de faire des recherches pour découvrir qui étaient ses parents biologiques, » dit Hélène. « Ça aurait pu tout changer. »

Leurs mots sont un sombre rappel de ce qui aurait pu être, et un éloge funèbre pour ceux qui ont perdu la vie, simplement parce qu'ils avaient voulu bien faire.

Sans se concerter, tous se taisent un instant et inclinent la tête en un hommage muet à Julie et aux Moreno.

En hommage à ce qui aurait pu être. Mais on ne peut pas réécrire le passé avec des si.

C'est Sturm qui, le premier, rompt le silence.

« Bon alors, tu reviens quand, » demande-t-il à Perronet. « Tu n'en as pas assez de traîner ici en chemise de nuit ouverte sur l'arrière ? »

« C'est que tu nous manques, à la PJ, » dit Sennevières. « Et maintenant qu'on a une machine à café dans le bureau, tu as une vraie raison pour venir travailler. »

« Et moi j'ai besoin de toi pour bosser sur *Satisfaction.* J'ai l'impression que ces trois accords sont sur le point de trouver leur maître. Et après on s'attaque à Lou Reed. »

« Attendez un peu, » proteste Justine, « il vient à peine de sortir de la salle d'opération. »

« Heureusement qu'elle me protège, » dit Perronet en regardant Justine avec tendresse. « Parce que s'il n'en tenait qu'à vous, vous me traîneriez au boulot même en chaise roulante. »

Perronet émet un petit rire qui se transforme rapidement en toux. C'est le signal du départ pour Sennevières et Sturm.

Ils sortent du bâtiment et parviennent aux espaces verts au centre de l'hôpital. Après la climatisation du service de chirurgie, la chaleur intense de cette fin de mois de juin leur tombe dessus comme une couverture.

Des internes en blouse blanche discutent en petits groupes sous les arcades du bâtiment principal, tandis qu'un jeune homme, assis sur une tondeuse électrique rouge qui ressemble à un kart, va et vient sur la pelouse en laissant derrière lui un sillage d'herbe rase.

Une sirène mugit au loin. Ils marchent de concert jusqu'au parking.

« À demain, » dit Sennevières en se dirigeant vers sa voiture. Elle lui fait un signe d'adieu par-dessus son épaule.

En regardant sa gracieuse silhouette s'éloigner, Sturm ressent une profonde vague de nostalgie. Pas pour Sennevières, ni pour Laura Tonacci, mais pour Alice Delisle.

Il se souvient du visage d'Alice, de ses yeux lumineux, de son rire. De cette femme fragile et déterminée dont l'image ne cesse de surgir dans son esprit.

Sturm sort son téléphone et fait défiler ses contacts. Il regarde fixement le numéro d'Alice. L'écran éclaire son visage d'une faible lueur. Il repense à leurs conversations, et il s'interroge.

C'est vrai qu'elle lui a dit clairement qu'elle ne voulait rien d'autre qu'une amitié avec lui. Et il n'a aucune envie de lui imposer quelque chose qu'elle ne désire pas.

Mais s'il n'essaye pas, comment pourra-t-il la convaincre qu'ils ont, peut-être, une chance d'être heureux ensemble ?

Il passe la main dans ses cheveux, et sent sa mâchoire se contracter. Un coup de fil pourrait tout changer – ou pas.

Ras-le-bol d'hésiter.

Il regarde l'écran encore un instant. Il prend une profonde inspiration et relâche l'air lentement.

Puis il pose son pouce sur le nom d'Alice Delisle.

Note de l'auteur

Merci d'avoir choisi de lire le deuxième tome des enquêtes du capitaine Thomas Sturm ! Cela compte beaucoup pour moi.

Si ce roman vous a plu, vous aimerez peut-être les autres romans de cette série. En voici la liste :

Viens avec moi loin d'ici : Vol. 1
Voir Rome et mourir – Vol. 2
Le sang a ses raison – Vol. 3
La diagonale du meurtre – Vol. 4
La fureur de tuer – Vol. 5

Pour être tenus au courant de mes nouvelles publications ou être avertis de promotions ponctuelles, n'hésitez pas à m'envoyer un petit mot à
vivianeserfaty.auteur@gmail.com

Et bien sûr, quatre ou cinq étoiles sur la page Amazon du livre et quelques mots sympathiques seront toujours les bienvenus ☺

oOo

La ville de Garches existe réellement, de même que le bois de Vaucresson ou la forêt de Fausses Reposes. Mais le lecteur cherchera en vain à Garches l'hôtel de police judiciaire, le palais de justice, le hameau du Bas-Ligier ou le Speakeasy.

À Rome, la prison Regina Coeli est toujours en activité, de même que l'hôpital Nuovo Regina Margherita. L'hôpital San Gennaro de Livourne est, en revanche, fruit de mon imagination, comme l'ensemble des événements racontés ici.

La prolifération de faux dont l'œuvre de Modigliani est la victime n'a rien d'imaginaire, par contre. L'exposition consacrée à Modigliani et à Kisling à Gênes en 2017 a bien été fermée par ordre du procureur adjoint, en raison du nombre élevé de faux qu'elle contenait : pas moins de vingt-deux toiles.

Pour en savoir plus

La seconde enquête du capitaine Sturm est un hommage à Modigliani, mort à Paris le 24 janvier 1920, il y a tout juste cent ans au moment où j'écris ces lignes.

Si vous avez envie d'en savoir plus, il existe de très nombreux ouvrages sur ce peintre. J'ai sélectionné ces quelques titres que j'ai appréciés et que j'ai classés par date de parution.

- Jeanne Modigliani, *Amedeo Modigliani, une biographie*. (1998)
  L'auteur est la fille que Modigliani a eue avec Jeanne Hébuterne.
- Herbert Lottman, *Modigliani, le prince de Montparnasse*. (2005)
- Doris Krystof, *Amedeo Modigliani 1884-1920. La poésie du regard*. (2009)

- Marc Restellini, *Modigliani, Soutine et l'aventure de Montparnasse.* (2012)
- François Blondel, *Modigliani.* (2017) (e-pub, 2 volumes).
- **Roman :**

  Ken Follett, *Le scandale Modigliani.* (2011)

  Bande dessinée :

  Laurent Seksik, *Modigliani, prince de la bohème* (2014)

oOo

Remerciements

On n'écrit jamais seul.

Pour les deux premiers romans de cette série, j'ai une immense dette de gratitude vis-à-vis d'Éric Eskenazi, qui a su repérer les défauts de mes textes avec autant de justesse que de rigueur. Je dois beaucoup à son excellent jugement, à son intuition, à ses suggestions et, surtout, à sa bienveillance.

Je remercie du fond du cœur Alessandro Vettori, dont les conseils et le soutien ont été précieux. Sa relecture détaillée de la toute dernière version du premier roman a, en particulier, été inestimable. Et sans les challenges d'écriture hebdomadaires que nous nous sommes imposés, le second roman serait encore à l'état d'ébauche.

Je suis aussi très reconnaissante à Mélanie Lacide,

Furio Biagini, Cathy-Anne Wendling, Claude Millot, Marianne Eskenazi, Giorgio Pretto ainsi qu'à Manuel Pecharroman, qui ont eu la gentillesse de lire l'une des toutes dernières versions du premier titre de cette série, m'ont signalé des coquilles et prodigué leurs encouragements.

Et comme toujours, sans ma famille et mes amis, dont l'affection m'a accompagnée et soutenue, ces deux romans ou les suivants n'auraient jamais vu le jour.

Table des matières

Table des matières

Printed in France by Amazon
Brétigny-sur-Orge, FR

28951131R00208